PRIX : 7 FRANCS

P. J. STAHL

HISTOIRE

D'UN

ANE

ET DE

DEUX JEUNES FILLES

DESSINS PAR THÉOPHILE SCHULER

GRAVURES PAR PANNEMAKER

BIBLIOTHÈQUE

D'ÉDUCATION ET DE RÉCRÉATION

J. HETZEL ET Cᵉ, **18**, RUE JACOB

PARIS

HISTOIRE D'UN ANE

ET

DE DEUX JEUNES FILLES

P. J. STAHL

HISTOIRE

D'UN

ANE

ET DE

DEUX JEUNES FILLES

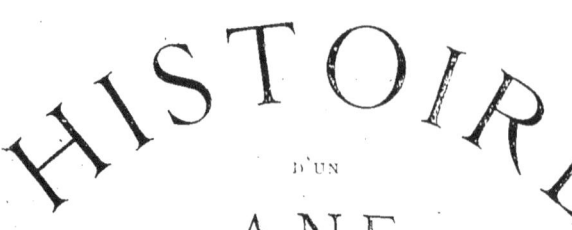

DESSINS PAR THÉOPHILE SCHULER

GRAVURES PAR PANNEMAKER

BIBLIOTHÈQUE
D'ÉDUCATION ET DE RÉCRÉATION
J. HETZEL ET Cie, 18, RUE JACOB
PARIS

HISTOIRE D'UN ANE

DE DEUX JEUNES FILLES.

I

QUAND il est dans la destinée d'un Ane de naître en plein air, c'est une chance heureuse pour lui de n'avoir pas à faire son entrée dans le monde par un jour de pluie. J'ai eu cette chance-là, et je serais un ingrat de ne pas ajouter que d'autres l'ont suivie qui n'ont été appréciées par moi que trop tard, ainsi que la première. Je suis né un

beau matin, par un temps gai, dans un pré charmant.
Lorsque je fus remis du premier moment de surprise
qu'un fait si nouveau doit produire sur un être pensant,
je me trouvai couché tout près d'un cœur chaud dont je
sentais les battements, celui de ma mère, et j'eus en ou-
vrant les yeux le sentiment vague qu'il était en somme
assez doux d'être en vie. A demi couchée elle-même à
l'ombre d'un grand saule qui bordait la lisière de notre
pré, ma mère me regardait tendrement. C'est dans ses yeux
que je vis pour la première fois se refléter la lumière du
ciel. Les enfants précoces devinent tout : ma mère me
contemplait avec une évidente admiration. Cela me fit
plaisir. L'instinct de la vanité était-il déjà né en moi ?
Cette première heure de ma vie fut pleine d'émotions. Que
de sujets d'ébahissement pour un œil qui n'a jamais servi,
dans cette prise de possession instantanée de la terre et
des cieux ! Il faut que l'œuvre de Dieu soit bien belle,
puisqu'un pauvre petit Ane à peine né tressaillait déjà sous
l'étonnement de ses splendeurs. Ébloui, émerveillé, je
fermai les yeux pour échapper un instant à la multiplicité
de mes sensations et me serrai près de ma mère.

Comment m'y étais-je pris ? Il se trouva que, tout en
fermant les yeux, j'avais ouvert la bouche. Je faisais mon
premier déjeuner ! Ma mère était ravie de me voir si vite
en de si bonnes dispositions. « C'est bien, me dit-elle :
mon petit enfant est très-sage d'avoir su boire tout de suite
et sans se faire prier. » Me faire prier ! je n'avais garde
d'y penser. Lorsque, après avoir savouré longuement les
délices du lait maternel, je fis mine de me séparer d'elle,
ma mère, comme si elle eût cru que j'obéissais à un sentiment de réserve, me dit : « Mais va donc, mon enfant, bois

encore, bois toujours, pour devenir bientôt grand et beau, et ne te soucie pas du reste. Tout est à toi, tout est pour toi, ne te gêne pas. Quand mon lait se tarira, cher petit, c'est que tes dents auront poussé. Alors l'herbe des prés te plaira à son tour et tu ne penseras plus au lait de ta mère. »

Qu'est-ce que ma mère disait donc là ? Ne plus penser à son lait, cela serait-il jamais possible ? Depuis que j'y avais goûté, je ne pensais, au contraire, qu'à dire : « Encore. » J'avais à peine pris le temps de respirer, que j'entrepris de faire mon second déjeuner. Après le second, ce fut le tour du troisième, et, pour tout dire, le premier jour de ma vie ne fut qu'un long repas. J'avais, sans maître, découvert la gourmandise ; en peu de temps que de progrès !

La nuit vint, à ma grande inquiétude ! On se fait tout de suite au jour ; le plus étourdi, le plus indigent sent bien vite que la clarté d'un beau jour est tout ensemble une richesse et un bienfait. Mais il faut s'habituer aux ténèbres. « Sois donc tranquille, me disait ma bonne mère, ne t'agite pas, le sommeil va venir. » Il vint bientôt, et j'appris ainsi que c'est une bonne chose que de dormir après une journée bien remplie. Quand, dès l'aube, je rouvris les yeux, je me figurai que je naissais une seconde fois, et je n'avais peut-être pas tort. Chaque réveil n'est-il pas comme une nouvelle naissance, une sorte de renaissance quotidienne ?

Aucun événement autre que ceux que je viens de dire n'ayant marqué ma première journée, je m'imaginai qu'il en serait de même de toutes les autres.

Je me croyais naïvement seul au monde, avec ma mère bien entendu, et j'aurais parié que la terre tout entière n'avait été tirée du néant que pour nous porter tous les deux, quand, du milieu des branches du grand saule, descendit une voix bizarre qui fit tressauter et ma mère et moi-même.

C'était celle d'une bonne vieille Pie, notre voisine, qui, par une discrétion dont je lui aurais su gré si je l'avais connue, ne s'était pas montrée la veille. Veuve et sans enfants, comme je l'appris depuis, cette Pie faisait trop volontiers d'ordinaire ses affaires des affaires des autres.

« Ma chère amie, dit-elle à ma mère, j'ai jugé à propos de vous laisser tranquille hier, mais je ne vous ai cepen-

dant pas perdue de vue depuis que votre fils est né, et je vois, d'après ce que j'ai déjà pu observer, que vous allez le gâter affreusement. Il n'est pas sage de vouloir faire la vie des enfants si douce. Vous auriez le projet de faire de votre fils un rêveur ou un fat, que vous ne vous y prendriez pas autrement. Vous lui avez dit cent fois hier, et vous lui avez déjà répété plus de cent fois ce matin, qu'il était le plus beau des Anes, qu'il était bon, qu'il était sage, qu'il était parfait. Encore un peu et vous auriez murmuré à ses longues oreilles qu'il était un ange, comme les femmes ne se font pas faute de le dire aux petits diables qui sont leurs enfants ; c'en est assez ; c'en est trop ! A quoi est-il destiné, s'il vous plaît, votre cher fils, votre superbe fils, votre enfant déjà trop adoré? A devenir un bon travailleur, je suppose, ou à recevoir des coups de fouet et des coups de bâton si, en l'élevant trop mollement, vous arrivez à n'en faire qu'un paresseux. Préparez-vous donc à lui faire l'apprentissage de la vie plus sérieux et disposez-le pour ce qui l'attend. Ne le laissez pâtir en rien pour qu'il devienne solide, j'en tombe d'accord ; mais réglez ses repas si vous ne voulez pas qu'il débute dans la vie par des indigestions. En serez-vous plus avancés l'un et l'autre quand vous lui aurez fait un mauvais estomac ? Voilà tantôt deux heures qu'il ne vous quitte pas ; hier, il s'en est donné en veux-tu en voilà toute la journée ; il va vous épuiser et se rendre malade. A votre place, je l'aurais déjà forcé à essayer ses jambes. Les Anes ne sont pas, comme les petites filles et les petits garçons, incapables de se mouvoir pendant des mois et des années. Aussitôt nés, il faut qu'ils courent. Croyez-vous que le père Thomas, dont il deviendra l'élève sitôt qu'il sera sevré, c'est-à-dire dans cinq ou six mois, s'arrangerait d'un gaillard qui ne saurait pas mettre un pied devant l'autre? C'est un brave homme, le père Thomas ; mais, dur à la peine pour lui-même, il n'aimerait pas un propre à rien. Vous êtes

née dans une bonne maison, chez de braves gens qui ne
laissent manquer de rien leurs serviteurs; mais en revanche ils tiennent à ce que la besogne soit faite, et si vous
les avez trouvés justes pour vous-même, il convient que
vous vous apprêtiez à les trouver justes aussi pour *monsieur votre fils*. Si, oubliant tout pour lui, vous ne pensez
qu'à lui, ce jeune bourriquet finira par faire comme vous:
il se croira le roi de la création; mais, quand il décou-
vrira plus tard que ne penser qu'à soi c'est mettre tout
le monde contre soi, il sera le premier à se dire que sa
mère l'a mal élevé. Il n'est bon pour personne, et pour
un Ane moins que pour beaucoup d'autres, de se considérer comme le premier moutardier du pape. Votre fils
n'est pas un Cheval, il n'est pas destiné à gagner le grand
prix à Epsom ou à Paris, mais à porter le bât ou à traîner quelque charrette, comme vous l'avez fait vous-même
toute votre vie. Pensez à cela et ne sortez pas de là. »

Ma mère avait écouté le discours de sa voisine avec
beaucoup d'attention. Quand elle vit qu'elle avait tout dit,
elle lui fit remarquer avec beaucoup de douceur que, tout
en trouvant ses conseils excellents, il lui paraîtrait néan-
moins prématuré de commencer l'éducation morale et matérielle d'un enfant âgé seulement de vingt-quatre heures.

« Lorsqu'il sera sevré..., » ajouta-t-elle timidement.

La Pie l'interrompit.

« Lorsqu'il sera sevré, dit-elle, du train dont vous y
allez, il sera déjà têtu comme un Mulet, capricieux comme
une Chèvre et poltron comme un Lièvre. Si vous n'y
prenez garde, quand vous lui aurez laissé répéter pendant
huit jours, comme il l'a déjà fait hier: « Je veux ou je ne
« veux pas, » vous n'en serez plus maîtresse dans quinze

jours ni jamais. Si bon matin qu'on se lève, ma mie, il
n'est jamais trop tôt pour bien faire, ajouta-t-elle en agitant ses ailes pour prendre sa volée. Si vous vous trompez
de direction, tant pis pour vous, et surtout tant pis pour
lui; il ne tardera pas à lui en cuire.

— La Pie a raison, dit un vieux Lapin qui, du seuil de
son terrier, avait tout entendu. Vous connaissez bien la
Biquette du château; eh bien, pas plus tard qu'hier, cette

petite pécore, qui, sous prétexte qu'elle est étourdie, se
croit le droit de ne jamais faire attention aux autres, a
failli nous faire périr tous, moi, ma femme et mes sept
enfants, par asphyxie. Figurez-vous, mère Christine
(Christine était le nom de ma mère), figurez-vous qu'après

avoir gambadé comme une folle pendant les trois quarts
de la journée, elle s'est avisée de sauter par-dessus la
petite porte de la grille basse du château, et de venir faire
sa sieste par ici. Elle n'en pouvait plus, elle était tout
essoufflée et s'est couchée sans crier gare tout au travers
de l'ouverture encore unique de mon terrier. Au bout
d'une heure, j'ai cru que moi et les miens nous allions tous
étouffer. L'air intercepté par le corps de cette maudite
toquée n'arrivait plus jusqu'à nous. Ma malheureuse
femme s'était évanouie, et je ne sais pas ce que nous
serions devenus, si dans mon désespoir je n'avais pas pris
le courage de me jeter contre la Biquette, la tête la première. J'y ai été de si bon cœur que j'en ai encore un
torticolis, mais je ne le regrette pas. Biquette, réveillée en
sursaut et prise de peur, n'a fait qu'un bond et s'est
enfuie sans demander son reste. C'est arrogant, mais c'est
poltron comme les autres, ces bêtes à cornes, et c'est ma
foi bien heureux. Si les méchants avaient tous du courage, le monde ne durerait pas longtemps. Mère Christine,
ne me parlez pas des gens mal éduqués et gâtés dès les
premiers jours. Les meilleurs deviennent pires que les
mauvais, car cela en fait des égoïstes. Qu'on dorme, qu'on
prenne ses aises, bien ; mais sans gêner ses voisins. Quand
on fait un mouvement, il faut regarder où on se pose,
dans son intérêt aussi bien que dans celui des autres. »

J'avais été, sans en saisir toute la portée, fort interloqué de ces deux allocutions. Je le fus davantage quand je
m'aperçus qu'elles avaient rendu ma mère toute pensive.

« Pauvre cher petit, me dit-elle, sitôt qu'elle fut sortie
de ses réflexions, Mᵐᵉ la Pie et le brave Lapin lui-même
auraient pu me laisser un peu plus longtemps toute à la

joie d'être mère. Mais il y a du bon dans ce que je viens
d'entendre, et je tâcherai d'en faire mon profit. »

Un instinct secret m'avertit que ces paroles de ma mère
pouvaient n'être pas sans influence sur mes futures destinées, et, tout inquiet :

« Mais au moins, lui criai-je, je ne m'éloignerai jamais
de toi... »

Si j'avais eu plus d'expérience, j'aurais pu lire dans son
regard subitement attristé que, tout en me sachant gré de
ma question, ma pauvre mère pressentait déjà que je chan-
gerais bientôt de goût et de langage.

En effet, sitôt que je fus un peu plus fort, sitôt que je
sentis que mes quatre jambes me portaient sans fatigue, je
commençai à trouver mon bonheur monotone, et n'eus
plus qu'une pensée : faire à la fois l'expérience de mes
petites forces et de toutes mes curiosités. Entre autres
idées, j'en avais une qui était passée à l'état d'idée fixe.

Notre pré était séparé d'un pré voisin par une haie vive
qui était trop haute et trop bien fournie pour que, du point
de notre domaine où ma mère m'avait jusque-là retenu, je
pusse me rendre aucun compte de ce qui se passait derrière
elle. Des bruits étranges venaient parfois jusqu'à nous.
L'espace à côté était évidemment habité, mais par qui?

Déjà j'avais tenté plus d'une escapade pour me rapprocher
de la haie; dès que ma mère avait le dos tourné, j'y courais.
Mais les mères ont des yeux tout autour de la tête, et toujours avant que j'eusse atteint mon but sa voix me rappelait.

« Si j'étais sûre, me disait ma mère, que tu te contentes
de regarder, je te laisserais faire, j'irais même avec toi.
Mais je te connais, après que tu auras vu, tu n'auras plus
qu'une idée : quitter ce pré et aller dans l'autre. Eh bien,
mon fils, ce pré n'est pas le nôtre, c'est un pré très-grand,
très-large et très-long, où tu pourrais te perdre, la rivière
qui le borde est profonde, et puis, dans le pré, sais-tu ce
qu'il y a? des troupeaux : des Moutons, des Béliers qui
ont de grandes cornes, des Chèvres étourdies comme celle
dont t'a parlé notre voisin le Lapin, des Vaches, un Tau-
reau peut-être, c'est-à-dire des animaux qui sont vingt fois
plus grands et cent fois plus forts que toi et que moi-même;
sans compter un Chien qui a pour fonction de garder tous
ces animaux et d'empêcher qui que ce soit d'en approcher...
Est-ce qu'ils viennent chez nous, eux? Non, ils respectent
notre propriété, respectons la leur.

— Mère, mère, lui dis-je, qu'est-ce que je vois là-bas qui regarde avec de grands yeux par-dessus la haie? C'est énorme. »

Ma mère eut quelque peine à réprimer un sourire.

« Cela, dit-elle en s'efforçant de reprendre son sérieux,
c'est la plus belle Vache du château ; c'est la grande Jeanne.

— Oh! mère, comme elle a de grandes cornes! Oh! mère, comme elle a une grande bouche! »

Jeanne venait de bâiller et regardait par manière d'acquit par-dessus la haie pour passer le temps plutôt que par indiscrétion, car elle savait bien ce qu'elle devait y voir.

Il me parut qu'elle avait échangé un regard de connaissance avec ma mère. Des yeux, ma mère semblait m'avoir montré à elle. Jeanne ouvrit une seconde fois la bouche, et il en sortit un bruit, un beuglement si formidable, que je me cachai la tête entre les jambes. Quand j'osai la relever, Jeanne avait disparu.

« Est-ce que Jeanne est méchante? dis-je à ma mère.

— Non, me dit-elle, non, rassure-toi. C'est même une assez bonne personne, mais elle n'aime pas tout le monde. Il faut lui être présenté. Plus tard, peut-être, l'occasion viendra de te faire faire sa connaissance. »

Je n'étais qu'à demi rassuré.

« Pourquoi y a-t-il des animaux plus grands et plus forts les uns que les autres? demandai-je à ma mère.

— Cher petit, me dit-elle, pourquoi n'es-tu pas étonné d'être plus grand déjà que M. le Lapin et que Mme la Pie, et que les petits oiseaux qui chantent dans le grand saule, et que les insectes qui bourdonnent autour de nous? S'il t'arrange d'être plus grand que les uns, il faut que tu prennes ton parti d'être plus petit que les autres. Celui qui a créé le ciel et la terre, qui a donné la vie à tout ce qui respire, l'a voulu ainsi. Il est la sagesse suprême. Nous ne devons pas l'interroger. Tout ce qu'il a fait est bien fait. Quand il se fait du mal ici-bas, ce mal ne vient pas de lui, mais de nous, lorsque nous ne sommes pas sages. »

Ce langage de ma mère me trouva sans réponse. J'eus pour la première fois l'idée qu'il est dans la vie de grands mystères qu'il n'appartient à personne de sonder, et des problèmes qu'il ne nous est pas donné de résoudre.

Je fus tiré de mes réflexions par la vue d'un admirable Papillon qui était venu se poser étourdiment sur le bout de mon oreille.

« Pardon, cher Bourriquet, me dit-il, j'ai pris ton oreille pour une fleur. »

Il n'y avait certes pas lieu de se fâcher avec un si aimable étourdi.

Dix minutes après, j'étais couché à très-petite distance de la haie. Dois-je l'avouer? je faisais semblant de dormir.

J'avais remarqué dans la haie une sorte de trou produit par deux ou trois branches mortes ; elles n'avaient plus de feuilles, et je m'étais dit que ce serait peut-être là un bon petit observatoire pour moi.

J'entr'ouvrais de temps en temps à demi mes paupières pour voir si ma mère ne se retournerait pas par hasard, et si je ne pourrais pas, profitant d'un moment d'inattention, fourrer enfin une partie de mon museau dans le trou de la haie. Mais ma mère ne me perdait pas de vue. Fatigué de cette attente, je crois que j'allais m'endormir pour tout de bon, quand la Pie, qui du haut de son arbre semblait avoir l'œil sur ma manœuvre, trompée enfin par mon immobilité, et croyant que je dormais réellement, intervint de nouveau.

« Je voudrais bien, dit-elle en baissant un peu la voix, de crainte sans doute de me réveiller, je voudrais bien, ma pauvre voisine, ne me mêler que de ce qui me regarde, mais je vous aime trop tous les deux pour me taire. »

Ma mère se mit à rire.

La Pie en fit autant.

« Je vous comprends, dit-elle. Vous voulez dire que je ne suis pas fâchée de trouver une occasion de parler. Eh bien, soit, et mettez que sur ce point vous ayez en partie raison. Mais pourquoi ne parlerais-je pas, si j'ai de bonnes choses à vous dire ? Croyez-moi, mère Christine, bien qu'il y ait de l'amélioration dans votre façon de procéder vis-à-vis de votre fils, vous n'êtes pas encore dans le vrai des choses. Vous avez peur de tout pour lui. Ce n'est pas raisonnable. Il est des épreuves qu'il faut d'ores et déjà lui laisser faire par lui-même. A quoi bon reculer pour mieux sauter ? Il grille d'envie de savoir ce qui se passe de l'autre côté de la haie ; il croit de bonne foi que,

quand il aura vu, il n'en demandera pas davantage. Votre
expérience vous dit à vous qu'il s'abuse, et qu'après le
regard c'est le corps tout entier qu'il voudra passer au
delà de la haie. En cela vous avez raison ; mais, à votre
place, mère Christine, moi, je le laisserais faire. Il y a
mieux, je me retournerais pour ne pas le gêner, et, si je
pouvais, je ne ferais certainement pas semblant de dormir
comme il l'a fait tout à l'heure, car il ne faut jamais faire
semblant de rien, mais je m'endormirais tout à fait pour
le mettre plus à son aise. Qu'est-ce qui peut lui revenir de
son expédition ? Une série de leçons dont il a besoin et
qui lui vaudront mieux que quinze jours de sermons.
Pourquoi vous mettre en travers ? Il traversera la haie,
tant mieux. C'est une haie d'épines, il s'y piquera, il saura
que les épines piquent ; ce sera sa première leçon. S'il
passe outre, les Moutons ne lui diront rien. Eh bien, il
est bon que les Anes sachent que les Moutons sont des
êtres inoffensifs. Ce sera sa deuxième leçon. Mais les
Chèvres ne sont pas commodes ; elles n'aiment pas les
intrus. Il en sera pour un coup de tête qui ne le tuera
pas, mais qui lui donnera à réfléchir. Ce sera sa troisième
leçon. Ce n'est pas tout : vous connaissez assez le vieux
Turc pour être assurée que, quand il verra ses Chèvres en
émoi, il voudra savoir de quoi il retourne. En un clin
d'œil, il sera sur le terrain. Turc ne connaît que sa consigne ; sa consigne est de ne laisser sortir personne de
l'enclos et de n'y laisser pénétrer âme qui vive à côté des
bêtes confiées à sa garde. En deux sauts, il fera face à
votre bourriquet. Quand il verra qu'il n'a devant lui qu'un
enfant étourdi, il se contentera de l'effrayer pour l'empêcher de recommencer, il criera beaucoup, il aboiera de sa

plus grosse voix pour apprendre à ce galopin bien-aimé qu'il n'est pas séant d'entrer chez les gens sans être invité, mais il ne touchera pas à un poil de ce petit corps que vous chérissez tant ; de cela vous n'en pouvez douter. Vous connaissez Turc de longue main, c'est un de vos vieux amis. Il donnera le temps à votre héritier d'avoir la peur salutaire d'une correction qu'il n'aurait pas volée, et de regagner son royaume avec l'idée qu'il l'a échappé belle, et le ferme propos de ne plus s'exposer de nouveau à revoir maître Turc dans l'exercice de ses fonctions. Ce sera sa quatrième leçon.

— Ne suis-je pas payée pour trembler toujours ? dit ma mère ; avez-vous oublié comment j'ai perdu mon premier enfant ? C'est plus fort que moi. J'entends toujours ce coup de fusil qui l'a tué à deux pas de moi !

— Pauvre mère Christine, dit Mme la Pie, je n'ai rien oublié, pas plus que vous. Mais il n'arrive pas deux fois en cent ans qu'un chasseur maladroit tire sur un Anon en croyant tirer sur un Lièvre. D'ailleurs, nous n'habitons pas, comme à cette triste époque, au coin d'un bois. Ce n'est pas ici un pays de chasse. Il n'existe peut-être pas dans cette bienheureuse contrée un fusil, ni un chasseur à six lieues à la ronde. »

Je ne pus entendre la réponse de ma mère. La Pie s'était posée doucement entre ses deux oreilles pour lui parler sans doute de plus près. Tout ce que je sais, c'est que je vis ma mère se diriger à pas lents du côté du ruisseau, comme si elle allait boire.

Un plus sage, après avoir surpris cette conversation de Mme la Pie, se serait tenu pour averti, mais je n'étais pas encore ce plus sage. Le moment était propice, ma mère avait le dos tourné. Je ne fis qu'un bond, et moins d'un quart d'heure après je m'étais, comme on dit, payé la satisfaction de justifier de point en point les prévisions de Mme la Pie. J'avais mes quatre leçons sans qu'il m'en manquât une. Je m'étais déchiré l'oreille droite en traversant pour la première fois la haie. J'avais failli m'éborgner en la traversant la seconde, lorsqu'il s'était agi de rentrer au bercail et plus vite que je n'en étais sorti ; j'avais au préalable reçu d'un jolie Chèvre noire un coup de tête qui m'avait fait rouler à dix pas d'elle, et, quand je m'étais relevé tout meurtri de la secousse, devant moi avait surgi le farouche Turc me regardant avec des yeux terribles, et aboyant contre mon chétif individu d'une façon si formidable que j'avais cru qu'il allait ne faire de moi qu'une bouchée

CHAPITRE II

L'expérience était complète. Les prophéties de Mme la Pie étaient dépassées; mon sang coulait, et de mes quatre pattes trois n'allaient guère et l'autre semblait ne plus devoir aller du tout.

Je trouvai derrière la haie ma pauvre mère toute tremblante. Quand elle vit l'état où l'on m'avait mis, je crus qu'elle allait se trouver mal. Mais la Pie était là :

« Soignez-le, lui dit-elle, mais ne le plaignez pas. Il n'a que ce qu'il mérite. La leçon est bonne, meilleure même que je n'eusse osé l'espérer; elle lui profitera. Il n'a rien de cassé, c'est le principal. »

Ma mère jeta sur elle un regard de reproche :

2

« Vous êtes cruelle, » lui dit-elle.

J'eus alors un bon mouvement ; j'en aurai peut-être assez de mauvais à constater dans la suite de cette histoire pour avoir le droit de ne pas l'omettre dans cette partie de mon récit.

« Mme la Pie a raison, dis-je à ma mère, je n'ai que ce que je mérite, et nous n'avons qu'à la remercier.

— Bravo, me dit la Pie. Il a du bon, votre bourriquet ! Reconnaître ses torts est une qualité qui n'est pas à dédaigner. Je te donne un bon point, petit. »

Le trou de la haie était fait ; je ne m'en resservis pas. Mais tout est logique en ce monde : ce trou m'avait servi pour aller chez nos voisins ; une de nos voisines jugea bon de l'utiliser à son tour pour opérer une incursion chez nous. On est toujours puni par où l'on a péché. Pour mon malheur, la visiteuse était la Chèvre noire, celle-là même qui m'avait si bien arrangé. Elle n'était pas depuis cinq minutes dans le pré, que j'avais fait, grâce à sa méthode en ce qui me concernait, une seconde culbute. Mais cette fois c'était Biquette qui était dans son tort. Je dois à la vérité de dire que cette seconde attaque n'avait pas eu le même caractère de violence que la première. Mais j'étais chez moi et en droit de ne pas me déclarer satisfait. Je me relevai et me permis d'adresser une remontrance à cette incivile personne.

« C'est très-mal ce que vous venez de faire là, lui dis-je, mademoiselle ; malgré votre conduite de l'autre jour, j'allais vous recevoir en ami.

— Tu es une petite bête, me répondit-elle ; tu n'entends rien à la plaisanterie ! »

Ma mère, qui du bout du pré avait tout vu, arrivait. Ces plaisanteries-là n'étaient pas pour lui plaire. La Chèvre

ne jugea pas à propos de l'attendre. Aidée et garantie
par ses cornes, elle avait passé sans coup férir, comme
une flèche, à travers la haie où j'avais failli laisser mon
oreille. J'ai vu plus tard, dans ma longue existence, des
écuyères très-fortes sur le saut du cerceau, qui n'exécu-
taient pas mieux cette difficile voltige.

Pendant toute la semaine, cet incident me rendit extrêmement triste.

« Tout le monde ne s'aime donc pas? » me disais-je.

Ce qui me fâchait le plus, c'est qu'en dépit du droit que
j'avais d'être mécontent de notre voisine la Chèvre, je ne
pouvais pas me dissimuler que j'avais pour elle comme
une sorte de goût.

« Si elle voulait, me disais-je, elle serait si gentille !
Pourquoi faut-il qu'elle soit si méchante ! »

J'avais pensé tout haut.

« Méchante, non, me dit ma mère, mais fantasque et
mal apprise, et surtout, comme le dit très-bien le vieux
Thomas, mal gestée. C'est un grand défaut, j'en conviens,
car un être fantasque n'est pas pour faire jamais un ami
sûr. Ne regrette donc pas Biquette; mais, si tu la revois,
contente-toi de te tenir sur tes gardes, sans pour cela lui
montrer de rancune. Un jour viendra où tu seras plus
fort qu'elle : cela ne l'empêchera pas de t'accueillir par
des coups de tête. C'est bien la preuve qu'il y a plus de
lubie que de mauvais vouloir dans sa façon d'être.

Mais je ne tenais plus à retrouver Biquette.

A quelque temps de là, je désirai me lier avec un jeune
Poulain que je trouvai un beau matin attaché à une longe
fixée à un pieu, à l'une des extrémités de notre pré. J'ai
su depuis qu'il faisait là une sorte de pénitence. Il avait

commis quelque sottise, et les gens du château l'avaient
condamné à huit jours de piquet pour l'engager à réfléchir. Je trouvais entre lui et moi beaucoup plus d'analogies
physiques que de différences, et j'en avais conclu que
nous pouvions devenir bons amis. A ma grande déconvenue, il ne répondit à mes avances que par un mouvement de tête et d'épaules si dédaigneux que ma fierté
naturelle s'en indigna. Ma mère, que j'avais mise dans la
confidence de mon désir de me lier avec notre nouveau
voisin, bien qu'elle y eût d'abord montré quelque répu-
gnance, m'avait, sur les conseils de Mme la Pie, laissé
tenter l'aventure. Quand je revins vers elle, le cœur tout
gros de cette nouvelle déception, elle essaya de m'expliquer
qu'un Cheval n'est pas un Ane, qu'il convient de chercher
ses amis parmi ses pareils et non parmi des espèces à qui
leurs aptitudes spéciales réservent une existence et jusqu'à
des devoirs sans rapport avec les nôtres.

« Je savais bien, me dit-elle, que *Café-au-Lait* ne pouvait être l'ami qu'il te faut, mais si je t'avais refusé, il te
serait resté un doute. Aujourd'hui tu sais à quoi t'en tenir.

— *Café-au-Lait?* lui dis-je ; qu'est-ce que ce nom-là?

— C'est le nom du petit seigneur dont tu te plains, me
dit-elle. Je l'ai entendu appeler ainsi par le vieux Thomas ; on lui aura donné ce nom à cause de la couleur de
sa robe qui rappelle celle d'une boisson dont, en beaucoup
de pays, les enfants font leur premier déjeuner. C'est du
lait comme celui que tu bois, mêlé à une liqueur noire
qu'on appelle du café et qu'on sucre, parce que sans sucre
elle serait amère. »

L'idée du lait sucré, ma mère le vit bien, me faisait
venir l'eau à la bouche.

« Ne sois donc pas gourmand, ajouta-t-elle ; une bonne botte de foin avec un joli chardon pour dessert, voilà le vrai dîner des Anes. Savoir être content de son sort est le grand point ; n'envie et ne dédaigne ni rien ni personne. Que tu sois Bœuf ou Fourmi, qu'est-ce que cela peut te faire ? Une seule chose importe, c'est d'obéir à la loi de Dieu et d'accomplir honnêtement la destinée qu'il nous impose. »

Je suis ici forcé d'avouer que les conseils de ma mère ne produisaient pas tout ce qu'elle avait le droit d'en attendre. Ils passaient sur moi comme le vent sur les hautes herbes : elles se courbent, puis se relèvent; et quand je l'avais quittée au sortir d'une de ces leçons trop tôt oubliées, je me jetais de moi-même au-devant des déceptions qu'elle m'avait fait entrevoir, et contre lesquelles sa tendresse voulait, en vain, me prémunir.

Chaque jour me révélait quelque chose de plus désirable que la veille. Un grillage de fer séparait notre pré du jardin du château, qui se terminait de notre côté par une belle pelouse verte parsemée de fleurs aux mille couleurs. Je les voyais naître et s'épanouir, mais bien souvent je ne retrouvais plus le matin celles que j'avais le plus admirées la veille; alors je revenais tristement vers ma mère lui demander ce qu'elles étaient devenues. Et sur ces fleurs flétries, sur ces fleurs mortes, elle me disait des choses dont il me souvient maintenant et que je ne comprenais point alors. Tout cela s'apprend, mais ne s'enseigne pas. La chose la plus difficile à percevoir pour celui qui entre dans la vie, c'est qu'un jour il en devra sortir par la mort.

Un bois plein d'ombre dominait à gauche cette pelouse ;

il s'étendait au loin dans la vallée, puis étageait ses mas-
sifs sur les flancs d'un coteau élevé qui bornait un point
de mon horizon. De ce bois sortaient jour et nuit des voix
sans nombre, dont l'harmonie me charmait, et je crois
que le goût de la musique a été développé en moi par les
musiciens invisibles dont les concerts enchantèrent mon
enfance. J'ai su que, par une ironie du sort qui avait bien
dû l'affliger, mon père, doué ainsi que moi d'une passion
malheureuse pour le chant, avait été surnommé *Rossignol*
par son maître, la première fois qu'il avait essayé de sa
voix devant lui, et que ce sobriquet lui était resté. J'avais
les mêmes aspirations que mon père. Que n'eussé-je pas
donné pour être un vrai Rossignol! Mais, hélas! que j'en
étais loin! En ferai-je ici l'aveu? Je n'avais pas encore fait
l'épreuve de mes aptitudes, lorsqu'un jour, ravi par la
matinée musicale que venaient de nous donner les oiseaux
des bois, et suivant ce penchant à l'imitation qui pousse
les bêtes, aussi bien que les hommes, à rendre par elles-
mêmes ce qui leur plaît chez les autres, l'envie me prit
de chanter à mon tour. De quelle humiliation fut payé
cet effort d'un noble enthousiasme! Ma mère étant fort
silencieuse, je ne savais pas de quelle puissance la nature
a doué les poumons d'un Ane. Un cri qui m'effraya moi-
même s'échappa de ma poitrine, écorchant douloureuse-
ment mes oreilles. Ce cri, que je n'ose pas appeler un
chant, s'éteignit dans une sorte de sanglot plaintif, et je
me retournai du côte de ma mère, prêt à l'accuser de ma
honte. Si j'en juge d'après l'effet produit par cette tenta-
tive malencontreuse, je dois supposer que mon ardeur
artistique avait prêté à ma voix une vigueur inusitée,
même parmi les animaux de mon espèce.

Ma mère seule avait soutenu le choc et écouté mon cri comme elle eût fait de la gaie chanson de l'alouette ; mais les Vaches, mes voisines, s'étaient relevées, et, le cou tendu vers nous, mugissaient avec colère. Biquette, effarée, avait pris la fuite par monts et par vaux ; le Chien du berger, ce vilain ébouriffé de Turc, hurlait avec une sorte de désespoir ; cela lui allait bien, en vérité ! J'en avais assez entendu de ses chansons à la lune, sans parler de la première qui avait été toute à mon adresse et qui n'était pas suave, pour savoir déjà qu'il eût dû ne pas se montrer si difficile pour les autres. Mais ce n'est pas tout : une bande de Canards effarés, de singuliers musiciens pourtant, ceux-là, abandonnaient notre ruisseau, s'envolant à tire-d'aile et poussant des « couin couin » déchirants. Quant aux oiseaux des bois, consternés, ils s'étaient tus subitement ; enfin, ce qui me fut le plus sensible, un éclat de rire bruyant, le premier son humain que j'eusse encore entendu, retentit derrière moi. « Ce n'est pas déjà si beau, le rire d'un vieux homme » me dis-je, quand ma mère m'eut appris qu'elle avait reconnu le rire de Thomas.

« Eh bien, Criquet, qu'est-ce qui te prend donc ? Tu vas nous amener de la pluie. A qui en as-tu pour braire si fort ? »

C'était le vieux jardinier Thomas qui arrosait la pelouse. La vue nouvelle pour moi « d'un homme » me fit peur ; cet être bizarre qui ne marche pas à quatre pattes et qui n'a que deux pieds, qui remplace les deux autres par deux bras et deux mains qui lui servent à tout faire, et qui ne vole pas comme les oiseaux, me causa une surprise mêlée de terreur. Je sentis que c'était là une bête à part, qui devait avoir un rôle particulier dans la créa-

tion. La confusion où m'avait jeté ma malheureuse tenta-
tive de chant me disposait peu à entrer en relation avec
cette espèce encore inconnue; je pris donc vivement le
galop et je rejoignis ma mère. Pauvre mère! Je restai à
ses côtés, et toute la journée elle chercha par sa tendresse
à me faire oublier ma déconvenue. Que de choses elle me
dit ce jour-là pour me faire bien comprendre ce que c'était
qu'un homme, ce que c'était qu'un maître!

Ma mère était loin d'avoir comme moi l'amour de la
nouveauté, le zèle de l'inconnu. Peut-être mes questions
sans fin, indices précoces et inquiétants à ses yeux de mon
désir d'aventures, l'attristaient-elles. Ce n'est pas qu'elle ne
fût toujours disposée à m'instruire des choses qu'elle savait,
mais elle m'eût préféré plus casanier, disons le mot, plus
bourgeois! « Ah! mon fils, me disait-elle parfois en secouant
mélancoliquement ses oreilles, je prévois dans l'avenir de
grands chagrins pour toi. Pourquoi ne pas te contenter du
calme bonheur que tu pourrais trouver à côté de ta mère?
Quand tu auras mon âge, tu comprendras que la vraie sagesse consiste à jouir de sa touffe d'herbe et de son filet
d'eau fraîche, sans se tourmenter de ce que l'on pourrait
faire en cherchant mieux pour trouver pis, dans le reste
du monde.

— C'est possible, répondais-je en faisant quelques gambades peu respectueuses; je n'ai pas votre âge, chère
maman; vous ne pouvez espérer que brouter de l'herbe du
matin au soir à la même place soit pour moi l'idéal. Je
voudrais connaître la vie et savoir ce qui se passe au delà
des champs. Vraiment, ma mère, il est peu gai de vous
entendre dire toujours le même bien des mêmes choses,
comme si vous n'aviez qu'une seule idée en tête. »

Je n'avais pas pris garde que la Pie, qui trouvait le moyen d'être toujours où on ne l'attendait pas, n'était qu'à deux pas de nous. Un coup de bec bien appliqué que je reçus d'elle entre les deux oreilles au moment où j'y pensais le moins m'avertit de sa présence.

« Dis donc le mot, méchant gamin! s'écria-t-elle. Monsieur voudrait quitter sa mère, monsieur voudrait

voir du pays. Monsieur a le nez encore tout barbouillé de lait, et il se croit dès à présent un Ane fait et parfait. Qui sait? monsieur espère peut-être qu'il va lui pousser des plumes et des ailes et s'avise de rêver l'avenir d'un oiseau.

— Eh bien oui! répondis-je en frappant la terre de mon

petit sabot; oui, je voudrais voir le monde, le monde tout entier, être un très-grand voyageur.

— Monsieur Criquet, me répliqua vivement M^mo la Pie, si vous étiez né Hirondelle je vous dirais : « Je ne vous « retiens pas; partez, mademoiselle. » Mais tu es né Ane, mon pauvre garçon, et le premier tort de tes rêves c'est que tu ne sembles pas t'en douter. Celui qui aspire à être ce qu'il n'est pas, ce qu'il ne peut pas être, n'est qu'un sot; et, entre nous, être un sot est pis que d'être le dernier des Anes. Reste donc Ane, mais pense et raisonne comme doit penser et raisonner un Ane, pour avoir, à défaut d'autre mérite, celui du sens commun. Ton sort sera de ceux que de plus dignes que toi envieraient. Les Anes, mon cher Criquet, n'ont pas pour coutume de pouvoir visiter les quatre parties du monde la canne à la main. Quand ils voyagent, c'est derrière un maître, avec quelque lourde charge sur le dos. Il ne leur est pas donné non plus d'aller à droite ou à gauche suivant leur fantaisie; s'ils s'avisaient de ne pas emboîter le pas derrière leur guide, les guides ont d'ordinaire au bout du poignet un fort bâton dont la mission est de rétablir l'accord entre leur volonté et celle de l'Ane qui les suit. La maigre nourriture, les mauvais gîtes et les mauvais coups, voilà ce qui attend les Anes qui ont l'amour exagéré des grandes routes, quand ils n'ont pas dans leur poche de quoi voyager en chaise de poste. Lorsque ton dos sera brisé, quand tes côtes seront écorchées, quand ta volonté en sera réduite à être plus souple qu'un jonc, tu te rappelleras les paroles de ta mère et cette verte prairie.

« Ingrat! tu es dans une maison de cocagne; les maîtres que tu y trouveras, quand tu seras apte à un service quelconque, sont humains, doux et justes; tu méconnais ton bonheur. Le sort t'a traité jusqu'ici au delà de tes mérites, petit drôle. Si je n'avais peur de te porter male chance, je te souhaiterais de devenir un jour Ane de bohémien ou de saltimbanque, car c'est là seulement que tes sots rêves peuvent te mener. »

Je baissai le nez et demeurai silencieux, mais tout mon sang bouillait et se figeait alternativement dans mes veines.

Ma mère souffrait pour moi, je le voyais bien, pendant cette objurgation de Mme la Pie. Mais quoi! il lui eût été difficile d'y contredire. Mme la Pie n'avait fait que me traduire en termes plus vifs sa propre pensée.

Le travail, l'écorchement des côtes, la maigre nourriture, ces mots sonnaient mal à mon oreille. Je ne connaissais pas encore toute leur signification, et je me demandais ce qu'ils voulaient dire. Mais j'étais à un âge où la pensée rapide n'offre pas de prise à une longue inquiétude. Les soucis passaient sur moi comme les conseils sans laisser de trace; le moindre bruit qui excitait ma curiosité les faisait évanouir; je courais à travers le pré, et de retour auprès de ma mère j'avais complétement oublié et la Pie et les paroles qui m'avaient alarmé; j'étais, en un mot, cinq minutes après, aussi fou que par le passé.

Bien que ma mère gardât sur certains points une extrême réserve, d'après le peu qu'elle me disait de temps à autre j'avais compris que nous étions au service d'un riche propriétaire, ancien banquier, qui passait ses hivers à Londres et la belle saison dans ses terres. C'était par exception que nos maîtres n'étaient pas encore au château cette année. La dernière fonction de ma mère avait été de traîner dans une petite voiture la fille de notre maîtresse, qui était d'une santé délicate. Quand je lui demandai pourquoi je ne lui avais jamais vu faire son travail, elle me répondit que nos maîtres étaient de trop bons maîtres pour avoir jamais pensé à me priver de ses soins tant qu'ils pouvaient m'être nécessaires ; que d'ailleurs toute la famille avait été passer une partie de la saison aux eaux, dans l'intérêt de la santé de notre jeune maîtresse. Elle ajouta qu'elle serait, pour sa part, fort contente de la voir revenir, attendu que c'était la plus aimable enfant du monde, et qu'elle avait toujours été excellente pour elle. Ma mère m'avait encore raconté que souvent, quand les maîtres étaient là, on lui apportait de bonnes choses, une botte de carottes, des feuilles de chou, voire même un morceau de sucre. L'idée de ces douceurs me rendait particulièrement rêveur, et je fus bientôt, moi aussi, impatient de voir revenir les propriétaires du château. J'espérais que cela jetterait un peu de variété et d'animation dans mon existence ; je ne doutais pas non plus que je ne dusse partager les bonnes aubaines de ma mère. Ne savais-je pas qu'elle se les fût plutôt d'ailleurs ôtées de la bouche pour m'en faire part ? J'étais si désireux de connaître l'époque de ce retour que ma mère, impatientée un jour par mes questions réitérées, me dit, non sans humeur, d'aller m'adresser au vieux Thomas que j'apercevais sur la pelouse, et qui pourrait mieux qu'elle satisfaire ma curiosité.

L'interroger était facile, mais comment me faire comprendre de lui ? Ce n'est pas que nous ne fussions devenus très-bons amis, Thomas et moi, depuis le jour néfaste où je l'avais entendu rire aux dépens de ma voix. Nous avions fait connaissance près de cette grille qui fermait le beau jardin confié à ses soins et m'empêchait d'y pénétrer ; de

là je contemplais les jeunes pousses succulentes que je ne
pouvais atteindre, le gazon des pelouses, plus fin sinon
plus savoureux que celui de notre pré, et où j'eusse tant
aimé à me rouler ; ces bonnes choses qui me tentaient me
ramenaient sans cesse à la grille qui se dressait entre elles
et moi. La première fois que j'avais vu Thomas s'approcher
de la grille, j'en avais eu une grande frayeur, et je m'étais
sauvé de toute la vitesse de mes jambes ; mais il m'avait
rappelé si gentiment : « Allons, allons ! Criquet, accours, »
que j'avais été bientôt rassuré ; bien que je ne susse pas
que Criquet fût un des noms qu'on donne aux petits Anes,
j'avais deviné tout de suite qu'il s'agissait de moi. Prenant
donc mon grand courage, je me retournai du côté du vieux
jardinier et je le regardai bien en face. Sa figure était
bonne, et de celles dont j'ai entendu dire depuis qu'elles
sont gaies comme une treille. Il avait le nez un peu rouge,
le brave Thomas. Son geste était engageant, et je fis de
nouveau quelques pas en avant ; mais quand je me vis
tout près de lui, le cœur me manqua une fois encore et je
reculai de deux bonds en arrière.

« Allons, petit Criquet, allons ! reprit-il de sa bonne
grosse voix, Thomas ne veut pas te faire de mal ; viens ici,
petit bêta, viens que je te gratte la tête, tu verras comme
c'est bon ! »

Comment hésiter ? Je fis derechef quelques pas vers mon
nouvel ami.

« Viens, viens, » dit-il encore ; et je continuai. Il m'en-
couragea de nouveau, et bientôt je me trouvai assez près
de lui pour que, en allongeant le cou, je pusse toucher la
main qu'il me tendait à travers la grille et savoir à quoi
m'en tenir. Non ! elle ne me voulait pas de mal, cette main ;

elle resta immobile et confiante pendant que je la flairais dans tous les sens ; ensuite elle se posa bien doucement sur ma tête, et je ressentis dans toute ma personne la sensation la plus douce que j'eusse encore éprouvée. Que c'était donc charmant d'être ainsi aimé, caressé et gâté !

Je m'approchai plus près encore de Thomas, je frottai de nouveau ma tête contre sa main en le regardant de temps en temps pour lui faire comprendre que je désirais qu'il recommençât.

« Tu aimes donc ce jeu-là, petit Criquet ? tu t'apprivoises ! Je savais bien qu'avant peu de temps nous serions bons amis. Le fils de dame Christine ne peut pas se tenir en froid avec l'ami de sa mère. »

Le vieux Thomas avait raison.

Depuis ce jour, je ne cessai de guetter le vieux Thomas, et dès que je le voyais paraître sur la pelouse, tout de suite je galopais vers le grillage, je me mettais à sauter des quatre pieds et à braire de mon mieux pour lui exprimer ma joie. Je dois dire que ce dernier genre de compliment ne semblait pas tout à fait de son goût.

« Allons, Criquet, me disait-il, en voilà assez ! Tu fais à toi seul plus de bruit qu'un régiment de trompettes ! Calme-toi ! Silence ! Si tu chantes si faux devant mademoiselle, elle sera obligée de te donner un maître de musique, et ce n'est pas toujours amusant, les leçons de musique. Tu es trop en dehors, Criquet ; il ne faut pas faire le diable comme cela. Il faut être doux pour n'inquiéter personne. »

Je n'avais pas encore pris tout à fait mon parti des critiques adressées à ma voix ; ma vanité fut péniblement froissée par la façon dont il s'obstinait à l'apprécier, et je

me demandai si, à la première occasion, je ne lui tournerais
pas le dos. Mais je revins d'une idée si folle en pensant que
je serais le premier à en souffrir. Je me décidai donc à
modifier mon genre d'accueil et, dès lors, je me contentai
de frotter mon nez contre les barreaux en faisant entendre
un petit son plaintif qui ne pouvait, en vérité, écorcher les
oreilles de personne. Je réussis au delà de toutes mes espérances ; Thomas comprit que j'avais su vaincre mes mauvaises dispositions, et que je faisais de mon mieux pour me
rendre agréable. « Vrai de vrai, il ronronne comme un
Chat, ce petit Criquet, quand il veut être gentil ; s'il est
aussi câlin que cela avec mademoiselle, elle lui fera de
fameuses fêtes. »

On m'en parlait si souvent, de notre future petite maîtresse, de *Mademoiselle,* que je résolus d'aller demander
à ma mère des renseignements positifs sur son compte.

A vrai dire, Thomas était la seule créature humaine que
j'eusse encore vue, et j'étais excusable de ne me faire
aucune idée de ce que ce pouvait être « *une petite demoiselle !* » Cela avait-il des pieds ou des pattes? Cela avait-il
des mains et de la peau et une bouche comme Thomas, ou
des plumes et un bec comme Mme la Pie? On m'avait
assuré que cela parlait très-bien, et c'est ce qui me faisait
incliner vers la comparaison avec la Pie.

Je savais que ma mère n'aimait pas les questions qui ne
sont pas nettes. Je résumai donc ainsi celles que je lui
adressai :

« 1° Une petite demoiselle, c'est-il un homme?

« 2° Est-ce que cela ressemble à Thomas?

— Mais non, petit bêta, me dit ma mère en riant ; une
petite demoiselle, c'est une petite dame qui n'a pas encore

atteint toute sa taille, mais qui deviendra grande peu à peu, de même que, toi, tu es un petit Ane, en attendant que tu en deviennes un grand tout à fait. »

Cette réponse de ma mère n'avait éclairci pour moi la question que sur un point : « C'est quelque chose de petit qui deviendra grand, » mais pour le reste cela ne m'apprenait naturellement rien du tout; car enfin, si une demoiselle est une petite dame, qu'est-ce que c'était donc qu'une petite dame?

Si Mme la Pie eût été chez elle, j'aurais été lui demander un supplément d'instruction; mais elle dînait en ville.

Croyant que ma mère n'avait plus rien à m'apprendre (à dire vrai, ma question l'avait embarrassée), j'étais retourné auprès du père Thomas. J'entendis la voix de ma mère qui me disait : « Je n'ai pas fini, écoute-moi donc. Comment veux-tu savoir, si tu n'as pas la patience d'apprendre? » Mais déjà je m'étais mis dans la tête de faire parler Thomas.

Cette fois-là, comme bien d'autres, laissant là sa bêche et son râteau, dès qu'il me vit il alla me chercher des carottes, des pommes et autres très-bonnes choses. En me les offrant il me dit :

« Faut convenir, Criquet, que tu es un bon petit Anon, pas méchant du tout; tu as tout plein d'énergie, et tu ne peux pas manquer de faire un fier Ane un jour. Tu seras, ma foi, aussi beau que ta mère a été belle, et aussi fort que ton père. Tu sors d'une fameuse race, mon brave Criquet. »

Et, me faisant tourner et retourner, il m'admirait. Quel brave homme que ce Thomas !

« Je voudrais, ajouta-t-il, que notre jeune maîtresse fût déjà revenue. J'espère bien que tu seras aimable avec

elle. Comme elle va t'aimer, Criquet! Pourvu qu'elle ne
te gâte pas ! »

Bien entendu, ces bonnes paroles de Thomas ne tombaient pas dans l'oreille d'un sourd. « Parle donc encore,
lui disait mon regard, parle-moi de ma future petite maîtresse, dis-moi tout. » Il faut croire que mon regard était
plus expressif que d'ordinaire, car tout à coup Thomas me
regardant à son tour :

« Saperlotte! c'est trop fort! tu me regardes comme feu
ma femme quand elle avait quelque chose à me dire qui
ne voulait pas sortir. Tes yeux sont de vrais miroirs, et si
intelligents, que je m'imagine parfois que tu vas venir à
bout de t'expliquer. Vrai de vrai, tu finirais par jaser aussi
bien que la Pie, que ça ne m'étonnerait pas. Satanée
Pie ! elle dit si bien mon nom que je crois, quand je
l'entends, que c'est ma pauvre femme qui crie après moi
du fond du jardin. Ça serait-il vrai que les Anes peuvent
avoir des pensées absolument comme les humains ! Voyons,
qu'est-ce que tu veux ? ne te gêne pas, raconte-moi ça,
fais-moi des signes. Tu te frottes, tu me câlines; tout
ça c'est bien, mais ça n'est pas encore assez clair ; le
pauvre Thomas n'est pas encore assez fort sur les
devinettes. Ça n'est pas déjà si commode de deviner,
sais-tu ?

« J'en ai chaud, se prit à dire Thomas ; je sens que je
suis comme une bête devant le pauvre petit, sans pouvoir
le comprendre ; je ne suis donc pas plus malin que lui... »

Thomas se passa la main sur le front :

« Qu'est-ce qu'il peut donc bien vouloir ; mon pauvre
Criquet ? Je lui ai donné des carottes, je lui ai donné des
pommes, qu'est-ce qu'il lui faut encore ? Pour un rien,

3

j'irais lui arracher une de mes salades; c'est peut-être cela qu'il attend, ou un navet. »

Et il alla me chercher une salade et des navets. Je mangeai la salade, je mangeai les navets, mais je continuai de regarder Thomas, et mes yeux lui criaient : « C'est très-bon, tout cela, mon pauvre Thomas; mais c'est d'autre chose qu'il s'agit. Je voudrais savoir comment est faite ma petite maîtresse, ce que c'est qu'une petite demoiselle et quand la nôtre reviendra. » Thomas y perdait son latin. Il est clair qu'il me prit cette fois encore pour un petit gourmand que rien ne parvient à satisfaire.

« Faut pourtant se faire une raison, Criquet, me dit-il; je ne peux pourtant pas te faire dévorer tout le bien de nos maîtres. Tu as dans ton pré une table toujours mise, tu peux manger du matin au soir et tout ton content. Tu es aussi trop difficile à satisfaire. La mère Christine, qui n'a jamais été sur sa bouche, ne serait pas contente si elle savait ça. »

Je frappai du pied. Impatienté, Thomas, dans un moment de faiblesse, tira de sa poche non plus une pomme, mais une poire :

« Je l'avais gardée pour la soif, me dit-il, c'était la poire de mon goûter. Vas-tu être content et devenir gentil si je te la donne ? »

Et déjà il allongeait la main.

Je détournai la tête en la remuant de droite à gauche, comme quelqu'un qui n'a plus envie de rien.

« Tu me refuses, tu me boudes, me dit Thomas; est-ce que tu aurais un mauvais caractère, Criquet ? »

Pour lui prouver qu'il se trompait du tout au tout, je me rapprochai de lui et me frottai le museau contre sa main.

« Bien sûr, c'est un chagrin qu'il a, ce pauvre Criquet ; et dire qu'il ne peut pas m'expliquer par où le bât le blesse. Saperlotte ! si j'étais de force à apprendre la langue des Anes, je finirais bien par lui arracher son secret ; mais je ne peux cependant pas me mettre à braire, ce serait trop farce ! on me croirait fou. »

Cher bon Thomas ! il avait l'air plus contrarié que moi.

Je retournai auprès de ma mère, à qui je racontai mon tourment : « Tout vient à point à qui sait attendre, me dit-elle. Sois donc moins impatient, mon cher enfant ; tes nerfs finiront par te jouer un mauvais tour. Allons, couche-toi et tâche de dormir. » Je suivis le conseil de ma mère, mais je rêvai tout la nuit que je voyais des petites demoiselles sauter et voltiger par-dessus la grille de notre pré ; dans mes rêves je leur donnais des ailes comme aux oiseaux.

Le matin dès l'aube, j'étais sur pied. A mon grand étonnement, Thomas était déjà au travail , et , chose qui ne lui était pas habituelle, il chantait. Voulait-il faire pleuvoir, lui aussi ? ou plutôt serait-il survenu quelque chose de nouveau dans la ferme ou dans le château ? Ma mère dormait encore ; en deux temps de galop j'étais près de la grille.

Thomas chantait toujours, mais il était tout à sa besogne et ne regardait pas de mon côté. Je me mis à soupirer de la façon la plus touchante pour attirer son attention, et j'eus la chance d'y parvenir. Il leva la tête.

« Ah ! te voilà, Criquet ! tu es bien matinal aujourd'hui. Drôle de petite bête, va ! Voyons, qu'as-tu encore ? Je vois bien ! c'est aujourd'hui comme hier, tu as l'air tendre comme un petit tourtereau. Mais il n'y aura rien

à faire du côté de Thomas aujourd'hui, mon pauvre petit.
Ce n'est pas tous les jours fête. »

Et courbé sur sa bêche, Thomas reprit sa besogne.

Je commençai à donner pour Thomas la représentation
de mes plus jolis exercices. Je fis les cabrioles qui d'ordinaire le divertissaient le plus. J'en inventai même d'instinct une toute nouvelle pour moi ; je caracolai en rond,
comme eût pu le faire un cheval savant, passant alternativement du trot au galop et du galop brusquement au pas.
Thomas ne bronchait pas. Dépité d'avoir fait tant de frais
en pure perte, j'allais m'en retourner à l'autre bout de
mon pré pour conter mes peines à maman, qui était toujours mon meilleur refuge, quand je m'aperçus que Tho
mas, appuyé sur sa bêche, avait pour un instant inter-
rompu son travail. C'était un moment fugitif à saisir. Je
donnai un coup de voix.

Thomas tressaillit. « Tu chantes la diane, me dit-il ; je
m'étais donc trompé, tu es gai, Criquet. Tu n'as pas tort
peut-être. Quant à moi, j'ai le cœur tout chose, quand je
pense que bientôt tu vas avoir mieux que moi pour camarade. »

Je dressai les oreilles et je me dis : « Enfin, voilà que
ça vient ! »

« Vois-tu, Criquet, continua Thomas, je n'ai pas de
temps à perdre avec toi aujourd'hui. Tout doit être propre
et en ordre dans la maison ; les maîtres vont arriver, il
faut leur prouver qu'on a tout aussi bien pensé à eux en
leur absence que s'ils n'avaient pas quitté le pays et que
rien n'a dépéri. Comprends-tu ça, Criquet ? »

Si je comprenais! J'appuyai ma tête contre sa main pour
le supplier de continuer. Cette fois il ne se fit pas prier :

« Quand ils arriveront, poursuivit Thomas, comme s'il m'eût enfin compris, il faut que tout soit à sa place. Plus de jeunes pousses éparpillées devant M. Criquet ; plus de trognons de carottes à côté de la grille pour mon petit bourriquet. Pourtant, mon cher Criquet, ne te fais pas peur de nos maîtres. Je suis sûr que tu ne resteras pas longtemps sans quelque douceur ; je me tromperais fort si mam'selle Rose ne te gâtait pas encore plus que moi. Alors, Criquet, le vieil ami sera oublié, hein ? »

Sa voix était triste en prononçant ces derniers mots ; mais j'étais si satisfait d'avoir appris le prochain retour de la famille de mon maître, que le chagrin du vieux Thomas ne put me retenir ; tout à ma joie, je ne pensai qu'à retourner bien vite auprès de ma mère pour lui apprendre au plus tôt la bonne ou tout au moins la grande nouvelle ! Je me détournai donc de la main amicale qui me flattait, et je m'échappai brusquement.

« Ah ! les voilà bien, s'écria Thomas ; bêtes et gens, ils sont tous les mêmes : ayez quelque chose à leur donner, ils arrivent au galop ; mais dès qu'ils l'ont, bernique, ils vous tournent le dos et les voilà partis sans dire seulement merci. »

Ces paroles de Thomas auraient dû m'attendrir, elles ne m'émurent guère alors. Mᵐᵉ la Pie avait cent fois raison : ma mère m'avait gâté et je n'étais dès lors qu'un égoïste. Ce n'est pas impunément qu'un enfant s'entend dire tant que dure le jour qu'il est un Phénix, que rien ne lui est comparable, et qu'à côté de lui tout n'est rien.

Pauvre Thomas ! c'est tout au plus si, pendant l'entretien que j'eus alors avec ma mère, je tournai deux ou trois fois la tête de son côté pour savoir où il en était de son chagrin. Thomas travaillait. Il savait, le bon et rude Thomas, ce que j'ignorais alors, c'est que le travail guérit de tout. Avec quel courage il appliquait le remède à son mal !

Ma mère accueillit la nouvelle que je lui apportais avec plaisir, mais je vis bien que le plaisir était mêlé d'une peine secrète.

« N'es-tu donc pas contente ? lui dis-je ; après ce que tu m'as raconté de la bonté des maîtres du château, je ne m'explique pas que tu ne sois pas aussi joyeuse que moi.

— Mon enfant, me dit-elle, j'ai eu raison de te dire sur nos maîtres tout ce qui devait t'apprendre à les aimer et à les respecter, mais je ne puis pas me dissimuler cependant que, dès qu'ils seront arrivés, j'aurai tout d'abord à te partager avec eux, et après...

— Après, mère, qu'est-ce que tu veux dire ?

— Après, dit ma mère, quand tu n'auras plus besoin de mes soins, nos maîtres se diront : « Nous avons donné à « la mère Christine tout le temps qu'il lui fallait pour élever « son petit ; » et tout naturellement il se pourra que bientôt on me renvoie à la ferme. Cela arrivera pour sûr en tout cas lorsque tu seras de force à me remplacer auprès de Mlle Rose.

— On nous séparerait ! » Et me jetant contre son cœur, je criais : « Je ne veux pas ! je ne veux pas ! Jamais, jamais !

— C'est la loi, dit ma mère, c'est la loi pour tout ce qui respire ; l'Oiseau quitte son nid quand ses ailes ont poussé ; le Cheval, le Chien, et les enfants des hommes mêmes quittent leur père et leur mère, quand l'heure a sonné pour eux de prouver qu'ils sont aptes à se suffire à eux-mêmes. On ne s'oublie pas pour cela, oh! non, mais chacun marche à ses destinées, et il est bien rare, bien rare, hélas! que le fils puisse y aller toujours du même pas et du même côté que ceux qui lui ont donné la vie. Dieu le veut ainsi. »

Nous ne serions pas sortis de nos douloureuses pensées de toute la journée, si vers le midi nous n'avions vu venir à nous le vieux Lapin notre voisin, gambadant, sautant, cabriolant, et, pour tout dire, dans un accès de gaieté auquel nous ne pouvions rien comprendre, tant c'était en dehors de ses allures accoutumées.

« Mère Christine, s'écria-t-il lorsqu'il se fut calmé, il y a une justice divine. Grâce à Dieu, je n'en avais jamais douté, mais de tout à l'heure j'en suis encore plus certain. Vous vous rappelez bien le vilain tour qui a été si près de tourner si mal, et que nous avait joué Biquette en venant s'endormir sur l'ouverture de notre terrier? Eh bien, tout à l'heure, avec son habituelle insouciance des autres, profitant une fois encore du fameux trou que monsieur votre fils s'est permis de faire à la haie quand il n'était encore qu'un galopin, elle est arrivée dans le pré tout *époussetouflée*. Il faut croire qu'elle venait de faire une fameuse partie, car, elle qui est d'ordinaire si leste, elle semblait ne plus pouvoir se tenir sur ses jambes. Mademoiselle cherchait l'ombre, mademoiselle cherchait le repos, et de même que le jour où elle a failli nous asphyxier tous, moi et ma famille, elle s'est laissée choir n'importe où pour se payer un bon somme.

« Ce n'importe où, cette fois-là, n'a pas été heureusement sur l'ouverture de mon terrier. Faut vous dire pourtant qu'à quelque chose malheur est bon; instruit par

l'expérience depuis l'affaire de Biquette, j'avais pratiqué
une seconde ouverture à mon logis, de sorte que, quand
même Biquette se fût permis de récidiver, grâce à ma précaution, j'aurais pu me moquer d'elle. Mais ce n'est pas de
cela qu'il s'agit, et vous m'excuserez d'avoir fait un détour
pour revenir à l'affaire de Biquette.

« Donc, Biquette éreintée s'est laissée choir au pied du

vieux saule, du côté opposé à celui que nous voyons
Ploum! boum! J'entends encore le bruit de son gros
corps tombant comme une masse sur la mousse. « Dans
« deux minutes elle va ronfler, » me dis-je. Ah bien oui! je
la vois tout d'un coup bondir à dix pieds de terre, comme
si elle avait eu un Loup à ses trousses; elle sautait, elle

sautait que je n'en revenais pas ; elle faisait des écarts qui
auraient étonné dans un Cerf, et geignait et se lamentait
à faire croire qu'elle avait des vipères dans l'estomac.
Savez-vous ce qu'elle avait, Mlle Biquette? Elle avait qu'elle
s'était couchée tout de son long sur la famille des gros
Hérissons que vous avez pu rencontrer quelquefois trotti-
nant par là-bas. Ce qui la faisait si bien danser, c'est que
le père et la mère et les quatre petits, ayant eu le temps
de sentir le danger, avaient eu l'esprit de se mettre en
boule avec tous leurs piquants en l'air ; cela avait été pis
pour Biquette que si elle s'était assise sur un fagot d'épines ; trois des petits étaient restés accrochés à ses flancs
par leurs dards, et le père lui-même, qui tenait bien parce
que ses piquants étaient plus longs, n'était retombé qu'à la
troisième culbute de Biquette. Quelle leçon pour Biquette !
et quelle revanche pour nous ! M'est avis qu'à l'avenir
cette belle demoiselle se rappellera que comme on fait son
lit on se couche. Je n'ai jamais tant ri.

— Pauvre Biquette ! » dit ma mère.

Je crus que notre voisin le Lapin allait se fâcher ; mais
il respectait trop ma mère pour s'écarter en paroles avec
elle de la déférence qui lui était due.

« Il me semble, dit-il, mère Christine, que si vous disiez :
pauvres Hérissons, vous seriez plus dans la justice ; car enfin
si la Biquette les avait trouvés endormis leurs dards abais-
sés, ils seraient tous morts à l'heure qu'il est. Ils ne sont
déjà pas si farauds, les petits, après la voltige qu'ils ont eu
à faire suspendus aux flancs de celle que vous plaignez.
La mère a été obligée de les aller ramasser de ci de là, de
tous les côtés du pré ; il y en a deux qui en avaient été
quittes pour une peur terrible, mais le troisième, qui était

leur petit dernier, était sans connaissance ; quant au père, il prétend qu'il en aura une courbature.

— Et Biquette ? me hasardai-je à dire ; car, par une bizarre inconséquence de mon cœur, je m'intéressais toujours à elle.

— Biquette, me dit le vieux Lapin en me regardant dans les deux yeux, Biquette s'est envolée !

— Envolée ! » m'écriai-je !

J'eus une si drôle de figure en prononçant ce mot, que notre voisin, rendu à sa première bonne humeur, ne put s'empêcher de rire.

« Oui, envolée, reprit-il ; elle était si effarée qu'elle n'a pas pris le temps de rechercher ton trou, monsieur Criquet, elle a franchi la haie, et dans son plus haut, comme si elle avait eu des ailes. C'est un saut périlleux qu'elle ne fera pas tous les jours pour son agrément, je t'en donne mon billet. Mais je bavarde, ajouta-t-il, quand je ferais mieux d'aller raconter la chose à ma femme et à mes petits pour qu'ils s'en fassent une pinte de bon sang. J'espère bien qu'ils verront la chose du côté où elle nous touche, et que notre revanche de Biquette les mettra en joie pour le reste de la journée.

— Ainsi va le monde, murmura ma mère. Chacun ne prend des choses que ce qui l'intéresse personnellement. S'oublier pour voir aussi le mal des autres est-il donc si difficile?

— Mère, lui dis-je, il est très drôle M. le Lapin ; est-ce que tous les Lapins sont comme lui?

— Pas tout à fait, me dit ma mère. Ce qui explique ce que tu as pu trouver de singulier dans le langage de celui-ci, c'est qu'il paraît, à ce que dit Mᵐᵉ la Pie, que le

père Jeannot, c'est ainsi qu'elle le nomme, a vécu autrefois parmi les hommes; à l'en croire, il aurait été acteur
pendant près de deux ans, et ce n'est que par miracle qu'il
a pu revenir à la vie des champs.

— Acteur? dis-je à ma mère, qu'est-ce que c'est que
cette chose-là? » Ma mère n'en savait rien. Je n'ai que
trop su, plus tard, ce que cela voulait dire.

L'histoire de Biquette et des Hérissons racontée par
Jeannot n'avait fait oublier ni à ma mère ni à moi ce que
j'avais appris de Thomas, et la journée se passa en conversations, où elle s'efforçait de me dire tout ce qu'il pouvait m'être utile d'apprendre.

Les enfants ne s'expliquent pas toujours l'embarras
qu'éprouvent leurs parents à répondre à toutes leurs
questions. Ce n'est pas parce qu'ils ne savent pas tout ce
qui leur est demandé que souvent ceux-ci hésitent ou se
taisent, c'est parce qu'il est des choses qui ne peuvent être
comprises des petits qu'après une succession nécessaire
d'instructions et d'expériences que le temps seul leur per-
mettra de percevoir. Sur bien des points qu'il ignore, l'enfant est très-souvent dans la situation d'un aveugle de naissance qui s'en prendrait à un être qui voit clair de ce qu'il
ne parviendrait pas à lui faire comprendre la différence qui
existe entre les couleurs. La réponse préalable à faire à
cette question d'un aveugle à un clairvoyant : « Qu'est-ce
que c'est que le bleu, qu'est-ce que c'est que le blanc,
qu'est-ce que c'est que le rouge, le vert ou le noir? » ce
serait qu'on pût, avant tout, lui faire don de la vue. Hors
de là, on ne peut que le plaindre et se taire. Pour comprendre les choses qui sont du seul domaine de la vue, il
ne suffit pas d'être tout oreilles, l'action des yeux est indis-

pensable. Eh bien, l'ignorance sur tel ou tel point spécial est un aveuglement que le temps et la réflexion tout d'abord, puis après les leçons bien faites, peuvent seuls parvenir à dissiper.

Ma mère m'a dit et redit tout cela, ce jour-là, pour m'expliquer l'insuffisance forcée de ses explications ; mais j'étais trop jeune pour m'expliquer que son embarras ne provenait que de l'insuffisance de mon âge et non de celle de ses connaissances.

CHAPITRE III

Malgré cela, il m'était resté quelque chose de ce qu'elle m'avait dit; c'est ainsi que beaucoup de leçons sont profitables encore, bien qu'on n'en voie pas les résultats immédiats.

« Tu n'es pas aveugle, toi, me dit-elle, tu verras finalement, et c'est quand tu sauras ce que le regard seul peut t'apprendre, que je pourrai t'instruire pour le reste. »

J'attendais donc avec plus de patience que l'heure bien heureuse de voir fût arrivée. Le lendemain l'amena, cette heure tant désirée et si redoutée à la fois. Je m'étais réveillé plus agité qu'à l'ordinaire; je sentais que pour de vrai le moment était proche. La gaieté toutefois l'empor-

tait sur l'inquiétude, et je cabriolais dans le pré plus vivement que de coutume; je courais après les Papillons; je
faisais exprès des peurs terribles aux Cigales et aux Sau-
terelles pour leur faire faire ces sauts imprévus qui m'amusaient tant; je poursuivais par malice un tas de petites
bêtes, des insectes de toutes les couleurs qui fuyaient sous
mes pas. Je me frottais contre la haie pour faire niche aux
petits Oiseaux, sans me rendre compte que j'agissais envers tous les êtres plus faibles que moi absolument comme
Biquette avait agi envers moi. Je m'étais arrêté un instant
pour écouter une Alouette dont la chanson me semblait
très-jolie, quand tout à coup il me sembla qu'une voix,
une voix plus fraîche que celle de l'Alouette elle-même,
aussi brillante et aussi bien timbrée que celle du Rossignol,
aussi douce en même temps que le ramage de la Fauvette,
venait de prononcer mon nom.

« Je crois avoir aperçu Criquet, disait cette voix,
là-bas, à gauche, à dix pas de la mère Christine. Regardez,
papa, vous n'avez jamais rien vu de si gentil ! Quelle
bonne petite figure il a, et quelles belles oreilles, et quelle
crinière déjà ! on dirait un petit Poney; et comme il
porte bien sa queue ! Père, regardez donc son nez, on
dirait un nez de velours; et l'étoile qu'il a au front, une
étoile blanche, c'est comme une ferronnière. Ah ! cher
papa, le voyez-vous? et si vous le voyez, n'êtes-vous
pas d'avis, comme moi, que c'est le plus délicieux des
petits Anes qu'on puisse voir? Quel espiègle cela doit
faire ! »

Pour le coup ma vanité n'avait plus rien à demander :
un portrait pareil était fait pour satisfaire celle de l'Oiseau de Junon, celle d'un Paon lui-même.

Je me retournai vivement du côté d'où partait cette voix si flatteuse et je m'arrêtai tout interdit.

L'exquise petite créature qui venait de parler si judicieusement à mon gré ressemblait si peu à Thomas ou à quoi que ce soit que j'eusse jamais vu et imaginé, que je ne me fis tout d'abord aucune idée de ce qu'elle pouvait être. Si j'avais pu la comparer à quelque chose de vivant que j'eusse jamais connu, c'eût été à ces riches et élégants Oiseaux que j'apercevais de loin, éclairant de leur brillant plumage la grande volière du château, et qu'on appelait, je crois, des Faisans, ou encore à une fleur fraîche éclose. Ah! qu'elle était bien nommée « Mlle Rose! » Mais c'était mieux que tout cela. Devant cette apparition d'une créature si nouvelle pour moi, je me sentis saisi d'une timidité sans nom. Ce n'était plus cette épouvante de l'inconnu quel qu'il soit qui m'avait effaré à ma première entrevue avec le vieux Thomas ; c'était la crainte respectueuse que vous impose tout ce qui vous force à l'admiration. Je me sentais devant un être évidemment plus parfait cent fois que moi-même. « Parviendrai-je à lui plaire ? » Toute ma pensée était là. On devient modeste devant toute supériorité, quand on n'est pas le dernier des sots. Mon cœur aurait volé du côté de ma petite maîtresse, mais mon trouble m'avait porté à l'autre bout du pré. Retranché derrière ma mère, mon rempart dans toutes mes émotions, je n'osais plus bouger. Toutefois, rassuré par l'immobilité de Mlle Rose, que ma fuite semblait avoir déconcertée, encouragé par ma mère qui me disait : « Va donc, mon enfant ; te dirais-je de le faire si ce n'était pour ton bien ? » je me hasardai à lever les yeux une seconde fois sur la mignonne enfant qui avait causé mon émoi. Que c'est attirant, que c'est puissant un beau regard animé d'une tendre intention ! Je fis quelques pas en avant ; la honte seule me retenait encore d'en faire davantage.

« Doucement, Rose ; doucement, ma chérie, disait à ma petite maîtresse le grand monsieur qu'elle avait appelé son père ; le pauvre petit n'est qu'intimidé ; trouvons, pour le lui offrir, quelque chose qu'il aime, et alors il viendra.

— Eh oui, papa, Thomas m'a dit que tous les jours Criquet venait manger dans sa main. Si j'avais des carottes ! Il paraît qu'il en est friand, M. Criquet.

— Tu en trouveras dans le carré à gauche, qu'il te sera facile d'arracher sans te salir, dit le père. Je te permets d'y aller. »

La gentille Rose partit en courant. Lorsqu'elle revint, les joues toutes vermeilles de la précipitation de sa course, et les deux mains pleines de carottes dont elle croyait la séduction irrésistible pour moi, j'étais parvenu à surmonter ma timidité, et je pus m'avancer vers elle sans trop d'embarras.

Ce ne fut pas cependant sans une certaine, sans une dernière inquiétude que je vis Mlle Rose ouvrir la petite porte de la grille et faire quelques pas de mon côté. Sot que j'étais ! J'aurais préféré, je crois, que la grille restât encore fermée entre elle et moi. Mais à qui n'est-il pas arrivé de trembler, au début, devant l'être qui devait être son meilleur ami ? Je fis fête aux carottes de Rose, mois, à dire vrai, de sa jolie petite main que je ne pus m'empêcher de comparer à la main rude de mon pauvre vieux Thomas, tout m'eût paru bon.

Après avoir fait ainsi, et non sans peine, la connaissance du fils, il n'était que trop juste que l'aimable Rose allât présenter ses compliments à la mère.

Elle avait gardé en réserve deux de ses plus belles carottes. Ma mère les aimait beaucoup moins que moi, mais elle les reçut comme si elle eût dû les trouver délicieuses. C'est un don plus rare qu'on ne croit de savoir bien recevoir ; ma mère avait au plus haut point cette politesse du cœur, mais ce qui la toucha bien autrement que les carottes, ce fut ce que M¹¹ᵉ Rose lui dit de son fils :

« Il est charmant, ton petit enfant, ma nou-nou, et s'il est aussi bon que tu l'as été pour ta Rose, je l'aimerai bientôt comme je t'aime. »

Se retournant alors vers moi, Rose me dit :

« Cela t'étonne, Criquet, de m'entendre appeler mère Christine ma nou-nou ; tu ne sais pas encore qu'elle m'a nourrie de son lait. Oui ! elle a été ma nourrice quand j'ai été bien malade, bien avant de devenir la tienne. Tu es presque mon petit frère de lait, monsieur Criquet ; en es-tu content ? »

Je répondis à ma trop charmante petite sœur en frottant mon museau sur sa main.

Je n'avais jamais vu ma mère si émue.

« Ah ! la gentille enfant, me dit-elle, elle se souvient de tout. C'est le bon Dieu, bien sûr, qui me l'avait envoyée au temps dont elle parle, pour m'aider à supporter mon chagrin. Si je n'avais pas eu à lui donner ce lait dont n'avait plus besoin ton frère, je crois que je serais devenue folle. »

Quand M¹¹ᵉ Rose, rappelée par son père, nous eut quittés pour retourner au château :

« Que les hommes sont heureux, me dit ma mère, qui

4

peuvent en pleurant soulager leur cœur et donner en même temps par là la preuve de leur émotion à ceux qui en sont la cause! »

A dater de ce jour, l'amitié naquit entre Mlle Rose et moi.

Je n'étais jamais si content qu'auprès d'elle, et il ne se passait pas de jour qu'elle ne me fît deux ou trois visites.

Quelquefois elle m'attirait dans la maison et même me faisait pénétrer jusqu'au salon. Elle avait entrepris mon éducation, et prétendait faire de moi un Ane très-distingué. Je faisais tout ce que je pouvais pour faire honneur sur ce point à son enseignement, mais je crains de n'avoir jamais été un bon élève. Ces visites dans le grand monde ne me plaisaient guère, et j'y échappais toutes les fois que cela m'était possible. Je m'y sentais gauche ; j'étais obligé, pour garder le décorum qu'exigent les rapports de société, de m'imposer une contrainte d'autant plus pénible qu'elle m'était moins naturelle. Habitué à l'espace et à la liberté, je ne pouvais me trouver à l'aise dans une chambre encombrée de tant d'objets étranges dont je ne comprenais pas l'usage et que je craignais toujours de renverser ou de gâter, cè qui m'aurait fait gronder.

Il est pourtant une de ces réceptions que je ne puis me rappeler sans rire.

Il s'agissait de célébrer l'anniversaire de la naissance de Mlle Rose. Toutes ses petites amies avaient été invitées. Toutes les rallonges avaient été mises à la grande table de la salle à manger, et elle avait été surchargée de bonnes choses : des gâteaux, des crèmes, des bonbons, des fruits et des fleurs. Mais le pire ou le mieux de l'affaire, c'est qu'à côté même de celui de Rose mon couvert avait été

mis. Oui ! mon couvert, une assiette superbe ! pleine de
biscuits! Rose et ses amies m'avaient fait une magnifique
toilette pour la circonstance : un bonnet orné de rubans
bleus, parce que j'étais un petit garçon, paraît-il, avait été
placé coquettement sur ma tête entre mes deux oreilles et
noué autour de mon cou par un ruban, bleu aussi, qui, je
m'en souviens, me gênait particulièrement. Des nœuds,
des pompons, des cocardes, une collerette, que sais-je
encore ! et enfin un joli petit tablier à bavette attaché
au-dessus des épaules et serré sous mes bras par une cein-
ture, complétaient mon costume. On m'attacha en outre,
par surcroît de précaution, autour du cou, une serviette
bien blanche pour protéger mes beaux habits. Une amie
de Rose, qui ne doutait jamais de rien, avait eu la pré-
tention de me faire asseoir sur un fauteuil devant la
table. « Il a de quoi s'asseoir comme tout le monde,
disait la petite espiègle, il s'assoira. » Mais Mlle Thérèse
se trompait; il me fut impossible de me tenir dans ce
maudit fauteuil, malgré les efforts que je faisais pour la
contenter sur ce point. Je tombais tantôt à droite, tantôt
à gauche sur mes voisines qui, après quelques tentatives
infructueuses, préférèrent me voir conserver mon attitude
naturelle : c'est-à-dire qu'on me permit de mettre non
pas mes coudes, mais mes deux sabots de devant sur la
table. J'avais juste la taille qu'il fallait pour y faire ainsi
très-bonne figure. C'était fatigant pour moi, mais très-
divertissant, paraît-il, pour tous les autres convives.

J'entends encore les éclats de rire des amies et des
amis de Rose : « Oh! qu'il est gentil ! comme il a l'air
sage et convenable ! comme il mange bien les biscuits ! »
Que de caresses je reçus en ce jour fortuné ! que de jolie :

bouches m'embrassèrent sur le petit point de mon museau
que Rose appelait mon nez de velours ! Quel succès j'ob-
tins, quand, dans ma naïveté, un saladier ayant été placé
près de moi, je ne fis qu'une bouchée de tout son contenu,
sans attendre qu'on eût pris le temps de l'assaisonner !
Dame, les biscuits, les sucreries, tout cela était bon et
beau, mais enfin c'était le dessert avant le dîner. La salade,
c'était mon plat de résistance, à moi. Éclairée par ce
mouvement instinctif, quelques petites filles se détachèrent et allèrent me couper de l'herbe sur la pelouse, et je
mangeai enfin de bon appétit, tout en regardant les frais
minois un peu barbouillés de crème et de confiture qui
me souriaient.

Sur la fin du déjeuner, le père de Rose entra, une bouteille de champagne à la main. Il s'agissait de boire à ma
santé. Après la mienne, on but à la santé du père de Rose
et des convives. J'eus ma part de champagne. C'est très-
bon le champagne. Je n'aurais pas été fâché que la tasse
dans laquelle on me le fit goûter fût plus grande. La
bonne humeur fut bientôt à son comble, tout le monde se
mit à parler à la fois. C'était un vrai concert d'éclats de
rires, on se serait cru dans une volière.

Enfin on se leva de table : j'avais les jambes de derrière
un peu engourdies, et la perspective de me retrouver sur
mes quatre pieds m'était fort agréable ; mais tout n'était
pas fini pour moi.

Pour me remercier d'avoir été bien sage pendant tout
le déjeuner et d'avoir bu et mangé bien proprement, un
cousin de Rose, le petit Auguste, voulut m'offrir un bouquet de violettes et le placer à mon côté, la queue dans
les cordons de mon tablier. Comme j'ignorais cet usage

mondain et que je connaissais intimement la violette pour
en avoir mangé souvent dans mon pré, je me mépris sur
l'intention du petit homme, et le bouquet eut le même
sort que tout à l'heure la salade. Alors quels cris! que de
rires joyeux! et quel gai souvenir!

Mais mes gaucheries n'avaient pas toujours autant de
succès; une fois, entre autres, ma maîtresse m'avait em-
mené avec elle au salon. Après s'être amusée, comme elle
le faisait souvent, à me mettre des fleurs ou des nœuds
de ruban aux oreilles, ou à m'apprendre à lui donner soit
le pied qu'elle me demandait, soit la main droite
ou la main gauche, elle eut la malheureuse idée
(l'intention était bonne) de me faire prendre ma première leçon de piano. Thomas me l'avait prédit. M'apprendre mes notes et réformer ma voix était son rêve.
S'approchant alors d'un grand meuble qui tenait tout un
coin de la chambre, elle me plaça à côté d'elle, en me
disant :

« Écoute bien, Criquet; tu aimes la musique, cela va te
faire plaisir ! »

Glissant alors d'un mouvement rapide ses doigts sur
toutes les touches de l'instrument successivement, pour
servir de prélude au morceau qu'elle voulait me jouer, elle
en fit sortir une série de sons si singuliers et surtout si
inattendus pour moi qui entendais un piano pour la première fois, que, persuadé que quelque animal extraordinaire était caché dans cette belle boîte, je pris la fuite,
au galop, sans prendre garde que la gouvernante de Rose
lisait son journal près de la porte. La bonne dame n'avait
pas plus prévu mon choc que je n'avais prévu la musique du
piano. Je la bousculai et elle tomba à la renverse. Grâce

à Dieu, elle en avait été quitte pour la peur et ne s'était
fait aucun mal. Mais quelques événements de cette nature
m'ôtèrent toute confiance en moi-même, et je m'efforçai
de faire comprendre à ma petite maîtresse que, si j'entrais
jamais dans le salon, ce serait uniquement pour lui obéir
et nullement pour mon plaisir.

Je crois qu'elle le comprit, car souvent elle me disait :
« Décidément, Criquet, tu aimes mieux gambader dans les
champs que de venir au salon comme une personne bien
élevée. Ce tapis de laine dont tu as essayé, sans réussir,
de manger les fleurs (hélas ! c'était vrai !), te plaît moins
que l'herbe de ton pré. Je vois bien ça. Mais tu sais que
tu dois être un petit Anon tout à fait comme il faut. Je
tiens à ce qu'on puisse te citer pour tes excellentes manières ; si tu passes ta vie à folâtrer sur l'herbe, tu resteras
balourd, grossier, ignorant, et je serai honteuse de toi.
Après tout, me disait-elle en me menaçant de l'extrémité
de son doigt rose, tu es moins à plaindre que moi. Je reste
des heures et des heures à apprendre mes leçons, tandis
que toi, petit bêta, tu ne peux pas rester cinq minutes à
la même place. Ah ! Criquet ! tu as bien des choses à
apprendre avant que ton éducation soit parfaite. »

Et c'était vrai, bien que je ne m'en rendisse pas compte
alors. Jeune et imprévoyant, je jouissais de mon bonheur
sans me soucier du lendemain et n'attendais de l'avenir
que de nouvelles faveurs.

Ma mère était plus heureuse de la familiarité qui m'accueillait au château que moi-même. Quand je lui racontais
au jour le jour les gâteries dont j'étais l'objet, elle se sentait
comme rajeunie. Rose était du reste fort attentive pour sa
nou-nou ; elle avait toujours en réserve dans sa poche

quelque morceau de sucre pour elle. Mais elle l'aurait
oubliée pour ne penser qu'à moi que celle-ci l'eût trouvé
tout naturel. Ah! l'affection des mères! c'est la seule
dont on ne trouve jamais le fond.

Mme la Pie, qui avait une sincère amitié pour mère
Christine et dont entre temps j'appréciais les bonnes qualités, tenait compagnie à ma mère pendant mes absences.
Elle était moins satisfaite qu'elle de tout ce qui m'arrivait. Un jour que je revenais la tête pleine de toutes les
fêtes qu'on me faisait au château :

« Tout cela est bel et bon, dit-elle à ma mère, mais.
vous avez trop de raison pour croire que cela puisse durer.
Ce n'est pas l'éducation que j'aurais voulue pour ce mar-
mot-là. On s'amuse de lui parce qu'il est petit et gentil
comme tout ce qui est petit; mais si cela continue, à quoi
sera-t-il bon quand il sera grand et réduit à l'ordinaire des
Anes? De la crème, des confitures, des fruits confits, du
champagne, tout ça n'est bon qu'à lui pervertir le goût.
C'était déjà trop des pommes et des carottes du vieux
Thomas. Quand il sera devant une botte de foin et un
seau d'eau claire, il est capable de renâcler, votre frelu-
quet de fils. On oublie trop, quand on comble les enfants,
qu'ils ne pourront pas être gâtés toujours et que la transi-
tion de la vie enfantine à l'autre leur sera d'autant plus
dure qu'ils y auront été moins préparés.

— A chaque heure suffit sa peine, Mme la Pie, répondit
ma mère, essayant d'adoucir sa voisine. En êtes-vous plus
malheureuse aujourd'hui, vous-même, pour avoir été élevée dans les cuisines du château, comme une princesse,
par la femme de Thomas? N'est-ce pas là que vous avez
appris le meilleur de tout ce que vous savez? Auriez-vous

toutes vos idées si vous n'aviez jamais vécu qu'au haut
des peupliers comme toutes les autres pies nos voisines?
C'est grâce à l'éducation exceptionnelle que vous avez
eue qu'aujourd'hui vous n'êtes embarrassée de rien, à ce
point que vous pouvez causer avec les hommes dans
toutes leurs langues.

— La mère Thomas a été ma bienfaitrice, je suis loin
de le nier, répliqua Mme la Pie ; mais si vous croyez
qu'elle m'a gâtée, vous vous trompez du tout au tout.
Est-ce qu'elle m'aurait instruite, si elle ne m'avait jamais
rien refusé? J'ai été à meilleure école que vous ne croyez
avec cette digne femme, et je vous affirme que quand
Margot n'avait pas su répéter comme il faut sa leçon,
Margot n'avait rien à attendre d'elle. Deux heures de cage
et la portion congrue, voilà ce qui me revenait quand je
n'avais pas été docile. Pauvre mère Thomas, elle n'avait
qu'une parole, celle-là : on s'était bien conduit, elle était
bonne ; mal, c'était la sévère Mme Thomas : il n'y avait
pas à barguigner avec elle. Suivant qu'on avait mérité
l'une ou l'autre, on était aussi sûr de la punition que de
la récompense, et il n'y a rien de tel, voyez-vous, pour
faire un vrai bon caractère aux enfants.

— Il faut croire, ma voisine, reprit ma mère, qui
tâchait toujours de ramener Mme la Pie à des idées plus
douces, il faut croire que vous avez été un fier élève tout
de même, car enfin, rien que pour la manière de parler, il
n'y avait vraiment plus de différence entre Mme Thomas et
vous. Tenez, pas plus tard qu'avant-hier, vous savez bien,
le matin que Thomas était sur le point de se laisser entraîner par le cocher à aller au cabaret, et que déjà il avait
laissé là sa bêche, vous n'avez eu que quelques mots à dire

et le pauvre homme est resté coi. « Viens ici, Thomas !
« A l'ouvrage, Thomas ; ton nez rougit, Thomas ! Pense à
« ton nez, notre homme ! » Le vieux Thomas a repris sa
bêche comme si un ressort l'avait poussé, et je l'entends
encore : « Satanée Pie, va ! Si c'est pas à croire que c'est
« ma femme elle-même qui me l'expédie ! » Et il n'y a pas
à dire, le cocher n'a pas pu le faire démarrer. Eh bien,
mère Margot, est-ce que vous ne le regrettez pas, ce temps
où vivait Mme Thomas ?

— Je regrette ma bienfaitrice, répondit Mme la Pie, et
dans ma bienfaitrice ma juste, mais très-sévère amie.
Vous l'avez bien vu : tout de suite après son trépas, et
cela prouve bien que c'était à elle que je tenais et non au
reste, je n'ai rien eu de plus pressé que de revenir à la
vraie existence des Pies. J'ai fait mon nid brin à brin
comme les autres, et pas un jour je n'ai regretté le nid
tout fait que j'avais au château. Ce n'était pas le coton qui
y manquait cependant. Mme Thomas et moi nous étions
par grand hasard, quoiqu'elle fût née femme et moi Pie,
faites absolument l'une pour l'autre ; ça ne se voit pas
tous les jours, des accords comme celui-là. Vous me
croirez si vous voulez, mère Christine, nous avions fini
par nous ressembler comme deux gouttes d'eau ; si bien
qu'un jour que nous jasions toutes les deux ensemble
après dîner, le vieux Thomas, tirant sa pipe de sa bouche
et partant d'un de ces bons rires qui gagnaient toujours sa
femme, se mit à dire à Mme Thomas, en nous regardant
toutes les deux : « Vrai de vrai, madame Thomas, j'ai deux
« femmes, mais quelle est la Pie ? »

« Mme Thomas aimait à jaser, j'en conviens, mais non pas
avant sa besogne faite, et j'ai encore dans l'esprit sa ré-

plique de ce jour-là à Thomas. Ça ne se faisait jamais attendre, les ripostes de Mme Thomas à son mari. Il avait l'air content de son mot, le père Thomas, et sa femme, au fond, n'en était pas autrement fâchée. Mais allongeant d'un mouvement vif le bout de son doigt sur le nez de son mari : « De jaser, lui dit-elle, et d'être confondue par « mon mari avec notre Pie, cela ne me donnera toujours pas « un nez d'acajou comme le tien, mon pauvre Thomas! » et de rire à son tour. Sa trouvaille d'un nez d'acajou l'amusait.

« L'homme n'est pas parfait, répondit Thomas en embrassant sa femme, mais que veux-tu, ma pauvre Marianne! c'est toi qui parles et c'est moi que ça altère. »

« Ah! les bonnes gens! Aussi, croyez-le bien, si je ne quitte pas le pays, c'est pour le vieux Thomas aussi bien que pour vous. Je veille sur lui. Il me semble que c'est un devoir pour moi, en l'interpellant de loin en loin comme l'interpellait sa femme, de l'empêcher d'oublier sa défunte épouse. Ce n'est pas pour lui faire du mal, bien au contraire, que j'entretiens en lui ce souvenir. Tant qu'on ne perd pas la mémoire des gens qu'on a aimés, cette mémoire vous garde de mal faire.

« Où je vois que je fais plaisir plutôt que peine à Thomas en lui remémorant sa défunte femme, c'est que, quand cela m'arrive, le pauvre brave homme ne manque jamais de faire quelque chose qui me le prouve. Savez-vous ce que j'ai trouvé sur le pas de la grille le jour que vous me rappelez, celui où j'ai arrêté Thomas d'aller avec le cocher boire le vin blanc qui lui met le nez en couleur? Quatre noix tout épluchées, et qui n'étaient pas tombées là du ciel, bien sûr. Et qui les y avait placées?

C'était le vieux Thomas. Et à qui les destinait-il, s'il vous plaît, sinon à l'amie de sa femme, de Mᵐᵉ Thomas, qui m'en épluchait toujours?

« Bon Thomas! Il n'y avait que sa femme pour valoir encore mieux que lui. J'ai eu bien de la peine à me faire une raison, mère Christine, quand je l'ai vu porter au cimetière; c'est une dure chose que de survivre à ses amis; les Pies vivent trop longtemps. »

Bien que tout ce que Mᵐᵉ la Pie disait à ma mère ne fût pas pour me faire plaisir, je ne pouvais pas m'empê- cher de me dire que c'était un Oiseau juste et sensé : il est clair qu'elle causait pour mon bien, et quoique son amitié pût me contrecarrer quelquefois, j'avais, malgré mon dépit, de l'estime et de l'affection pour elle. Les enfants sont meilleurs juges qu'on ne croit de la valeur des choses et des gens. Ils usent et abusent volontiers de la faiblesse de quelques-uns, mais ils ne prisent au fond que ceux qui ne sont pas dupes de leurs défauts et qui savent leur résister à propos.

C'était un bon temps, en somme, que celui de ces jour- nées remplies tout à la fois d'idées folles et de sages remon- trances, et j'aime à y reporter ma pensée. Mais ce qui est charmant pour moi l'est peut-être moins pour ceux qui me liront. Il est donc temps pour les autres, sinon pour moi-même, que je passe à une période plus acci- dentée de mon existence.

L'hiver vint, j'eus à faire connaissance avec la vie de l'écurie. Les froids étaient durs, et quand le vieux Tho- mas m'eut montré ainsi qu'à ma mère ce qu'il appelait notre chambre à coucher, je ne tardai pas à m'en arran- ger. L'hiver a ses douceurs. La paille fraîche et sèche

vaut mieux par les mauvais temps que l'herbe et la terre
mouillées.

Si l'hiver n'eût pas dû faire déserter le château par la
famille de nos maîtres, j'aurais facilement pris mon parti
du changement de saison. Dans les belles gelées qu'égaye
le soleil, le froid n'est qu'un stimulant. Malheureusement,
Mlle Rose vint un jour tout affairée dans notre appartement :
elle était en costume de voyage, et garnie de fourrures
jusqu'au menton.

« Mère Christine, dit-elle à ma mère, cela ne vous
étonne pas, vous, de me voir partir; mais Criquet ne sait
pas encore ce que c'est qu'une séparation, et ça va lui faire
du chagrin. Je l'ai bien recommandé à Thomas, ainsi que
vous. Vous serez bien soignés tous les deux. Je ne vous
demande qu'une chose, mère Christine, empêchez Criquet
de m'oublier. »

Ceci dit, elle me jeta les bras autour du cou, m'embrassa sur le nez, me mit un morceau de sucre dans la
bouche et partit en me disant non pas adieu, mais au
revoir.

Je ne croyais qu'à une absence de quelques jours. Quand
je vis que cette absence durait des semaines et des mois,
j'en vins à perdre l'appétit. Ma mère essayait bien de me
consoler, mais elle n'y parvenait pas toujours. Malgré
cela, mon chagrin, très-vif d'abord, se changeait en une
tristesse douce. Le vieux Thomas semblait m'avoir compris. Dès qu'il faisait beau, il me venait chercher, et un
jour qu'il avait à ouvrir les fenêtres du salon, il eut la
bonne idée de me dire d'y entrer avec lui.

Cela me fit à la fois grand'peine et grand plaisir de me
retrouver au milieu de tous les meubles qui me rappe-

laient mon amie Rose. Au pied du canapé, je vis un petit
berceau ; dans le petit berceau, entouré de rideaux de
gaze, j'aperçus un petit visage rose et frais entouré de
jolis cheveux blonds : c'était celui de Mlle Virginie, la
poupée favorite, la dernière poupée de mon amie Rose.
Je n'avais jamais bien compris ce que pouvaient être ces
petites filles, plus petites encore que les autres, qui ne
bougent pas et n'ont de mouvement que celui que leurs
petites maîtresses leur communiquent. Quand je vis
Mlle Virginie attendre si tranquillement sa maîtresse sans
que ses yeux fussent pleins de larmes, sans qu'une seule
des boucles de sa coiffure se fût dérangée, sans que les
roses de son teint eussent pâli, je me demandai par quelle
illusion les vraies petites filles peuvent en arriver à chérir
de tout leur cœur ces petites personnes insensibles. Est-ce
donc une bonne chose que l'illusion ? Quoi qu'il en soit,
craignant de calomnier la petite amie de ma chère Rose,
je m'efforçai de penser qu'en étant bien sage, et en attendant sa petite maîtresse sans s'impatienter et sans quitter
la place où elle l'avait déposée, Mlle Virginie faisait en
somme tout ce qu'elle pouvait.

Mais je n'étais pas au bout de mes expériences. L'hiver
passa, nos maîtres ne revinrent pas, et un jour, jour terrible, ma mère, elle aussi, oui, ma mère elle-même fut
obligée de me quitter pour se rendre dans une autre propriété de mon maître, où elle avait à reprendre son service. Elle n'était venue habiter quelques semaines avant
ma naissance le château que parce qu'on avait pensé
qu'elle y serait mieux pour me donner les soins nécessaires à mon enfance. Elle ne m'était plus indispensable,
croyait-on ; elle retourna à ses travaux.

Je pensai alors à Mlle Virginie, à la petite poupée qui
attendait avec tant de résignation le retour de Mlle Rose,
et plus d'une fois, tant je souffrais, je fis le vœu de pouvoir devenir une petite poupée, aussi insensible qu'elle.

Sans Mme la Pie et sans Thomas, que serais-je devenu ?
« Crois-tu donc que nous ne la regrettons pas, la pauvre
mère Christine ? me disaient-ils l'un et l'autre, chacun à
sa façon. Mais il faut se faire une raison. — Au lieu de
penser à ton seul chagrin, me disait Mme la Pie, tâche de
penser au chagrin, cent fois plus grand, de ta pauvre mère !
et dis-toi qu'il dépend de ta conduite de le rendre moins
amer. Écoute-moi, Criquet : j'ai promis à la mère Christine d'aller de temps en temps à la ferme pour lui donner
de tes nouvelles, et de te rapporter des siennes. Si je lui
dis que tu manques de courage, que tu maigris, sa peine
à elle redoublera ; d'ailleurs ses occupations mêmes la
ramèneront quelquefois au château. Thomas n'a pas un
cœur de pierre, il s'arrangera pour que vous passiez
encore quelques bons moments ensemble. »

Tout cela était bel et bon, mais cela ne me rendait pas
ma mère. Que de regrets j'eus alors de l'avoir si souvent
quittée, rien que pour aller jouer comme un enfant imprévoyant que j'étais ! C'est la revanche des parents les, jours
et les années de séparation ; le cœur de leurs enfants ne
semble pouvoir être tout à eux qu'alors qu'ils ne sont
plus là, et que quand il est trop tard pour leur prouver
qu'ils n'étaient cependant point ingrats.

Tout se passa comme la Pie et Thomas me l'avaient dit :
je revis ma mère ; une fois même elle passa toute la nuit
avec moi, et nous pûmes dormir encore, comme autrefois
dans notre pré, à côté l'un de l'autre, nous sentant là

tous les deux, nous touchant. Quelle bonne journée! quelle bonne nuit! mais comme cela passa vite!...

La Pie bien souvent allait du château à la ferme et revenait de la ferme au château; mais ce n'était plus la même chose. C'était encore et toujours l'affreuse séparation.

« Criquet, me dit un jour Thomas, c'est la moisson, suis-moi jusqu'à la ferme, viens voir ta maman, tu vas voir qu'elle n'est pas si mal là-bas. Je suis sûr que, quand tu l'auras vue si bien installée, et forte à l'ouvrage comme à l'ordinaire, ça te fera penser à elle, après, avec plus de courage. »

Cher bon Thomas, c'est un des jours bénis de ma vie que je lui dus là. Il me mena aux champs. Je trouvai ma mère au milieu des gerbes : elle était en liberté et attendait avec une conscience tranquille que la part de la récolte qu'elle devait rapporter à la grange fût chargée sur la voiture qu'elle venait de ramener à vide. Elle était en bonne santé ; une bonne âme avait placé un seau d'eau devant elle pour qu'elle pût se rafraîchir. Du plus loin que je l'aperçus, je poussai un braiment de joie qui la fit tressaillir. Elle avait levé vivement la tête : en deux bonds elle fut auprès de moi. Quel bon moment! mais nous avions à peine eu le temps d'échanger les premières caresses que la voix d'un des fils du fermier la héla : sa charge était prête. Ma mère alla d'elle-même prendre sa place entre les brancards; en un clin d'œil elle fut attelée. Je jetai un regard inquiet sur Thomas :

« Si tu veux, Criquet, nous allons accompagner mère Christine jusqu'à la ferme. »

Si je le voulais !

Il y eut toutefois un temps d'arrêt. « Regarde cela, regarde tout autour de toi, me dit Thomas; qu'en dis-tu,

Criquet? Ces champs dorés à perte de vue, est-ce que ça
n'est pas plus beau encore que mon pauvre petit jardin? »
Et ma mère ajouta : « Oui, regarde. » La moisson était
superbe cette année-là ; tout le monde travaillait. Dans
ce vaste champ à moitié fauché, tout était joie et gaieté.
Chacun avait sa tâche et la remplissait avec ardeur, non-
seulement les hommes, mais des femmes, des jeunes filles,
et jusqu'à des enfants; personne ne se croisait les bras.
On suait, mais on chantait. La terre féconde avait payé
les labeurs de l'homme. Ce qui me fit particulièrement
plaisir, c'est que je vis que ma mère était très-aimée ;
pendant qu'on l'attelait, une petite glaneuse lui avait
apporté un fagotin de jeunes pousses. Quand le moment
de démarrer fut venu, dix voix lui crièrent : « Courage,
mère Christine ! A bientôt ! A tout à l'heure ! — Partons », dit Thomas qui s'était chargé de ramener la voiture à la grange ; mais mère Christine savait son chemin.
Elle tira d'un vigoureux effort sa voiture hors du champ.
Thomas, le brave Thomas l'y aida en poussant par derrière
à la roue. « Entre amis, dit-il à ma mère, on se doit un
coup d'épaule. » Comme j'aurais voulu être grand pour être
attelé devant ma mère et prendre ma part de son travail!

Une fois hors du champ, sur la route bien unie, ma
foi, cela avait l'air d'aller tout seul ; j'avais emboîté le pas
auprès de ma mère, j'avais six pieds et je n'aurais
pas cédé ma place pour marcher à la tête d'un régiment.

« Bravo, Criquet ! bien, mon enfant ! » me cria tout
à coup une voix qui n'était ni celle de Thomas, ni celle
de ma mère, et qui semblait descendre du ciel. C'était
la voix joyeuse de Mme la Pie : « Tu ne t'attendais pas
à me trouver là ! hein? » me dit-elle. Où était-elle per-

chée? Un geste de Thomas me la fit apercevoir : elle sautillait pour garder l'équilibre sur la plus haute gerbe de la charette que traînait ma mère.

« Satanée Pie! s'écria Thomas, elle est toujours aux bons endroits ; faut croire qu'elle nous a suivis.

— Bonjour, Thomas ! dit la Pie.

— Bonjour, bonjour, Margot, » répondit Thomas en se

grattant l'oreille d'une main, et portant l'autre, par un mouvement involontaire, sur son nez. Il pensait bien sûr à sa femme.

« Criquet, reprit la Pie, sans s'inquiéter autrement de la présence de Thomas, n'oublie jamais cette journée. Pour la première fois tu vois ta mère au travail ; promets-lui qui tu suivras un jour l'exemple qu'elle te donne, et

5

que tu ne bouderas pas plus qu'elle à l'ouvrage, quand il
s'agira de gagner le foin que tu manges. Cette leçon te
vaudra mieux, si tu sais la comprendre, qu'aucune de
celles que j'ai jamais pu te donner. C'est la leçon du travail, la vraie leçon de la vie. Celui qui ne sait pas travailler ne doit pas manger. Mère Christine, le souvenir
du chemin que vous faites avec le petit, en traînant cette
charrette de blé à côté de lui, sera plus sain pour votre
Criquet, s'il a le sens commun, que celui de toutes les
fêtes folles qu'on lui donnait au château. »

Ces paroles de Mme la Pie m'avaient été jusqu'au cœur ;
certes, si j'avais été consulté ce jour-là sur le choix de
mes destinées, je n'aurais pas hésité ; j'aurais crié : « Moi
aussi, je veux être laboureur ! »

Et mon histoire serait finie.

Hélas ! elle est à peine commencée.

Le soir venu, il fallut retourner au château. Une année
encore, une année tout entière se passa. Les visites de ma
mère se faisaient de plus en plus rares et je ne retournai
qu'une fois à la ferme. Sans Mme la Pie, qui était vraiment bien bonne, nous serions restés sans nouvelles. Sans
elle aussi le courage m'eût bien plus tôt abandonné. Les
maîtres du château n'étaient pas revenus ; qu'avait-il pu
se passer pour que, malgré ses promesses, Mlle Rose
n'eût pas repris le chemin de cette belle campagne qu'elle
aimait tant ? Cette triste année m'a laissé sans souvenir.
Je n'étais plus un enfant, je n'étais pas encore un Ane ;
les jeux d'autrefois ne me suffisaient plus, les jours étaient
sans fin. Rien ne m'intéressait. Je fuyais la société. Les
propos de notre voisin, le vieux Lapin, au lieu de me
distraire, m'impatientaient. Il est vrai de dire qu'il com-

mençait à radoter très-fort, le pauvre vieux. Croiriez-vous qu'il racontait encore l'histoire de Biquette? Les Hérissons avaient disparu, émigré sans doute, mais ce n'était pas un voisinage regrettable. Le chant des Oiseaux seul avait encore le pouvoir de calmer mes mélancolies.

« Ça ne va donc pas, mon pauvre Criquet? me disait Thomas; patience! tu auras bientôt tes trois ans; tu seras alors grand garçon, tu travailleras, et tu verras qu'il n'y a rien de tel que le travail pour chasser l'ennui. »

Mais peu à peu l'oisiveté avait amorti les bonnes résolutions qui m'avaient animé depuis ma première visite à la ferme.

N'allez pas croire que la seule idée sage qui eût pu naître de cette solitude pesante, le désir du travail, me vînt jamais. Je ne pouvais, au contraire, accepter la pensée d'un joug quelconque. Le labeur que je voyais accomplir à quelques-uns de mes semblables, disgraciés et malheureux, pourrait-il jamais m'être imposé, à moi aussi? Criquet! porter du son, de la farine! traîner la charrette! traîner de la paille, que dis-je! du fumier, comme tant d'autres! C'était impossible. Criquet faire œuvre servile! Je ne l'imaginais seulement pas.

Entre mon pré et le champ, on avait depuis peu ouvert un chemin que les gens du village prenaient souvent pour aller au marché de la ville voisine. Il était encore très-pierreux, mais plus court; ceux qui allaient à pied passaient de préférence par la grande route, mais ceux qui avaient des voitures ou des Anes, ne songeant pas à ménager leurs montures, ne prenaient jamais que celui-là. La vue de tous les passants était la seule distraction qui me fût offerte, et certes les exemples de résignation dans

la misère, que j'avais sous les yeux, eussent dû être pour
moi un utile enseignement. Aujourd'hui, des hommes,
des femmes, d'autres animaux quelquefois, des Moutons
et des Veaux, voire même des Cochons, s'empilaient dans
les chariots et se faisaient lâchement traîner, voiturer par
deux Anes étiques, à l'échine écorchée, que ne ména-
geait jamais le fouet du maître ; demain, c'était l'Ane
du moulin, pliant sous des sacs écrasants ; il allait la tête
basse, trébuchant sous son lourd fardeau ; son maître,
homme brutal, le menait durement et ne se faisait pas
faute de se faire porter, lui aussi, dans les endroits difficiles, ceux justement où le pauvre animal aurait eu le
plus besoin d'être ménagé. Qu'avait donc fait ma race
pour être condamnée à un sort si misérable et pour le
subir sans révolte ?

IV

CHAPITRE IV

Plus d'un regard d'envie m'était adressé par-dessus la haie par mes frères malheureux, sans que je songeasse à m'étonner de la différence de leur destinée et de la mienne; sans qu'il me vînt à l'esprit de déduire de la comparaison que moi, du moins, j'étais, et sans droit aucun, un des favorisés de mon espèce.

O sottise de la vanité, je m'étais fait de mon mérite une très-haute idée, et je me croyais d'une sorte supérieure! Comme un petit fat que j'étais, j'avais la niaiserie d'être tout particulièrement fier de ma beauté. Il m'arrivait souvent de rester des heures entières debout, les deux pieds de devant dans l'eau transparente du ruisseau qui

coulait au bout du pré. Là, dans ce miroir mouvant, je ne
me lassais pas d'admirer mes oreilles longues et soyeuses,
l'étoile blanche qui, comme une parure, se dessinait sur
mon front; mes yeux, que je trouvais à la fois fiers et
pleins de malice ; ma crinière noire, dont plus d'un cheval
aurait pu être jaloux; ma robe d'un si beau brun, et la
croix, signe de la noblesse de ma race, qui se dessinait
nettement sur mes épaules pour aller rejoindre une queue
qui, selon moi, eût dû suffire à l'admiration du monde
entier. Aussi, dans ces Anes mal peignés, sans grâce et
sans intelligence, qui passaient le long du chemin, si
j'étais forcé de reconnaître des individus de mon espèce, je
ne pouvais admettre qu'ils fussent de ma qualité, de ma
caste, et j'en concluais que ma supériorité me préparait à
de tout autres destinées.

Mes rapports avec le vieux Thomas étaient devenus
beaucoup moins fréquents et moins familiers. Les farces et
les gambades me semblaient fort au-dessous de ma dignité.
Quand Thomas m'offrait de faire une partie et me demandait de lui faire ce que, dans son langage familier, il appelait une risette, je savais affecter un air de parfaite
indifférence qui, si ma petite maîtresse avait pu me voir,
lui aurait montré comment j'avais compris les leçons de
belles manières qu'elle s'était efforcée de me donner jadis.
Bref, mon aplomb, et mon profond dédain pour tout ce qui
ne me touchait pas personnellement auraient fait honneur,
je vous assure, à n'importe quel faquin de grande ville.

Je n'avais plus personne qui pût me rappeler au sens
commun. Mme la Pie s'était fixée auprès de ma mère et
ne faisait plus que de courtes apparitions, qui avaient pour
but de rapporter des nouvelles de ma santé à son amie, de

voir son vieux Thomas plutôt que moi, et de lui faire
quelque niche. Elle ne restait pas assez longtemps pour
surprendre les fâcheuses déviations de mes pensées.
J'avais, dans ma solitude, grandi en vanité seulement;
c'était tout mon gain. Il était, comme on le voit, de ceux
dont on ne saurait s'applaudir. Il faut dire que le nez de
Thomas, à qui la surveillance de sa femme, de Mme la Pie
et de ses maîtres manquait tout à la fois, rougissait de plus
en plus. Cet état de choses menaçait de nous être à jamais
funeste à tous les deux.

Un jour qu'absorbé dans la contemplation de mes mérites méconnus, je déplorais plus amèrement que de coutume l'obscurité où je végétais, sans autre confident de ma
peine que le ruisseau dont le murmure, tant soit peu moqueur, répondait seul à mes plaintes, j'entendis tout à coup
derrière moi une voix qui, pour avoir cessé de m'être familière, était toujours restée dans mon souvenir en dépit
de l'absence.

« Charlot! Charlot! » J'ai oublié de dire que mon premier nom de Criquet, ayant paru indigne de moi à ma
petite maîtresse, Charlot, le nom même de mon père, était
pour elle devenu mon nom. « Charlot! » répéta pour la
troisième fois la voix aimée....

Décidément, ce n'était point une illusion; nul que ma
petite maîtresse elle-même ne pouvait me donner le nom
de Charlot. Je me retournai vivement et je me disposais,
dans le premier élan d'un bon mouvement, à courir du
côté d'où cette voix me paraissait venir, quand, au lieu de
la petite fille que j'avais eue pour maîtresse, et que je
m'attendais à revoir, je vis s'avancer vers moi une belle
jeune personne, qui me parut d'abord m'être complétement

inconnue. Mon ancienne timidité avait fait place à un sentiment très-exagéré de ma valeur, dont je ne me départais
que difficilement vis-à-vis des étrangers. Je restai donc
immobile sous mon arbre, remuant nonchalamment les
oreilles, comme pour dire : Me voilà; mais si vous voulez
faire ma connaissance, mademoiselle, vous n'avez qu'à
venir jusqu'à moi.

« Comment! Charlot, tu ne me reconnais pas? Tu as
oublié ta maîtresse? Oh! le vilain ingrat! »

Il n'y avait plus à en douter, c'était bien Rose ; mais
qu'elle était changée! Au lieu de l'enfant mignonne et
étourdie avec laquelle j'avais vécu dans une si complète
familiarité, c'était presque une jeune fille, charmante
toujours, mais déjà imposante par la distinction de son
attitude.

Cependant, si Rose était changée extérieurement, je
compris bientôt que son cœur était resté le même. Elle
répéta ces mots : « Tu as oublié ta maîtresse? » avec
tant de bonté et aussi tant de tristesse que, rentrant
subitement en moi-même, je me sentis désolé, non-
seulement d'avoir pu la méconnaître un instant,
mais surtout d'avoir été assez sot pour prendre mes
grands airs avec elle. Toutefois, comme il me répu-
gnait d'avouer que j'avais eu tort, au lieu de faire ce
que mon cœur me dictait, c'est-à-dire de courir au-
devant d'elle, je me contentai de faire quelques pas en
avant, et là je m'arrêtai, attendant qu'elle prît elle-même
la peine de s'approcher de moi à son tour. Combien
je fus puni de mon orgueil quand, ma maîtresse s'étant
retournée vers son père, je l'entendis lui dire :

« Est-ce croyable, papa? Charlot m'a oubliée! J'avais

toujours entendu dire que les Anes sont bêtes et incapables
d'un véritable attachement, mais j'espérais que Charlot
serait, comme sa mère, une exception. Oh ! cela me fait
tant de peine que je ne puis y croire !

« Charlot, ajouta-t-elle en étendant encore la main vers
moi, tu ne sais pas le chagrin que tu viens de me faire ! »

Comment ! cette maîtresse dont j'avais tant regretté
l'absence, tant désiré le retour, était là, près de moi, et
c'était là l'accueil que je lui faisais ! J'aurais mérité qu'elle
me tournât le dos ; aussi, en l'entendant me parler avec
cette douceur, je ne pus résister plus longtemps. Je
m'élançai vers elle, je frottai ma tête contre sa main ; j'essayai de lui prouver, par mes soupirs et mes gémissements,
mon sincère repentir, et de lui faire mieux augurer de mes
bonnes résolutions pour l'avenir.

Elle ne demandait pas mieux que d'accepter mes excu-
ses ; au bout de quelques instants la réconciliation fut
complète. Je me sentis heureux comme je ne l'avais plus
été depuis bien des mois. Si j'avais pu revoir ma mère en
même temps, mon bonheur eût été parfait.

« Pauvre Charlot, me disait ma maîtresse en me caressant, j'aurais dû me rappeler que je suis pour le moins
aussi changée que toi. Il n'est plus le même ; il n'est plus
aussi gentil que quand il était petit, mais il est plus beau ;
c'est un très-bel Ane, notre Charlot, n'est-ce pas, père ? »

En pouvait-on douter? Cette seule pensée faillit me
rendre toute ma mauvaise humeur, car, je l'ai déjà dit, je
me croyais ingénument le plus bel animal qui fût au monde.
Ma mère et ma petite maîtresse elle-même ne m'avaient
pas impunément dit et redit que j'étais un Phénix. Si
j'avais trop oublié les vertes leçons de Mme la Pie, je

n'avais malheureusement rien oublié des gâteries dont ma première enfance avait été l'objet. Ma vanité, remuée de nouveau par la réflexion pourtant si naturelle de ma maîtresse, m'absorba si complétement que je n'entendis rien de ce qui se passait entre elle et son père, jusqu'au moment où ces mots vinrent frapper mon oreille :

« Thomas le dressera, mon enfant, et alors tu pourras, à ton choix, soit le monter, soit l'atteler à la petite voiture. Voici le moment venu pour Charlot de nous prouver qu'il est reconnaissant des soins que l'on a eus, chez nous, de son enfance.

— Charlot à la petite voiture !... Oh ! que j'aimerai cela, papa ! répondit ma maîtresse. Elle est légère, ma petite voiture d'osier, et moi pas bien lourde encore. Cela ne fatiguera pas Charlot, bien sûr. Il a l'air très-solide, maître Charlot ; il est déjà plus grand que dame Christine, qui nous a traînées si souvent, maman et moi. Crois-tu qu'on pourrait l'atteler tout de suite ?

— Tout de suite non, mais bientôt, si Thomas a le temps de le dresser d'abord. Tu feras bien, toutefois, de commencer par le monter, afin de l'habituer au travail et à l'obéissance.

— Eh bien, Charlot, en voilà assez pour aujourd'hui, continua ma maîtresse, en posant doucement sa main sur ma tête ; nous ferons bientôt plus ample connaissance. Je ne sais trop si cela t'amusera autant, de me porter sur ton pauvre dos ou de me traîner dans une voiture, que de jouer dans le pré et au salon. Dis donc, Charlot, seras-tu un bon petit Ane, et trotteras-tu bien vite ? aussi vite que tu peux le faire quand tu le fais pour ton seul plaisir, petit entêté ? Auras-tu soin de m'éviter les culbutes ? »

Pour toute réponse, je me contentai de secouer légère-
ment les oreilles, et, dès qu'elle se fut éloignée, je me mis
à faire les réflexions les moins consolantes sur ce que je
venais d'entendre. Je n'en saisissais pas bien la portée,
mais je pressentais vaguement que ma liberté et ma pa-
resse étaient également menacées, et que l'on projetait
de me soumettre à des travaux analogues à ceux que j'avais
vu faire à ma mère.

Je me rappelai alors fort bien qu'à ma seconde visite
à la ferme (j'étais déjà moins bon alors qu'à la première)
j'avais reproché à ma mère, que j'avais trouvée attelée ce
jour-là à un vilain chariot plein de fumier, d'avoir consenti
à remplir un si bas office. A mon sens, c'était déroger.
Ma mère m'avait répondu par un proverbe de Mme la Pie,
que j'avais peu goûté : « Il n'y a pas de sots métiers,
il n'y a que de sottes gens. Ce fumier que tu dédai-
gnes est fort estimé des agriculteurs : c'est lui qui fait
pousser ces belles gerbes d'or dont tu parlais, la dernière
fois que je t'ai vu, avec tant d'enthousiasme. En tout
cas, mieux vaut faire son devoir de bonne grâce que de
risquer de se faire battre et chasser, en s'y refusant ; du
pire au meilleur, il n'est personne qui consente à nourrir
un Ane rien que pour ses beaux yeux. »

J'avais eu le tort alors de railler intérieurement ma trop
bonne mère de s'être montrée si soumise et de n'avoir
pas, dès le début, mieux su défendre ses droits ; mais je
m'étais bien promis, à part moi, que, lorsque mon tour
viendrait, je n'aurais pas sa résignation. Ma mère n'avait
que trop compris ce que cachait mon silence, et elle avait
ajouté : « Si tu t'imagines être venu dans ce monde uniquement pour t'y amuser, mon pauvre fils, tu te trompes

du tout au tout. Chacun a sa tâche ici-bas, et il doit la
remplir. Heureux ceux qui cherchent là leur joie, car c'est
là seulement qu'ils la trouveront. Crois-en mon expérience, tu n'es au monde que pour obéir à la destinée
commune à notre espèce, c'est-à-dire pour servir des êtres
beaucoup plus intelligents que toi. Si tu n'écoutes pas la
raison, il faudra que tu subisses la force. En leur résis-
tant, tu t'attireras des coups de fouet, des coups de pied,
des coups de trique ; après quoi on te vendra à quelque
brutal qui, sur ta mauvaise réputation, ne négligera rien
pour venir à bout de ce que les hommes appellent un
animal vicieux. Ah ! mon fils ! l'homme a dompté le Cheval, le Chameau et l'Éléphant ; il a vaincu le Lion et le
Tigre, et les a relégués dans les solitudes. Il a fait plus,
il a dompté les éléments, et tu veux, toi chétif, lui résister ! Tu es fou ! Quand l'heure arrivera, je ne doute pas
que, mieux inspiré, tu ne prennes le parti d'accomplir,
sans mauvaise grâce, ton devoir, afin de mériter par là
d'être bien traité. Tant que tu auras assez de bon sens
pour rester avec nos bons maîtres, tu n'auras qu'à te louer
d'être au nombre de ceux que le sort favorise. »

Ma pauvre mère avait bien vu que je ne prêtais qu'une
oreille inattentive à ses conseils. Elle avait fini, pour ne
pas attrister la fin de notre entrevue, par changer de
conversation. Je dois dire que j'avais, hélas ! tout à fait
oublié les sages paroles de ma mère quand celles de ma
jeune maîtresse vinrent me les rappeler d'une façon qui
ne me fut rien moins qu'agréable.

Le lendemain, pendant que je déjeunais à peu près
tranquillement dans le pré, Thomas y entra, tenant dans
sa main quelque chose dont la vue m'intrigua beaucoup.

Ce n'était ni sa bêche, ni son râteau, ni aucun des in-
struments dont je lui voyais faire usage journellement.
J'étais sur le qui-vive, et bien décidé à reconnaître l'ennemi avant de m'en laisser approcher. Je me reculai donc
plein de méfiance, et je me tins prêt à prendre mes
jambes à mon cou s'il y avait lieu.

« Allons, doucement, Criquet! dit Thomas qui, à mon
grand déplaisir, s'obstinait à m'appeler de ce nom qui me
paraissait trop plébéien. Allons, Criquet! » répéta-t-il, en
cachant derrière son dos l'objet inconnu qui avait excité
mes soupçons. Ce mouvement de Thomas ne fit qu'accroî-
tre ma défiance. S'il n'avait pas de mauvaises intentions,
qu'avait-il à me cacher?

Résolu à ne pas me laisser attraper, je lui lançai de
loin une ruade de défi, et je pris ma course à travers le
pré. Je ne tardai pas à m'apercevoir que les vieilles jambes de Thomas n'étaient pas de force à lutter avec les
miennes.

J'avais de l'avance sur lui et je la conservai. La belle
chasse que je fis faire à mon vieil ami! Tantôt je m'arrêtais et le regardais venir, comme si je renonçais à le
fuir; tantôt, et au moment où il croyait mettre la main
sur moi, je repartais pour ne plus m'arrêter qu'à l'autre
bout du pré.

Quand je faisais mine de vouloir me rendre, il m'appelait : « Mon cher Criquet, mon bon petit Criquet; »
quand je reprenais ma course, il m'accablait d'invectives
trop méritées.

De temps en temps Thomas s'arrêtait pour reprendre
haleine et essuyer son front ruisselant; je sentais la colère
le gagner, et c'était un motif de plus pour moi de tout

faire pour lui échapper ; une fois entre ses mains, il aurait
pu me faire payer cher cette course folle. Combien aurait-
elle duré ? Je ne le sais. Thomas devait en avoir son
compte ; pour moi, j'étais fort en train et dispos, et je
m'amusais singulièrement de ce jeu nouveau, quand je vis
entrer dans le pré — qui ? ma jeune maîtresse.

« Comment! Thomas, dit-elle, vous ne pouvez pas
parvenir à attraper Charlot ?

— Ouf! s'écria Thomas en essuyant la sueur de son
front, le maudit animal devine, je le crois, ce qui lui
pend au nez ; rien ne m'ôtera de la tête que cette satanée
bête sait le français, l'anglais, le chinois, toutes les langues, et qu'il les comprend tout aussi bien que Mademoiselle elle-même. Quant à ce qui est de l'attraper avec mes
vieilles jambes, j'aurais aussitôt fait de poursuivre un feu
follet. Ce qu'il lui faut, à votre enragé Charlot, c'est une
bonne raclée pour le remettre à la raison.

— Oh! ne le battez pas, dit ma maîtresse! Vous lui
gâteriez le caractère, Thomas, si vous faisiez jamais cela.

— Qui aime bien châtie bien, répondit brusquement
Thomas.

— Vous savez que nous avons changé tout cela, Thomas,
reprit ma maîtresse en souriant. Les punitions corporelles
sont interdites de professeur à élève, et c'est en qualité de
professeur que je vous ai envoyé près de Charlot; vous le
savez bien.

— Voilà ce que c'est, vous autres jeunesses, reprit
Thomas à bout de patience, vous croyez toujours en savoir
plus long que vos aînés. Quelques coups de verge ne sont
pas un si mauvais argument pour convaincre les entêtés.
M'est avis qu'on pourrait l'employer avec bien des gens

qui ne s'en porteraient que mieux. Tout le monde n'est pas bon comme vous, mademoiselle Rose, et il y a des Anes qui ont du vice, sauf votre respect, aussi bien que des personnes. Eh bien, à partir d'aujourd'hui, je commence à craindre qu'il en ait, du vice, maître Criquet, et plus que son compte, encore.

« Croiriez-vous, mam'zelle, que l'autre jour je m'étais, sans méfiance, baissé pour ramasser quelque chose devant M. Criquet, et savez-vous ce qu'il a fait, M. Criquet? J'avais un superbe chapeau de paille neuf qui m'avait bien coûté cinquante sous; quand il l'a vu à sa portée, il s'est jeté dessus comme un affamé, il l'a mangé ! il l'a dévoré ! et j'ai vu le moment qu'il allait avaler ma tête avec. Tout d'un coup, il s'est mis à tousser, à étrangler : c'était la coiffe et le ruban de mon chapeau qui ne voulaient pas passer. J'ai été obligé de lui arracher tout cela de la bouche. C'est pas la faim, bien sûr, qui le poussait, car il a de quoi manger ici, en veux-tu en voilà.

— Oh! Thomas! dit ma maîtresse en partant d'un grand éclat de rire, il ne fallait pas me dire cela. Comment voulez-vous que je garde mon sérieux à présent devant Criquet? Je ne puis pas non plus vous croire tout à fait impartial pour lui, à présent. C'est la rancune de votre chapeau mangé qui vous tient, mon pauvre Thomas. Allons, n'y pensez plus; papa vous rapportera de la ville un plus beau chapeau, la semaine prochaine.

— Mademoiselle est bien bonne, dit Thomas; mais, si c'était un effet de sa part, j'aimerais mieux un autre chapeau qu'un chapeau de paille. Des bouchées de cinquante sous pour un Criquet, c'est trop cher; et maintenant que le pli est pris, bien sûr il recommencerait. »

En cela Thomas se trompait; je ne l'avais pas trouvée bonne du tout, la paille de son chapeau.

« Eh bien, soit! dit Mlle Rose; on vous rapportera un chapeau de feutre bien large; mais que tout soit oublié entre vous et Criquet, puisque ses torts seront réparés. Voyez-vous, Thomas, je ne sais si le fouet est un bon justicier, mais c'est peut-être un mauvais maître d'école. On court risque de rendre certains enfants méchants, plutôt que sages, en les fouettant, et je crois qu'il en est de même pour les animaux.

— Voyons, mam'zelle Rose, vous n'allez pas me persuader que ce petit animal va me faire une vie pareille et ne pas être puni? Il sait bien qu'il doit venir, et, s'il ne le fait pas, c'est que ça ne lui plaît pas. Il est assez fin pour ça, allez! »

Je fus flatté du compliment, et je me réjouis au fond du cœur d'avoir si habilement déjoué le vieux Thomas.

« Mais, Thomas, reprit ma maîtresse, vous oubliez qu'il ne peut pas comprendre la fatigue et l'ennui qu'il vous cause. Il n'est peut-être que très-effrayé, ou bien peut-être veut-il jouer, ou bien... mais non! il ne peut deviner vos intentions. En tout cas, si vous me promettez de ne pas le battre, je vous promets, moi, de l'attraper.

— L'attraper! vous, mam'zelle? dit Thomas en hochant sa vieille tête d'un air incrédule.

— Oui, moi! et sans courir, encore; vous allez voir. Acceptez-vous mes conditions?

— Eh oui! mam'zelle; si vous l'attrapez, je n'y touche pas, c'est convenu. Mais je suis curieux de savoir comment vous allez vous y prendre pour avoir raison de ce petit enragé. »

Alors Mlle Rose s'avança vers moi.

« Allons, Charlot, viens ici, mon bon petit Charlot. Viens à moi, montre à Thomas que tu es plus raisonnable qu'il ne pense, et que tu n'as voulu que rire un peu avec lui, mais non le fâcher. »

Etait-ce un piége ? Devais-je me rendre ? Je regardai Thomas ; la main qu'il dissimulait tenait toujours quelque chose qui ne me promettait rien de bon ; j'étais tenté de m'enfuir pendant qu'il en était temps encore. Mais je regardai ma maîtresse, et, me rappelant toutes ses bontés passées, mon désespoir quand, à son retour, j'avais failli la fâcher, la résolution que j'avais prise de ne plus jamais lui déplaire : « Voyons, Charlot, me dis-je à moi-même, le moment est venu de montrer que tu es le digne fils de ton honnête mère et l'élève, non de ce butor de Thomas, mais de la plus sage des Pies. Rends-toi de bonne grâce ; ne mets pas contre toi les braves gens qui, de père en fils, ont hébergé et nourri ta race. » Je me dirigeai donc vers ma maîtresse ; mais, malgré ma bonne envie, à mi-chemin, mes craintes me revinrent et je m'arrêtai court.

« Qu'est-ce donc, Charlot ? Qu'est-ce qui te fait peur ? dit encore ma maîtresse avec douceur, personne ne veut te faire de mal. Viens donc, Charlot. Tu n'es plus un enfant. Tu n'es plus un simple petit bourriquet ; tu es un grand bel Ane, un Baudet plein de force ; tu ne peux pas lâchement passer ta vie dans une oisiveté honteuse ; tu ne le voudrais pas. Le fils de ton père e de ta mère en rougirait. Allons, Charlot ! ce que tous les Anes ont su faire, tu ne me feras pas croire que tu es incapable de le faire à ton tour, et que nous avons

6

élevé un animal sans valeur et sans vertu, un petit bon
à rien. »

    « Ma maîtresse m'a dit qu'on ne voulait pas me
faire mal, pensai-je ; si elle me l'a dit, c'est que c'est
vrai, elle ne m'a jamais trompé, et je dois me fier à
elle. »

V

CHAPITRE V

Alors, m'armant de courage, j'allai tout droit à ma chère Rose, et me frottai la tête contre sa main. Cette preuve de confiance parut lui faire plaisir. Elle me flatta, me caressa, m'appela des noms les plus doux ; le vieux Thomas lui-même me sembla un peu apaisé, car il reprit sa bonne vieille voix pour dire :

« Il faut avouer, Mam'zelle Rose, que vous avez une manière à vous ; la pauvre bête a bien su reconnaître son véritable ami. Il n'a pourtant rien à craindre de moi, maintenant ; ma parole est ma parole, et vous lui avez, pour cette fois, sauvé une bonne volée. A vrai dire, j'aime autant cela, car ça m'aurait crevé le cœur d'avoir à le

battre pour la première fois. Mon pauvre Criquet est là
pour le dire, il n'a jamais reçu de moi une chiquenaude.
Mais ce n'est pas de chiquenaude qu'il s'agit. Comment
va-t-il prendre le cadeau que j'ai à lui faire? C'est ce que
nous allons voir. »

Je n'y comprenais plus rien ; ce que Thomas cachait,
c'était un cadeau, et je refusais! Je relevai la tête.

« Profitons du moment, dit ma maîtresse; si vous me
donniez la bride, Thomas, je la lui passerais autour du
cou, et, pendant ce temps, vous pourriez peut-être lui
mettre le mors dans la bouche. »

Au même instant, je sentis quelque chose de serré
s'appliquer sur mon front et un objet dur et froid s'in-
troduire entre mes dents.

Je reculai indigné de ce qui me parut être un guet-
apens, et résolu à ne plus me laisser abuser par de nouvelles promesses, mais il était trop tard.

J'étais pris; une main vigoureuse, celle de Thomas, me
retenait. C'en était fait de mon indépendance. A mon
tour, et comme tous ceux de ma race, j'étais dompté, car
j'étais... bridé!

« Doucement donc, Charlot! Tu vas te faire mal, si tu
tires comme cela! Mon bon Charlot, ne sois donc pas bête.
Tu n'es pas le seul, vois-tu, qui se sente le mors dans la
bouche. Chacun a le sien. Tu ne me comprends pas, pauvre
Charlot! mais bientôt tu apprendras par toi-même que
mieux vaut céder à la bride que de se roidir contre elle. »

Ma maîtresse me parlait si tendrement, que toute ma
colère tomba. Elle recula de quelques pas et m'engagea à
la suivre, ce que je fis sans résistance. Je reconnus alors
clairement la vérité de ses paroles. Qu'il ne me fût pas

agréable de sentir entre mes dents ce vilain morceau de
fer, cela ne laisse aucun doute ; mais, en somme, tant que
j'étais docile, cela n'était que gênant, et je pensais bien
que l'habitude rendrait cette gêne plus supportable. Dès que
je résistais, le mors m'abîmait la bouche et me faisait très-
mal. Il dépendait donc de moi de souffrir ou de ne pas
souffrir. Thomas commença ses instructions, et je fis de
mon mieux pour en profiter. Je devinai bientôt pourquoi
il tirait la bride tantôt à droite, tantôt à gauche, et je
compris la raison de ce que j'avais pris d'abord pour un
caprice cruel. Je sus bien vite distinguer les différents
ordres auxquels je devais obéir, et, au bout de quelques
leçons, il ne m'arrivait plus de m'arrêter quand on me
disait de trotter, ni de faire quelque autre méprise de ce
genre.

Mes petites gaucheries trouvaient le vieux Thomas
assez indulgent ; quant à ma maîtresse, mes efforts me
valaient de sa part des éloges sans borne et de plus
abondantes distributions de sucre et de carottes. Au bout
du compte, je pensais que, si c'était là ce qu'on appelle
apprendre, cela n'avait rien d'intolérable ; et, touché des
douces caresses et des friandises dont ma maîtresse
récompensait ma docilité, je me promis de reconnaître
ses soins par une application constante à ses leçons, afin
de lui plaire par mes progrès rapides.

J'étais, certes, un Ane heureux entre tous, d'avoir une
telle maîtresse ! Mais je n'appréciais pas alors mon bonheur comme je l'aurais fait plus tard. On ne mettra jamais
de vieilles têtes sur de jeunes épaules, sans quoi je dirais
à mes jeunes lecteurs, avec l'espoir d'être entendu d'eux
dès à présent :

« Chacun a une loi à subir en ce monde. Depuis le
premier jusqu'au dernier, il faut obéir ou à quelqu'un ou
à quelque chose. Nul n'est sans maître, parce que nul
n'est sans devoir ici-bas. Qu'on soit un Ane ou un empereur,
suivre les règles du bon sens, de la justice et de la raison
est une nécessité pour qui veut éviter les faux pas et se
garer des culbutes. Ah ! ce serait un joli monde qu'un
monde sans loi, où chacun, faisant à sa tête, n'aurait ni
souci ni respect de l'ordre général, du bien et de la
liberté d'autrui ! »

J'épargnerai au lecteur le récit trop fidèle des diverses
phases de mon éducation. Je courrais le risque de l'ennuyer, et je ne lui apprendrais rien de bien nouveau ;
l'éducation des hommes me paraît ne différer que fort peu
de la nôtre. Je reprendrai donc mon histoire au jour où
je fus déclaré si complétement dressé que l'on pouvait
sans danger me confier ma jeune maîtresse.

Les leçons de Thomas n'avaient pas été perdues pour
moi ; je savais trotter, galoper, m'arrêter ou repartir au
moindre signal. Je connaissais ma droite et ma gauche,
ce qui au moral et au physique est la base de toute
éducation. On avait fait faire tout exprès pour moi une
petite voiture légère et fort jolie ; j'appris bien vite à la
traîner, mais je préférais de beaucoup la selle. Cela me
paraissait d'un ordre plus relevé, plus distingué. Et puis
ma maîtresse était si joyeuse quand nous nous disposions
tous les deux à aller au bois ! et elle était d'ailleurs si
légère ! Je ne m'apercevais que je la portais que lorsqu'elle
m'avait donné en guise de signal deux ou trois petites
tapes sur le cou, en me disant : « Allons, Charlot, en
route ! J'étais alors aussi pressé qu'elle, et je ne me faisais

pas prier. Je tenais à honneur de rendre inutile la baguette de saule dont elle s'armait au départ; elle ne s'en servait jamais que pour chasser les mouches taquines qui s'en prenaient toujours à mes oreilles, ce qui m'agaçait singulièrement. « Voulez-vous bien laisser mon Charlot tranquille, leur disait-elle, allez-vous-en. » Tuer une mouche, Mlle Rose y aurait pris garde. Elle ne m'aurait pas laissé mettre le pied sur une fourmilière, eût-il fallu rebrousser chemin. « Détruire tant de travaux et de si longs et de si étonnants, disait-elle, pour abréger sa route d'un instant ! Jamais. » Du reste, elle avait appris à maman ce noble souci des propriétés et des labeurs d'autrui. Il y avait dans notre pré une grande république de Fourmis que mère Christine m'avait appris à respecter. « Ne détruis rien, ne tue rien, n'impose à personne un dommage, » me disait-elle sans cesse. Elle tenait ces préceptes de Mlle Rose, je le reconnaissais à présent. Je dois dire que maintes fois je recevais le coup adressé par ma maîtresse à mes petits tyrans ailés, mais je ne lui en savais pas moins gré de sa bonne intention ; d'ailleurs, ce qui était destiné à effrayer une mouche n'était pas pour faire peur à un Ane. Nous trottinions gaiement le long des haies, nous arrêtant de temps en temps, ma maîtresse pour cueillir des branches d'aubépine ou d'églantine, moi pour en manger.

Tous les jours nous allions à la découverte de quelque sentier plus ombragé et plus fleuri que celui de la veille. Mlle Rose chantait; sa voix était si douce que les oiseaux se taisaient pour l'écouter. Quand nous atteignions un endroit bien tapissé de mousse, bien gazonneux et bien frais, elle sautait à terre et voltigeait de fleur en fleur

comme un vrai papillon. Elle ôtait son grand chapeau de
paille et s'en faisait un panier, où elle accumulait les
clochettes bleues et blanches, les marguerites, les digitales,
les coquelicots, de menues branches de lierre, des fou-
gères ; elle se faisait de petits bouquets à part des fleurs
les plus imperceptibles, qu'elle admirait d'être si parfaites
étant si menues ; sa moisson faite, elle s'asseyait sur le
gazon, et, pendant que je broutais à côté d'elle, elle façon-
nait son bouquet ; après quoi elle tressait des guirlandes
à mon intention. Je retrouvais là ma petite Rose d'autrefois
tout entière. Elle me faisait regarder et respirer ses fleurs,
rejetait celles qu'elle ne trouvait pas assez belles et que
la plupart du temps je trouvais, moi, très-bonnes à manger. « Quelle bouche ! me disait-elle, toujours ouverte,
prête à tout engloutir. »

Quand l'heure du retour était venue, elle attachait ses
guirlandes à la selle, passait des fleurs dans le ruban de
son chapeau ; bien souvent même elle m'en posait de
petites touffes au coin des oreilles, et me regardait en
riant et en battant des mains : « Ah ! le joli Charlot !
Viens voir dans le ruisseau comme ces pâquerettes et ces
coquelicots te donnent un petit air coquet, Charlot ! »
Puis elle remontait rieuse et bonne, comme la petite Rose
d'autrefois, et nous revenions à la maison ravis l'un de
l'autre.

Plus d'une fois il nous arriva de nous perdre dans ces
sentiers, qui tous se ressemblaient plus ou moins. Alors
que d'inquiétudes ! Je flairais de tous côtés pour tâcher
de découvrir quelque trace connue, et j'étais bien heureux
quand j'arrivais à remettre ma maîtresse dans le bon
chemin. Lorsque l'incertitude se prolongeait, elle montait

sur les talus les plus élevés, cherchant à apercevoir de loin le toit du château.

Je me souviens qu'un jour, après avoir en vain interrogé l'horizon, elle revint à moi, et me caressant tristement elle me dit : « Je ne vois rien, Charlot, je n'ai pas la moindre idée de l'endroit où nous sommes. Voilà ce que c'est que de s'en aller comme nous faisons toujours à l'aventure ; nous ne sommes vraiment pas sages, Charlot, nous sommes aussi étourdis l'un que l'autre, nous nous perdrons un jour pour tout de bon, et mon pauvre papa sera bien inquiet. Jamais âme humaine n'a passé par ici, ajouta-t-elle en regardant autour de nous. Nous sommes chez les sauvages ; tous ces fourrés-là doivent être pleins de bêtes féroces. Si on allait nous manger, Charlot, sais-tu que cela ne ferait pas notre affaire ? »

Le fait est qu'on eût dit que jamais un homme n'avait traversé cette partie du bois ; à quelques pas de nous, le sentier n'était plus tracé et les branches s'entre-croisaient de façon à rendre le passage à peu près impossible. Les paroles de ma maîtresse ne m'avaient pas rassuré ; je redoutais quelque funeste rencontre ; aussi, je laisse à penser quel fut mon effroi quand, regardant à ma droite, dans le taillis, où j'avais entendu un léger bruit, j'aperçus deux yeux jaunes qui me regardaient fixement, et sous ces yeux de grandes dents blanches et pointues qui paraissaient avides de mordre.

Je tressaillis, et ce mouvement fit retourner ma maîtresse.

« Qu'as-tu, Charlot ? »

Mais en même temps elle poussa un petit cri, et je compris qu'elle avait comme moi aperçu les deux yeux.

La peur me tenait cloué au sol, et d'ailleurs pouvais-je m'enfuir avant que ma maîtresse fût à l'abri sur mon dos ? L'animal aux grandes dents était à peu près dissimulé par les branches enchevêtrées des arbres qui bordaient le chemin ; mais, à en juger par ce que nous pouvions apercevoir de sa tête, il devait être énorme.

« C'est un Loup ! Charlot, » dit ma maîtresse qui était toute pâle ; « partons vite, et à la grâce de Dieu. » Et elle se mit vite en selle.

CHAPITRE VI

Je tremblais comme une feuille, je me sentais incapable de faire un mouvement ; cependant j'allais essayer de lui obéir, tout en me disant qu'un Loup devait pouvoir courir plus vite qu'un Ane, et qu'il aurait bientôt fait de nous rattraper, quand un bruit de branches qu'on écarte vivement et qui se brisent m'arrêta court. Un autre animal dont je ne pus deviner d'abord l'espèce descendait avec une agilité singulière du haut du grand arbre au pied duquel le Loup devait être posté. Surpris comme nous par l'agitation des feuilles, l'animal aux yeux jaunes et aux dents aiguës quitta son embuscade, et sauta avec un grognement menaçant au beau milieu de notre sentier, nous barrant ainsi le passage. Ma maîtresse se cramponna à sa selle, et, tirant sur la bride, s'efforça de me faire rebrousser chemin ; mais j'étais pétrifié. La queue entre les jambes, la tête basse, j'avais fermé les yeux pour ne rien voir de ce qui allait arriver. Je fus tiré de ma cruelle angoisse en entendant une voix encore enfantine et qui par conséquent n'avait rien de sauvage, dire en riant : « N'ayez donc pas peur, mam'zelle ! c'est pas un Loup, c'est Tom ; il ne vous fera pas de mal ; il n'est pas méchant. »

Grâce au ciel, le Loup n'était qu'un Chien, et le grimpeur qui avait si lestement dégringolé de l'arbre à notre approche était un enfant de sept ou huit ans, le fils du berger, en rupture d'école et qui venait de dénicher un nid de pinsons.

« Quoi, c'est toi, l'Écureuil ! » s'écria ma maîtresse ; « quelle peur tu m'as faite ! »

Le petit Pierre avait mérité ce surnom d'Écureuil par l'aptitude spéciale qu'il avait à grimper dans les arbres. Ma maîtresse, rassurée, se mit à rire de l'épouvante subite qui nous avait saisis, elle et moi. Le fait est que notre contenance n'avait rien eu de brillant. J'en étais honteux ! Quoi, me disais-je, pour sauver ta maîtresse, pour te sauver toi-même, Charlot, tu n'as pas même su trouver des jambes ! Et je me rappelais avec confusion une histoire qu'on m'avait racontée de ma mère qui, se trouvant un soir dans la même position que nous, mais en face d'un vrai Loup, avait sauvé la vie de Mme Morton et la sienne, en cassant d'une ruade bien appliquée la mâchoire de leur agresseur.

Je me promis que, le cas échéant, je saurais faire meilleure figure ; mais je dois convenir que, pour cette fois, je

ne me sentis tranquille qu'après m'être assuré que le
brave Chien, dont l'obscurité du fourré et notre panique
avaient si singulièrement grossi et les proportions et l'aspect
féroce, était en somme une bonne créature que n'animait
aucun mauvais dessein.

L'Écureuil, pris en flagrant délit de vagabondage et
d'école buissonnière, était à son tour plus embarrassé
que nous. Pour se faire pardonner, il nous offrit de nous
remettre dans notre chemin ; il portait dans sa casquette
trois malheureux petits qu'il avait enlevés du nid ; les
pauvres Oisillons n'avaient pas encore de plumes. Émue
par leurs cuics-cuics désespérés, ma maîtresse entreprit de
décider notre petit conducteur à les remettre dans leur nid.

« Que dirait ta mère, lui dit-elle, si un jour en rentrant
dans votre chaumière elle n'y trouvait plus ni toi ni
ta petite sœur? Eh bien, quand la maman de ces pauvres
petits Oiseaux reviendra à son nid et qu'elle le trouvera
vide, quelle ne sera pas sa douleur ! Je gage que tu n'as
pas songé à tout cela. Mais, maintenant que tu es averti,
l'Écureuil, je suis sûre que, sans même que je le demande,
tu vas te dépêcher de reporter ces trois petits Pinsons dans
leur nid. Allons, mon garçon, il s'agit de faire pour le bien
ce que tu venais de faire pour le mal. Ce n'est pas pour
rien qu'on t'appelle l'Écureuil : dans deux minutes, si tu
veux, tu auras réparé ta sottise. »

Le bambin resta quelque temps pensif et hésitant sur
ce petit discours ; mais, après s'être gratté l'oreille deux ou
trois fois, il prit en brave garçon son parti, et, remontant
avec une adresse extraordinaire sur le grand arbre, il
eplaça les trois petits Oiseaux dans leur nid avant que la
mère fût revenue.

« C'est bien, mon petit Pierre, très-bien, ce que tu as
fait là, lui dit ma maîtresse, lorsque, les yeux brillants de
la joie que lui avait causée sa bonne action, il vint se
remettre à notre disposition. Prenant alors une grosse
pièce d'argent dans sa bourse, elle la lui donna en lui
disant : « Les bonnes actions ne doivent avoir de récompense, mon cher petit, que dans la satisfaction de les avoir
faites ; les meilleures sont donc celles que l'on fait gratis.
Mais il te reste à nous remettre dans notre chemin, je vais
te détourner de ta route, et toute peine mérite salaire.
C'est pour cela que je te donne ces cinq francs. Tu prieras
ta mère de ma part d'en employer une partie à t'acheter
quelque chose qui te fasse bien plaisir.

— Une serpette, peut-être ? dit le petit homme.

— Oui, une serpette, » répondit en souriant ma maîtresse.

Grâce à la rencontre que nous venions de faire, nous
revînmes promptement à la maison, où notre longue
absence avait déjà jeté l'inquiétude. M. Merton, — c'était
le nom de notre maître, — accompagné du vieux Thomas,
s'apprêtait déjà à venir à notre recherche. Ma maîtresse
lui raconta en riant les dangers imaginaires que nous
avions courus et la peur très-réelle qu'ils nous avaient
causée.

« Je vois que la première campagne de Charlot n'est
pas à son honneur, dit M. Merton ; mais à partir d'aujour-
d'hui, puisqu'il a cru avoir vu le feu, ce n'est plus un
conscrit, et j'espère qu'une autre fois, il se montrerait
digne de sa mère. »

Puis, s'adressant à sa fille : « Tu n'as pas été brave
non plus, je le vois. Mais tu n'avais pas à l'être. Crois-tu

que je te laisserais faire de pareilles promenades dans nos
bois, s'il y avait danger d'y rencontrer des Loups ? »

Nous étions quelquefois accompagnés dans nos courses
par Mlle Thérèse, la jeune amie de ma maîtresse, dont
j'ai déjà parlé ; elle était plus posée qu'autrefois. Deux
ans de pension avaient refait son éducation, que les gâteries de son père avaient compromise. Ses parents demeu-
raient dans une propriété assez voisine de l'habitation de
M. Merton. Elle montait ordinairement un Ane, assez bon
camarade d'ailleurs, mais plein de fatuité. Ce petit animal,
moins jeune et cependant moins fort que moi, ne voulait
jamais me céder le pas, et quand j'avais pris la tête, ce que
je considérais comme mon droit, il n'était pas de ruse
que Cascaret n'imaginât pour me dépasser. J'aurais compris qu'il restât au même rang que moi ; mais il ne voulait
pas admettre cela, et même dans des sentiers trop étroits
pour que nous pussions y passer de front, il me poussait
de côté jusqu'à ce qu'il eût atteint son but, au risque
d'exposer sa maîtresse et la mienne à être égratignées et
blessées en passant trop près des haies. Toutes les deux
riaient de bon cœur de ce manége qui, sans qu'il fût
besoin de nous y exciter, nous maintenait au trot et
même au galop pendant presque tout le temps de la promenade.

Une fois, après une de ces luttes qui nécessitaient un
instant de repos, nous fîmes halte à l'entrée d'une ferme
appartenant aux parents de Thérèse. C'était là que les
deux amies devaient se séparer. Comme nous allions
reprendre notre route chacun de notre côté, le fermier
allait rentrer conduisant une voiture chargée de foin
fraîchement coupé, et reconnaissant sa jeune maîtresse,

il la pria de venir se reposer à la ferme. Rose et
Thérèse mirent pied à terre. Cascaret et moi, nous suivions. Nous eussions été aveugles, que la bonne odeur de
la voiture qui nous précédait lentement eût suffi à nous
maintenir dans la bonne voie. Ce râtelier ambulant était
pour nous tenter. Cascaret s'en rapprochait de plus en
plus et je subissais la même attraction. Par lequel de nous
deux fut donné le premier coup de dent, je ne saurais le
dire ; toujours est-il que nous oubliâmes bientôt l'un et
l'autre notre rivalité dans un repas fraternel et copieux.
Qui fut surpris? Ce fut le fermier, quand, après avoir conduit les jeunes filles à la maison, il revint à son foin et
qu'il le trouva fort entamé.

« C'est bon, mes amis, s'écria-t-il, vous n'attendez pas
qu'on vous invite pour vous mettre à table, vous autres.
Il paraît que cela se fait dans le pays des Anes, ces choses-
là. Mais Mathurin n'entend pas qu'on prenne de ces
libertés-là chez lui... » Et levant le bras...

Sans son discours, nous aurions eu la récompense qui
nous était due, mais son besoin de parler nous tira d'affaire.
Nous ne tenions pas à lui demander notre reste, et la
vitesse de nos jambes nous sauva du manche de fouet
levé sur nous. Nous nous étions réfugiés dans une prairie
voisine de la ferme ; au bout d'un instant je vis venir à
nous la fermière portant une grande terrine de terre ; elle
s'approcha d'une belle Vache noire et blanche qui paissait
non loin de nous, et elle se mit à la traire, tandis que
près d'elle un petit garçon de quatre ou cinq ans nous
regardait curieusement.

La Vache ne bougeait pas ; elle se laissait prendre géné-
reusement son lait blanc qui coulait tout fumant dans la

terrine. Quand elle fut remplie, la fermière s'éloigna en disant à l'enfant :

« Veille-s-y ; je m'en vais chercher des tasses pour les demoiselles. »

L'enfant me regardait, moi je regardais la terrine et son contenu appétissant qui me rappelait le lait maternel. La course et la botte de foin m'avaient fort altéré. Je m'approchais à petits pas de la terrine tentatrice, l'enfant ouvrait des yeux inquiets et me faisait des menaces d'une petite voix si gentille qu'elles ne m'effrayaient guère et, s'il faut le dire, pas assez.

« Veux-tu bien t'en aller, méchant Ane ! je vais le dire à maman. »

Cependant il n'osait pas s'approcher de moi ; la terrine était entre nous deux et je voyais qu'il était bien aise qu'un obstacle nous séparât. Inquiet de ce qui allait se passer et devinant le danger, il essaya de soulever le vase, mais il était trop lourd pour ses petits bras, il n'y put parvenir, et se sentant insuffisant à protéger le trésor confié à sa garde, il courut de toutes ses jambes vers la maison pour y chercher du renfort ; il criait au voleur comme un petit désespéré, mais avant qu'il fût loin je m'étais mis à l'œuvre. Mon compagnon n'attendait que cela pour m'imiter. Plus fanfaron que brave, il me laissait volontiers passer le premier quand il y avait quelque risque à courir ; toutefois il s'arrangeait toujours pour ne pas rester en arrière quand il y avait quelque chose à gagner. Le lait était excellent et nous y allions grand train, quand nous fûmes interrompus par la fermière et par nos maîtresses qui, averties par le petit garçon, accouraient défendre leur bien ; mais il était trop tard.

7

« Charlot, dit ma maîtresse, quelle confiance veux-tu
que j'aie en toi à présent, mon ami? Voilà deux sottises
en quelques minutes. Si c'est là l'usage que tu fais de ta
liberté, je serai obligée de t'attacher comme un Ane sans
éducation, qui n'a pas la plus légère idée des convenances.
Toi, voleur, un Ane à qui l'on n'a jamais rien refusé ; j'en
suis honteuse pour toi. Mère Christine n'aurait jamais fait
une chose pareille. »

Je baissai la tête d'un air confus, tout en me passant
la langue sur les lèvres. Mais l'heure du repentir sincère
n'était pas encore venue.

Ma petite maîtresse s'en aperçut-elle ? Toujours est-il
que, revenant sur ma faute, elle ajouta :

« Sais-tu ce qu'il y a de plus mal dans ton affaire ? C'est
que tu n'aies pas reculé devant l'idée de voler un petit
enfant qui ne faisait que son devoir en essayant de défendre contre votre gourmandise le lait qui nous était destiné.
En exposant le pauvre innocent à être puni à la place des
coupables, tu as fait une lâcheté. »

A tout cela il n'y avait rien à répondre, hélas ! et ma
conscience me disait en plus que de boire ce lait, quand
je le savais tiré pour ma chère maîtresse, c'était une
véritable abomination.

Thérèse vint à notre secours.

« Il faut avouer, ma chère Rose, lui dit-elle, que c'était
peut-être un peu beaucoup demander à des Anes, si
intelligents qu'on les suppose, que de les mettre, après
une course comme celle qu'ils viennent de faire, en présence d'une botte de foin et d'une terrine de lait avec
l'espoir qu'ils n'y toucheraient pas. »

Ce raisonnement, beaucoup trop rempli d'indulgence,

nous préserva de toute punition. Forcées de se passer du
goûter que nous avions fait à leur place, nos deux maîtresse dirent adieu à la fermière et nous partîmes.

« Hâtons-nous, Thérèse, dit ma maîtresse en regardant
le ciel qui s'était couvert de nuages noirs très-menaçants ;
voici un orage qui monte et qui va nous surprendre.
J'espère que tu arriveras à temps ; mais j'ai un plus long
chemin que toi à faire pour rentrer et je doute que la
pluie tarde beaucoup à tomber. Allons, Charlot ! cela te
regarde ; en route ! »

Elles se dirent adieu au tournant de la route, et nous
nous en allâmes chacun de notre côté.

« Plus vite, donc, Charlot ! me répétait ma maîtresse ;
papa va être inquiet. Soit dit sans reproche, tu as bien
mangé, bien bu, tu ne t'es rien refusé, même de ce
qui n'était pas à toi, tu dois avoir de bonnes jambes ;
quand on a une faute à réparer, on va plus vite que ça,
Charlot. »

Et je me dépêchais, et je me dépêchais, car, sans parler
du remords, le lait que j'avais bu commençait à m'inquiéter ; de larges gouttes de pluie commençaient aussi à
tomber, et, dans le lointain, on entendait le roulement
sourd du tonnerre. L'orage s'approchait. Je n'étais pas
rassuré et déjà j'avais sottement fait mine de m'arrêter
sous un grand arbre, ce qui n'est pas prudent quand il
tonne. Mais Rose ne le souffrit pas.

« Eh bien ! Charlot, qu'est-ce qui te prend ? Vas-tu me
laisser là sous la pluie ? Que deviendrons-nous tout à l'heure
au milieu du bois quand il pleuvra à verse et qu'il ton-
nera bien fort ? Dépêche-toi, au contraire, pour rentrer
avant que l'orage n'éclate. »

Je vis qu'en effet ce parti était le plus sage, et, prenant le galop, je ne m'arrêtai plus.

Le tonnerre redoublait de violence, et j'accélérais ma course de mon mieux. Quand un éclair m'effrayait, Rose me rassurait de la voix : « Ne sois pas poltron, Charlot; à quoi sert la peur? » Le chemin fut vite parcouru, nous arrivâmes devant le perron au moment où l'orage éclatait dans toute sa fureur.

VII

CHAPITRE VII

Ma maîtresse me conduisit elle-même à l'écurie ; elle pria le vieux Thomas qu'elle avait fait appeler d'avoir autant de soin de moi que si je l'avais mérité. Elle raconta en peu de mots à Thomas l'histoire du foin et du lait. Dans sa sincérité, Thomas s'écria qu'il était bien dur pour lui d'avoir à rendre un bon office quelconque à un voleur ; mais ma maîtresse l'apaisa en lui disant que, depuis ma faute, j'avais montré quelque repentir et que c'était à ma rapidité qu'elle devait de n'avoir pas été surprise tout à fait par la pluie et arrêtée en rase campagne ou dans le bois par cette horrible tempête.

Le lendemain matin, ma maîtresse me fit seller de
bonne heure. « Tu t'es mal conduit hier, me dit-elle, tu
vas m'aider aujourd'hui à faire de bonnes choses; ce sera
peut-être une compensation. » Je compris tout de suite de
quoi il s'agissait. Confident et complice des charités de
ma maîtresse, je la conduisais de grand matin, une fois
par semaine, au village. Ce n'étaient plus alors des fleurs
qui chargeaient mes épaules : c'étaient des vêtements de
toute sorte pour des petits enfants pauvres, de bons
aliments, des remèdes pour les malades; il fallait voir
comme on l'accueillait dans ces pauvres cabanes. Le nez
à la porte, j'écoutais, fier d'appartenir à une si bonne
maîtresse, et je prenais ma part des bénédictions qui lui
étaient données.

Pendant les beaux jours de l'été, la maison changeait
complétement d'aspect; tout y prenait un air plus animé.
C'étaient des allées et venues perpétuelles de visiteurs,
de dames en voitures, de messieurs à cheval, sans compter
les piétons.

Quelques amies de ma maîtresse faisaient parfois un
long séjour chez M. Merton, et leur présence était une
occasion de réunions, de parties presque journalières. On
entendait rire et chanter tout le long de la journée.
Souvent, le soir, le son de la musique venait jusqu'à
moi. J'avais fini par m'habituer au piano et par y prendre
même un certain plaisir, surtout quand cela ne se prolongeait pas trop avant dans la nuit. La première fois que
je vis à travers les larges fenêtres, plus éclairées encore
les jours de réception qu'à l'ordinaire, tous les invités du
château se mettre, dès que la musique se fit entendre, à
sauter, à se démener et à tourbillonner comme si le par-

quet leur avait subitement brûlé les pieds, je me demandai
ce qui avait bien pu les piquer ou s'ils étaient atteints
d'une subite folie. Mais on se fait à tout, et je finis par
en prendre mon parti. Un soir même, ce que c'est que
l'exemple! je me surpris, à la nuit tombante, à ébaucher
des pas et des ronds de jambes comme ceux que je voyais
faire à toutes ces personnes qui semblaient y trouver un
si grand plaisir, et je suppose que j'avais réussi à les
imiter assez heureusement, car Thomas, qui s'était approché sans que je le visse, s'écria en riant: « Dieu me par-
donne! je crois que Charlot valse aussi! Quelle drôle de
bête ça fait! Il a autant de lubies qu'un homme, ce petit
animal-là! »

Les promenades, loin d'être interrompues pendant ces
jours de fête, devenaient nécessairement plus fréquentes;
mais c'en était fait de l'intimité de nos tête-à-tête avec ma
maîtresse. On faisait appel à tous les Anes du voisinage
pour servir de monture aux invités de la maison. C'étaient
alors des cavalcades nombreuses et bruyantes où se révé-
laient l'adresse et la gaucherie des cavaliers des deux
sexes, où se trahissaient parfois aussi les petites vanités
froissées ou satisfaites des uns et des autres, mais où dominait surtout la plus franche gaieté.

Les robes déchirées, les chutes plus ou moins gro-
tesques, les incidents inattendus, tout cela servait d'ali-
ment aux rires et aux plaisanteries de la bande joyeuse.
On allait admirer un point de vue, visiter une ruine; on
partait de bonne heure, on emportait des vivres, et dans
un gai repas sur l'herbe, montures et cavaliers renouve-
laient leurs forces et leur bonne humeur.

J'ai déjà dit que j'avais un fort agréable physique; ajou-

tez à cela un élégant harnachement et vous comprendrez
sans peine que, parmi les Anes mercenaires qui m'accom-
pagnaient, la place d'honneur me fût réservée. Cette supé-
rioté avait son côté fâcheux ; c'était à qui, parmi les jeunes
amies de ma maîtresse, obtiendrait la faveur de me monter.
— La trop bonne Rose, bien que cela ne l'arrangeât pas,
prenait alors le premier Ane venu, ou plutôt le dernier
resté, généralement le plus laid ou le plus difficile. Je ne
pouvais souffrir de la voir ainsi équipée, et comme elle me
paraissait, au fond, tout aussi peinée que moi de notre
séparation, je pris le parti de ne plus me laisser approcher que par elle, afin de la forcer à garder exclusivement
ses droits sur ma personne. Un jour donc, tout le monde
était en selle, on n'attendait plus pour partir qu'une nou-
velle·invitée, à qui l'on m'avait réservé ; ce jour-là, avant
de monter sur l'horrible petit animal qui lui était dévolu,
ma maîtresse m'avait caressé si tristement que je m'étais
bien promis que moi seul serais sa monture pendant cette
excursion, et dans cette idée-là j'avais résolu d'opposer la
plus vive résistance aux prétentions de l'étrangère.

Celle-ci parut bientôt au bras d'un petit jeune homme,
qui lui offrit son aide pour se mettre en selle. Il voulut
prendre la bride, mais je reculai ; je fis de tels écarts, je
jouai si bien des quatre pieds que la jeune fille effrayée
s'éloigna, et il fallut que ma maîtresse vînt au secours de
son jeune hôte, qui était resté aux prises avec moi. M. Ernest, c'est ainsi qu'on l'appelait, n'était plus un enfant,
et n'était pas encore un jeune homme ; c'était un de ces
collégiens à demi émancipés, qui affectent de se croire
des messieurs, avant même d'avoir tourné le dos aux bancs
du collége. Les jours de congé sont la perte de ces petits

bonshommes ; ils ne leur servent qu'à mettre au vent leurs ridicules. Le jeune Ernest avait un aplomb étonnant, des prétentions absurdes pour son âge. Moins que tout autre il eût pu avoir raison de moi en ce moment. Je vois encore ses cheveux bouclés avec art, sa raie trop bien faite, son costume trop serré sur sa taille, sa chaussure trop fine pour l'exercice qu'il avait à se donner, son chapeau de marin à rubans flottants, perché sur le sommet de sa tête, et ses gants gris perle qu'il mettait avec affectation en évidence.

Dès que je sentis la main de ma maîtresse qui me caressait, je redevins doux comme un agneau.

« Eh bien, Charlot, qu'est-ce que cela veut dire ? Deviendrais-tu capricieux, par hasard ? Venez, chère amie, dit-elle en se retournant vers son amie, qui ne paraissait ni très-rassurée ni très-brave ; je ne sais quelle idée a passé par la cervelle de Charlot, mais je vous assure qu'il est habituellement fort doux. »

Ce n'était pas encore là ce que je voulais. Je recommençai à piaffer, à me jeter de côté, à ruer, au grand étonnement de ma maîtresse, qui ne m'avait jamais vu des façons si inquiétantes, et à l'effroi croissant de son amie.

« C'est intolérable, Charlot, dit enfin Rose un peu fâchée ; je ne céderai pas ainsi à un caprice.

— Permettez, Mademoiselle, interrompit M. Ernest d'un ton qui me déplut souverainement ; si c'est un caprice, j'en aurai vite raison. J'ai six mois de manége, je monte le sauteur tous les dimanches, laissez-moi faire entendre raison à cet entêté ; je vous promets que quelques coups de cravache et un bon temps de galop forcé lui apprendront à obéir.

— Non, non, pas de coups de cravache, je vous en prie, répondit Rose, Charlot n'a jamais été frappé.

— Soyez tranquille, répartit M. Ernest d'un air suffisant, j'aurai, grâce à votre recommandation, des égards pour lui. »

Je crois en vérité que ce qu'on déteste le plus dans les autres ce sont les défauts qu'on se souffre le plus volontiers à soi-même. En somme, qu'était M. Ernest? un petit fat un peu prématuré. Mais étais-je autre chose? Eh bien, c'est cette fatuité de M. Ernest, dont j'étais atteint au même degré que lui, qui m'irritait dans chacun des gestes de ce petit individu. Aussi, quand il s'approcha de moi :

« Nous allons voir, mon petit monsieur, me dis-je, à qui de nous deux le temps de galop réussira le mieux. »

Et au moment où il mettait le pied sur l'étroite planche qui faisait l'office de marchepied, avant qu'il eût eu le temps de s'asseoir, je partis à fond de train, secouant mon cavalier de telle sorte qu'il ne pouvait ni s'asseoir, ni prendre une position moins gênante. Il était comme perché sur un pied, et, tout son corps pesant d'un seul côté, je sentais la selle, à laquelle il avait dû se cramponner des deux mains, tourner peu à peu, et je dois confesser que je m'évertuais à faire petit ventre pour l'y aider. J'étais fort mal à l'aise, moi aussi, mais je me consolais par la pensée que mon cavalier se trouvait plus mal encore que moi de l'épreuve. Je pressentais d'ailleurs qu'elle ne serait pas longue, et, quoiqu'il me criât à tue-tête : « Arrête donc! arrête, animal! » je n'en galopais que plus vite; si bien que, au bout de quelques centaines de pas, la selle tourna tout à fait; M. Ernest, suivant ce mouvement, passa sous

mon ventre et se trouva bientôt étendu sur le dos, au beau
milieu d'un lit épais de poussière.

Dès que je fus débarrassé de lui, je m'en retournai, assez
gêné d'ailleurs par la position anomale de ma selle, à la
rencontre de la cavalcade qui s'était portée en avant pour
voir le résultat de l'expédition de M. Ernest. Il y eut
d'abord des exclamations d'effroi quand on me vit revenir
seul et ainsi accoutré, mais elles se changèrent bientôt en
petits rires moqueurs mal dissimulés, quand on aperçut le
pauvre Ernest, blanc des pieds à la tête, comme un poisson prêt à frire, et qui, après s'être relevé tant bien que
mal, s'en revenait, à la fois penaud et furieux. Les cheveux
en désordre, il marchait au milieu d'un nuage de poussière
soulevé par les coups de cravache qu'il s'appliquait pour
faire disparaître les traces de sa chute sur ses habits.

« Quel satané animal ! il a le diable au corps, s'écria-t-il
dès qu'il put se faire entendre. Il pouvait me tuer tout
simplement, si je n'avais eu la présence d'esprit de faire
tourner la selle et de me laisser glisser à terre. Ces selles
de femme, ça n'est décidément pas à l'usage des vrais
cavaliers. »

Ma maîtresse lui adressa quelques paroles d'excuse et
me gronda très-fort, mais le léger sourire qu'elle essayait
de réprimer me prouva que sa colère n'était pas bien
sérieuse. Je pense qu'elle avait fini par se rendre compte
des motifs secrets de ma conduite, et qu'au fond de son
cœur elle ne pouvait pas beaucoup m'en vouloir de la pré-
férer à toutes ses amies. La mésaventure de M. Ernest
n'eût pas suffi, vis-à-vis de tout autre que ce petit monsieur,
à justifier son sourire, mais qui sait ! il était si content de
lui, M. Ernest... qu'exceptionnellement Mlle Rose se put

croire autorisée à se départir avec lui de sa bienveillance accoutumée.

Il ne fut plus question, bien entendu, pour personne, de tenter de vaincre ce « satané animal, » et, triomphant, je partis avec ma maîtresse en tête de la cavalcade. On avait confié à M. Ernest, qui tenait à faire quelque chose, la conduite de Cascadet, l'Ane de Thérèse, chargé des provisions. M. Ernest fermait ainsi la marche avec quelques jeunes gens auxquels il expliquait ses théories sur l'équitation.

Cet incident, qui avait bien un peu déconfit celui qui en avait été le héros, mit tous les autres en verve, et le départ, un instant retardé, fut des plus gais ; on allait à la découverte d'une grotte dont personne n'avais jamais entendu parler dans le pays, et dont un visiteur avait la veille découvert et révélé l'existence, en engageant beaucoup ma maîtresse à y conduire ses hôtes.

Le chemin que nous suivions nous était tout à fait inconnu ; on échangeait les avis les plus contradictoires sur la direction à prendre pour atteindre le but indiqué ; ma maîtresse et moi allions en avant. Elle cherchait à s'orienter et à se mieux rappeler les indications qui lui avaient été données, quand je m'arrêtai tout à coup. Assurément, elle devait se tromper ; le chemin était impraticable ; à dix pas de nous un large ruisseau, une rivière plutôt, traversait la route, et il n'y avait d'autre passage qu'une planche étroite et d'apparence peu solide, posée d'une rive à l'autre sur deux troncs d'arbre ; un homme pouvait peut-être s'y aventurer, mais pour nous c'était absolument impossible sans une véritable imprudence.

Ma maîtresse ne paraissait pas se rendre compte de la raison de mon arrêt. Comme elle m'ordonnait d'avancer,

je fis quelques pas encore pour qu'elle pût juger de plus
près de l'insuffisance du pont et de l'importance de la
rivière ; elle devait à coup sûr entendre le bruit de l'eau
sur les cailloux blancs et ronds qui formaient son lit. Je
m'arrêtai de nouveau.

« Après, Charlot ? Qu'est-ce qu'il y a ? Allons, allons
donc, Charlot. »

J'avançai encore ; mais pour cette fois, il n'y avait pas
moyen d'aller plus loin ; mes pieds de devant étaient presque dans l'eau.

« Mais Charlot, qu'attends-tu ? Attends-tu un bateau ?
Espères-tu qu'on va nous construire un pont de pierre ? Il
faut traverser la rivière à gué, mon bon Charlot ; il ne s'agit
pas de t'engager sur la planche. »

Traverser la rivière ! J'en reculai d'effroi. Comment ma
maîtresse pouvait-elle avoir la pensée de m'exposer, et elle
avec moi, à ce courant rapide qui pouvait nous entraîner
tous les deux ? Nous avions été rejoints par le reste de la
bande, et je vis que tous mes camarades étaient aussi
décidés à ne pas avancer que nos maîtresses pouvaient
l'être à nous faire franchir l'obstacle.

Nous étions là cinq ou six de front, les pieds dans l'eau,
la tête baissée, la queue entre les jambes, recevant sans
broncher les invectives, les prières, les coups de baguette
ou de cravache.

« Si l'un d'eux se décidait à entrer dans l'eau, dit ma
maîtresse, les autres le suivraient tout de suite. Je ne
crois pas que Charlot consente à être cet animal de bonne
volonté, attendu que c'est la première fois qu'il se trouve
en présence d'une rivière à passer, et qu'il m'en paraît
fort effrayé. Son éducation est incomplète de ce côté, un

Ane ne doit pas avoir peur de l'eau. Sa mère traversait des rivières à la nage. Un jour Charlot nagera, j'en suis certaine, ce n'est pas lui qui voudrait être déclaré incapable de ce que d'autres et sa mère ont su faire avant lui. Mais, pour le moment, de quoi s'agit-il? ce n'est pas de nager, c'est de se mouiller les pieds, de se mettre dans l'eau jusqu'aux genoux, et Charlot reculerait ! Je ne croirai jamais cela.

— A qui tiens-tu ce discours? lui dit une de ses amies, en éclatant de rire ; en vérité, Rose, on dirait que tu parles pour ton Ane. »

L'amie de Rose avait raison ; ma maîtresse parlait pour moi. Mais l'instinct du danger ne raisonne pas, et je fis celui qui n'avait pas entendu.

« Voyons, Charlot, reprit ma maîtresse, pour me faire plaisir ! Puisque je suis avec toi, c'est que je ne vois pas de danger ; je n'ai pas plus envie de me noyer ici que toi. »

Je fis un pas en avant, mais le bruit de l'eau qui tournoyait autour de mes jambes me troublait ; je ne l'avais jamais vue cette rivière-là, c'était plus fort que moi. Il me semblait que l'eau dansait devant mes yeux, et avec elle tout ce qui s'y réflétait ; j'étais tout étourdi, je reculai vite et je repris mon rang.

M. Ernest, dont les bonnes intentions, ce jour-là, devaient toujours rester sans succès, s'approcha alors, tenant par la bride Cascaret, chargé des deux paniers qui contenaient les provisions destinées au repas champêtre. Il monta sur la planche qui servait de pont, et, tirant Cascaret à lui, il se mit en devoir de lui faire traverser l'eau. Il s'engagea de part et d'autre une véritable lutte. Mon pauvre camarade, enfin dominé par la cravache de

son conducteur, céda et parvint, non sans effroi, jusqu'au
milieu de la petite rivière, à l'endroit où elle était plus
profonde et le courant plus rapide. Là, il fut vaincu par
la terreur, ou peut-être un caillou le fit-il broncher, toujours est-il qu'il se laissa tomber sur les genoux de devant.
Mais, pendant que je plaignais notre malheureux compagnon, une tout autre considération faisait jeter les hauts
cris à toute la joyeuse société. Cascaret, hors d'état de se
relever, la tête inclinée par la pesanteur de son fardeau,
avalait malgré lui, à longs traits, de l'eau très-claire,
mais les paniers qu'il portait, en absorbaient une plus
grande quantité encore ; ils plongeaient à moitié dans la
rivière. C'en était fait certainement déjà d'une bonne
partie des fines pâtisseries et de toutes les bonnes choses
qu'on y avait renfermées. M. Ernest, en équilibre sur sa
planche, donna une violente secousse sur la bride de l'Ane
aux provisions, pour le forcer à se relever. Il se releva en
effet, mais la bouche en sang, et, fou de douleur, au lieu
de marcher en avant, il rebroussa vers nous par une évo-
lution rapide, en entraînant M. Ernest, qui tomba tout de
son long dans la rivière. Il y eut un cri général, un
moment d'émoi, mais l'eau n'était pas profonde et M. Ernest se redressa bientôt, trempé comme une soupe,
ruisselant et les cheveux collés tout le long de ses joues.
Il n'y avait pas, dans toute sa personne, un point large
comme le bout du doigt qui fût sec.

Les meilleurs cœurs ne savent pas se défendre d'un
premier mouvement de verve moqueuse devant un accident dont le danger a disparu. M. Ernest s'était trouvé
un instant les jambes en l'air ; son chapeau, qui l'avait
précédé dans sa chute, s'en allait gaiement au fil de l'eau,

buvant par-ci par-là, dans ses oscillations, un petit coup
de trop, et trébuchant comme un homme ivre.

Le pauvre Ernest regagnait péniblement la rive.

« Eh, Ernest! lui dit un des jeunes gens, tu ne peux
pas, dans l'état où tu es, avoir peur de te mouiller les
pieds ; un peu plus ou un peu moins n'empirera pas ton
sort, va donc ramasser ton chapeau ; une branche com-
plaisante l'a arrêté au passage, elle ne demande qu'à te le
restituer. Il fait du vent ; si tu ne te dépêches pas, on ne
le retrouvera plus que dans la mer. »

CHAPITRE VIII

Cette boutade d'assez mauvais goût, je le reconnais, donna libre cours à des rires qui n'attendaient qu'un prétexte pour s'échapper, mais elle ne déconcerta pas celui à qui elle s'adressait. Il voulut tirer le meilleur parti possible de sa situation, et, s'approchant de ma maîtresse, il ui dit :

« Auguste a raison, Mademoiselle, je n'ai plus à craindre, en effet, de me mouiller les pieds maintenant ; mais, pour vous épargner de mouiller les vôtres, ayez la bonté de descendre de vos montures, ainsi que ces dames, et je me charge, en restant dans l'eau, de faire passer ces bêtes insupportables. »

8

Tout le monde mit pied à terre ; un Ane de meunier, plus familiarisé que moi avec l'eau, fut placé en avant ; ma bride fut attachée à sa selle ; celui qui me suivait fut attaché de même à la mienne, et ainsi de suite jusqu'au dernier. C'est ainsi que tous, entraînés, poussés et fouettés, nous parvînmes enfin à franchir ce terrible passage.

Parlez-moi des parties de campagne ! Si on consultait les Anes, il s'en ferait plus rarement.

Finalement, M. Ernest s'était montré bon à quelque chose et avait mérité que les rieurs se missent de son côté. Chose singulière : rendu à ses allures naturelles, forcé d'oublier sa petite personne et sa fameuse toilette, ce n'était déjà plus qu'un bon petit garçon, qui fait de son mieux dans l'intérêt de tous. Deux de ses amis demandèrent à l'accompagner jusqu'à la ferme voisine pour qu'il pût s'y sécher. Ma bonne maîtresse lui avait remis un manteau qu'elle avait apporté pour elle comme en-cas ; d'autres lui donnèrent des châles, et l'intérêt de tous le suivit tant qu'il fut en vue.

La cavalcade se remit enfin en marche, cherchant à réparer les avaries qu'avait subies le contenu des paniers.

Enfin l'on atteignit l'endroit indiqué. C'était une plateforme circulaire entourée de hauts chênes et couverte d'un fin gazon, qui dominait une vallée extrêmement pittoresque. Du côté de la vallée, quelques arbres avaient été abattus, ce qui permettait de jouir de la vue magnifique qu'offrait ce riche pays, tout parsemé de bois, de villages, de rivières.

La plate-forme était adossée au sommet de la colline ; là sans doute se trouvait la fameuse grotte que l'on était venu chercher.

Chacun mit pied à terre et se précipita vers le coin obscur où l'on espérait la découvrir. Il y avait bien une excavation assez profonde, tapissée de lierre et d'un aspect mystérieux, mais elle devait abriter plus de Chauves-souris et de Couleuvres que de bons génies. Cependant un bon génie s'y trouvait sous la figure de l'instigateur de la partie. Il était accompagné de deux domestiques qui faisaient les préparatifs d'un goûter copieux, et il comprit l'enthousiasme indescriptible qui accueillit son aimable surprise, quand on lui raconta le bain malencontreux que notre camarade avait pris et laissé prendre aux provisions de bouche qu'on avait apportées. On s'installa sur l'herbe, et nous, de notre côté, nous fîmes, sans tant de frais, un repas moins bruyant, mais non moins agréable. Par exemple, Cascaret mangea plus qu'il ne but; il avait de l'avance du côté du breuvage.

M. Ernest reparut bientôt, vêtu d'un pantalon de toile et d'une blouse bleue, empruntés à l'un des fils du fermier qui lui avait donné l'hospitalité; il avait des sabots aux pieds, et sur la tête un bonnet de laine assez pittoresque, qu'il souleva avec beaucoup de bonne humeur pour saluer la société.

Il était cent fois plus à son avantage dans ce costume de circonstance; on lui fit fête, et cette journée, si mal commencée pour lui, se termina sans nouvel incident. On préféra toutefois ne pas renouveler l'expérience de la rivière, et, grâce à un assez long détour, que nous indiqua le Monsieur à la grotte, nous revînmes à pied sec. J'aimais mieux cela.

Ce sont là mes joyeux souvenirs. Je n'ai pas eu le courage de passer, sans leur donner une place, sur ces frivoles

aventures de ma première jeunesse. Ce fut le temps le plus
gai, sinon le plus heureux de ma vie.

J'étais utile dans la proportion où l'on me demandait de
l'être. Je n'avais que des peccadilles à me reprocher ; les
jours passaient avec une vitesse singulière ; si parfois les
minutes me semblaient longues, les années étaient courtes.

Ma santé était d'ordinaire excellente. De loin en loin
quelques plénitudes, des maux de tête, des névralgies
comme tout le monde, rien de grave. Cependant, je me
réveillai un jour avec un peu d'oppression et tous les
symptômes d'une sorte d'ophthalmie ; j'avais, paraît-il, le
dedans des yeux fort rouge et les paupières enflammées.
Rose fut fort inquiète ; elle crut d'abord que j'avais attrapé
un coup d'air et qu'avec quelques lotions d'eau tiède cela
passerait vite ; mais, le lendemain, l'inflammation ayant
persévéré : « Ah ! mon Dieu, s'écria Rose, qui était venue
me faire une visite au sortir de son lit, si Charlot allait
devenir aveugle ! » Elle envoya sur-le-champ chercher le
vétérinaire. Je le vois encore, ce médecin des bêtes. Il me
regarda avec une gravité qui m'eût fait rire dans tout autre
moment, tant la gravité était peu faite pour son gros
visage empourpré. Il me palpa, il me tâta le pouls, il
m'appuya son oreille sur les poumons, comme s'il m'eût
soupçonné d'être poitrinaire. Il m'ausculta, pour me servir
du terme qu'il employa, et me fit ensuite tirer la langue,
après quoi, ayant réfléchi, il sortit de sa méditation pour
m'ordonner : 1º une médecine dont il écrivit la recette ;
2º un certain remède que devait m'administrer sans retard
le vieux Thomas ; 3º la diète (la diète ! quel est le sot qui
a inventé cet inepte moyen de guérison ?). Mais, en somme,
il rassura ma maîtresse, lui déclara que j'avais seulement

le sang un peu enflammé, que je ne travaillais peut-être pas assez, qu'elle me donnait peut-être trop de sucre ; bref, que j'étais probablement trop bien nourri. A voir l'aplomb avec lequel il débitait ses oracles, et en considérant son embonpoint, c'était à croire qu'il avait partagé mes repas. La consultation était finie. Le médecin avait disparu. Mais Thomas était resté. Quelle singulière figure il avait ce jour-là ! mon vieux Thomas. Il me regardait d'un air narquois et semblait me dire : « Tu ne sais pas ce qui te pend au nez, Charlot. » Assurément non, je ne le savais pas, et je m'honore encore, à l'heure qu'il est, d'avoir pu garder si longtemps sur ce point ma précieuse ignorance. Toujours est-il que Thomas, sitôt que le vétérinaire eut tourné les talons, se mit à faire des préparatifs d'un genre si particulier que l'inquiétude me prit. Je sentis tout de suite qu'il allait se passer des choses surnaturelles. Ce qui m'irritait, c'était de voir la gaieté avec laquelle Thomas faisait ses apprêts et donnait ses ordres à Pierre, le second jardinier : « Va à la cuisine, dis à Jeannette de bien passer sa graine de lin, et apporte-moi de l'eau chaude et de l'eau froide. » Tous les gens de la maison étaient en l'air. La cuisinière apporta elle-même l'eau chaude et son infusion, puis elle remua le tout après avoir mis je ne sais quoi dedans, une espèce de poudre qui n'avait pas bon air, et deux cuillerées d'huile. Déjà je me demandais avec effroi si l'on prétendait me faire avaler cette mixtion écœurante pour laquelle je ne me sentais aucun goût, quand Thomas, s'étant éclipsé un instant, revint portant triomphalement sur son épaule un instrument étrange, l'instrument de mon supplice, sans doute. La vue seule de cette menaçante machine, qui ressemblait à un fusil pointu, additionné d'un assez long manche, me remplit d'un effroi que je m'efforçais en vain de dissimuler. Ce fut bien pis quand Thomas, m'ayant prié d'un ton goguenard de venir à lui, abaissa son arme et me mit en joue. C'était donc bien vrai. C'était un fusil. Je crus que Thomas, devenu fou subitement, avait résolu de me brûler la cervelle, et, dans ma terreur, je lui fis subitement volte face.

« Bravo ! s'écria Thomas, c'est justement ce que j'allais te demander, mon petit Charlot, je n'ai pas besoin de voir ta figure, et te voilà en position. »

Puis, s'adressant à Pierre :

— Couvre-lui la tête avec ton tablier, lui dit-il, cache-lui les yeux et tiens-le ferme pour qu'il ne bouge pas. »

Mes jambes flageolaient sous moi, au point que je n'aurais pu faire un pas. Mes idées étaient renversées. Quoi, Thomas, mon vieil ami, me faire bander les yeux et se faire lui-même l'exécuteur des hautes-œuvres de ce vétérinaire, de ce bourreau ! Qu'allait-il m'arriver ? Quelle opération allait-on me faire subir ? Je recommandai mon âme à Dieu et j'attendis, ne pouvant m'y soustraire, les événements.

Je n'entrerai pas dans plus de détails ; tout ce que je puis dire, c'est qu'on me fit je ne sais quoi, à quoi je ne compris rien, et qu'à l'heure qu'il est je ne m'explique pas encore, mais qui me fit croire que Thomas avait le diable au corps et que ce vétérinaire était enragé, s'il avait pu vraiment m'ordonner une chose si parfaitement bête. Ce que je dois avouer cependant, c'est que j'eus ce jour-là plus de peur que de mal, et qu'en somme, s'il faut en croire Thomas, la chose réussit à merveille.

Quand ce fut fini, M. Thomas osait plaisanter :

« Eh bien, Charlot, me criait-il dans les oreilles, tu n'es pas mort! Un coup de canon n'est pas plus vite tiré. Ce n'a pas été plus long qu'un verre d'eau à boire. »

Ce qui me consola un peu dans mon humiliation, c'est que Thomas avait mis tout le monde dehors, même la cuisinière, qui s'obstinait à rester ; hormis le vieux Thomas et Pierre, personne n'avait été témoin du traitement saugrenu qu'on venait ne m'infliger. Je serais mort de honte si j'avais dû subir en public cette ridicule opération.

C'est égal, cela peut être utile, mais ce n'est pas amusant.

« Fais un somme par là-dessus, me dit Thomas, si tu peux, et cette après-midi il n'y paraîtra plus. »

Dormir quand on a tout le système nerveux surexcité, ce n'est pas déjà si facile.

Mais Thomas avait refermé la porte de mon écurie et laissé, sur l'ordre du médecin, mon râtelier vide. Le sommeil, ce souverain consolateur, finit par clore mes paupières.

Quand je me réveillai, il était trois heures, le temps était beau, je voyais le soleil briller à travers la fenêtre de mon appartement. Thomas, comme s'il eût su que je ne dormais plus, entra. Il m'apportait une demi-ration de son mouillé.

C'était maigre, même pour un malade.

« Je te ferais bien faire un tour de terrasse, mais tu n'as, ma fine, pas l'air de t'en soucier. »

Et je ne m'en souciais pas, en effet. Il me paraissait que je n'oserais plus sortir de mon écurie, ni affronter le regard des hommes. J'aurais eu bien trop peur que chacun pût lire dans mes yeux mes disgrâces. Mais, au fait, qu'aurait-on lu, puisque je ne savais rien moimême de ce qui s'était passé?

La soirée et la nuit s'écoulèrent. Le lendemain matin, je sentis à la longueur de mes quarante-quatre dents que la santé, et avec la santé l'appétit m'étaient revenus. J'allai tout droit à ma porte; justement elle n'était pas fermée au verrou, elle ouvrait en dehors; je n'eus qu'à la pousser un peu, elle s'ouvrit. L'aube blanchissait à peine les toits du château et la cime des arbres. J'avais une bonne heure de solitude devant moi, personne n'était levé encore. Je me hasardai à aller faire tout seul une petite promenade matinale. L'herbe fraîche m'attirait. Je n'avais presque rien pris depuis vingt-quatre heures. La première chose qui s'offrit à ma vue, ce fut un petit carré de réséda. Cela sentait si bon, je voulus y goûter, résolu de me contenter d'une bouchée en guise de hors-d'œuvre au repas plus sérieux qui m'attendait dans mon pré. Comment une seconde bouchée suivit la première et comment d'autres après, je ne saurais le dire; toujours est-il que tout le carré y passa. Il était tout petit, il est vrai. Mais il appartenait à ma maîtresse, et ça n'était pas joli ce que je venais de faire là. Mais quoi, ne pardonnerait-on pas quelque chose à un pauvre malade? Que de raisons, que de mauvaises raisons on trouve quand on en a pas de bonnes pour excuser un mauvais cas!

Mon larcin accompli, j'allai bien vite cacher ma faute et mes remords dans mon pré.

C'est là que le père Thomas et Jeannette et Pierre me trouvèrent.

« Hé, hé, dit le vieux Thomas, vous êtes matinal, monsieur Charlot.

— Ses yeux vont mieux, dit petit Pierre ; faut croire que ça a fait son effet.

— Il est encore un peu pâle, dit Jeannette en riant.

— Ça n'est pas ça, dit Thomas, en s'adressant à moi, tu es fautif, Charlot, et tu le sais bien. Qu'est-ce qui a mangé mon réséda?

— Ah! dit Pierre, maître Thomas, ne le grondez pas ; vous savez que j'avais ordre de l'arracher ce matin. Ce pauvre Charlot! l'histoire d'hier lui a tourné les idées.

— Tourné, tourné, dit Thomas, oui, mais du côté de la gourmandise. Fi! que c'est vilain, à ton âge, monsieur Charlot, d'être sur sa bouche comme un bébé ! »

Cette douceur de Thomas eut plus d'effet sur moi que tous les reproches qu'il eût pu me faire. J'allai à lui, et mettant mon museau sur sa poitrine, je lui demandai pardon, et il le vit bien, car il me dit :

« C'est bon, c'est bon, grand câlin, je te comprends; va, on n'en dira rien à Mlle Rose. »

Sur ce, je fis un bond de joie.

« C'est égal, dit petit Pierre, Charlot est gentil de ne pas nous en vouloir de l'affaire d'hier, et d'avoir vu que c'était pour son bien. »

Jeannette tira de sa poche deux ou trois carottes nouvelles. Tout était de part et d'autre oublié. Seulement, car elle était gaie elle aussi, Mlle Jeannette, quand elle quitta le pré pour aller à sa cuisine, elle se retourna du côté du père Thomas en lui criant :

« Au revoir, monsieur l'apothicaire.

— Pour vous servir, mam'zelle Jeannette, » fit Thomas, qui était toujours fort poli avec les gens du château.

Mais Jeannette était déjà loin. Elle n'avait pas attendu la réponse.

CHAPITRE IX

Je me rendis compte ce jour-là de l'amitié que j'avais pour Jeannette et de celle qu'elle avait pour moi; car, par la conversation qui suivit entre Pierre et Thomas, j'appris que Jeannette encore petite, alors qu'elle était sous les ordres de la femme de Thomas, avait été la marraine de ma mère et que c'était elle qui lui avait donné le nom de mère Christine. D'où il résultait, d'après Thomas, que je me trouvais être aussi un peu le filleul de Jeannette. C'était ainsi qu'il expliquait qu'elle me gâtât toutes les fois qu'elle en trouvait l'occasion. Bonne Jeannette, elle avait de drôles d'idées sur le goût des Ancs. Je me rappelle encore que, m'ayant un jour invité à déjeuner, elle m'avait donné

le choix entre une tasse de café au lait et une tasse de
chocolat. J'avais choisi le chocolat, mais une botte d'herbe
fraîche coupée eût bien mieux fait mon affaire.

Vers le milieu de la journée, ma maîtresse vint me voir
au pré, après son second déjeuner. Elle ne s'occupa que de
mes yeux, et je lui en sus un gré extrême.

« Ils sont encore un peu rouges, » dit-elle.

Et une idée de malice lui poussant, elle m'emmena avec
elle jusque devant le château, entra dans le salon un
instant, puis en ressortit, tenant à la main les grandes
lunettes bleues de sa gouvernante. Me les mettant alors
devant les yeux :

« Si je pouvais t'ajuster ces conserves, dit-elle, cela te
ferait du bien, peut-être. Le soleil va être brûlant aujour-
d'hui. Qu'en dis-tu, Charlot? »

Et elle me fit faire ce qu'elle appelait un essai. Je vis
tout bleu à travers ces petites fenêtres : les maisons
étaient bleues, ma maîtresse était bleue, le vert des arbres
était bleu. C'était trop bleu. « Encore une drôle d'idée
qu'ont les hommes, me dis-je. Est-ce que les couleurs du
bon Dieu ne valent pas mieux que toutes ces inventions-là? »

Mais ma maîtresse était en veine de bonne humeur ce
matin-là, et il était dit que je n'échapperais pas au bleu.
Détachant son voile de son chapeau de paille, son voile qui
était bleu, elle me le fixa sur la tête pour garantir ma vue
fatiguée contre la réverbération du soleil. Et bon gré mal
gré je fus voué au bleu jusqu'à ce que, M. Merton surve-
nant, Rose reprit son voile et me renvoya à mon pré.

J'ai dit qu'on m'avait fait faire une très-coquette petite
voiture, un joli panier en osier très-léger, dans laquelle je
conduisais ma maîtresse à la promenade. Cet exercice lui

plaisait naturellement plus qu'à moi. Depuis que j'avais
une vie occupée, il y avait des jours où j'adorais mon pré.
Je commençais à comprendre la passion que mon père
avait eue pour lui. C'était mon lieu de repos favori, je
pensais au passé, à Mme la Pie, à notre voisin le Lapin. Il
n'était plus de ce monde, le pauvre bonhomme! mais il
avait laissé derrière lui une nombreuse postérité, la haie
était littéralement minée par leurs terriers. Que de fois,
couché sous mon saule, je me suis amusé à regarder jouer
les petits-fils de notre vieux voisin. C'est tout ce qu'il y a
de plus drôle les petits Lapins, tout ce qu'il y a de plus
naïf, de plus farceur et de plus poltron aussi. J'en ai vu
prendre la fuite devant le saut imprévu d'une Grenouille,
s'épouvanter du vol d'un Oiseau, dresser les oreilles à la
chanson d'une Cigale, et ne pas oser mettre le nez hors de
leur terrier, parce que quelqu'un avait éternué dans le
chemin ou dans le pré à côté.

Je n'étais pas toujours content lorsque, dans les jours
de flânerie, Thomas apparaissant, la bride et les harnais à
la main, venait me chercher et m'emmenait sans pitié,
pour m'atteler, aux heures les plus propices à la rêverie.
Il fallait alors tout quitter pour aller traîner ma voiture
sur des chemins pierreux et brûlants. Ce qui m'impatien-
tait surtout, c'était, alors que ma maîtresse faisait ses
visites, de l'attendre au soleil pendant des heures intermi-
nables. Tout cela m'avait d'abord paru fort injuste, et
plusieurs fois j'avais essayé de faire comprendre que j'entendais rester dans mon pré, y manger et y dormir à ma
fantaisie ; mais peu à peu je m'étais réconcilié avec mon
sort, et j'avais fini par reconnaître que ces inconvénients
avaient de suffisantes compensations. Il est bien certain

que le travail porte sa récompense en lui-même ; les jours où j'avais bien travaillé, mon repos et mon dîner me paraissaient meilleurs. Quand ma maîtresse avait pu me dire : « Charlot, je suis contente de toi, » je dormais d'un cœur plus léger.

Ce nouveau genre de vie me mettait en rapport avec le monde extérieur, loin duquel j'avais vécu jusque-là. Je voyais beaucoup de personnes de mon espèce, et dans les conversations qui naissaient du hasard de ces rencontres, je pouvais m'assurer que ma vie était relativement bien plus heureuse que celle de la plupart d'entre elles.

Si, au lieu d'envier les heureux du monde, nous regardions ceux qui souffrent à côté de nous, nous n'oserions jamais nous plaindre. Mais l'égoïsme est si aveugle qu'il ne sait pas raisonner juste même dans son sens.

La plupart de mes semblables auraient changé leur sort contre le mien, et cependant il m'arrivait souvent de me laisser aller à ma mauvaise humeur, de gémir sur ma condition et même de me considérer comme un être digne de compassion.

Quand je voyais le matin la brume transparente se dissiper lentement aux premiers rayons du soleil ; quand à son approche les nuages se cachaient derrière les collines et lui abandonnaient sa route radieuse ; que l'herbe humide était toute parfumée, l'eau du ruisseau plus pure et plus tentante, et que j'étais en veine de fainéantise, je me disais avec un soupir : « Charlot, mon ami, le temps est sûr, aujourd'hui tu travailleras. » Et, en effet, cela ne manquait jamais. L'Ane n'est pas parfait en lui-même, et je n'étais évidemment pas le moins imparfait des Anes. J'en arrivais quelquefois à ce point d'aberration de désirer la pluie, d'appeler l'orage, la tempête, le froid, la neige, la grêle même, eût-elle dû ruiner cent familles autour de nous, pour pouvoir demeurer plus tranquille dans mon coin.

Parmi les maisons où je conduisais ma maîtresse, il en était vers lesquelles je me laissais mener volontiers ; j'y étais bien reçu, bien soigné, bien nourri, j'y retrouvais d'aimables et gais camarades, près desquels j'oubliais la chaleur et la fatigue de la route. Il en était une autre en revanche où je n'allais qu'en témoignant la plus vive mauvaise humeur. Le chemin qui y conduisait était pénible et roide ; mais ce qui m'en éloignait surtout, c'est que je n'y recevais jamais la moindre politesse ; pas de foin, pas d'eau fraîche, pas même un hangar pour me garantir des ardeurs du jour. On m'attachait très-court à un poteau et on me laissait là entre deux brancards sans autre distraction que les criailleries d'un mauvais roquet qui m'aboyait aux talons, ou les rires et les taquineries des gamins du village qui se moquaient de moi, à travers les barreaux de la grille, et, faute de pouvoir m'atteindre autrement, très-souvent me jetaient des pierres. Tout cela était pénible à l'excès pour mon incurable vanité. Mais enfin cela ne se renouvelait que de très-loin en très-loin. Après avoir vainement essayé de faire comprendre à ma maîtresse qu'il me déplaisait particulièrement d'être mené à Jeffrey (ma mauvaise grâce constante à entrer dans l'avenue qui y conduisait n'avait pas dû lui laisser ignorer mes sentiments), je résolus de me libérer à tout prix de cette insupportable corvée. Voilà bien l'effet du bonheur quand on ne l'a pas mérité, quand il n'est pas le prix des efforts persévérants par lesquels d'ordinaire il s'achète. J'étais trop heureux. Ma feuille de rose avait son pli. Mon épiderme délicat oubliait tout pour ne penser qu'à ce pli. Un jour donc, à Jeffrey, au moment où l'on m'attachait, je me reculai brusquement afin d'arracher la bride à la main qui s'apprêtait à m'en faire une chaîne. Ce mouvement ne réussit pas complétement, et je ne parvins tout d'abord qu'à me faire lier de plus près au maudit poteau ; mais le domestique chargé de ce soin, préoccupé de ma résistance, ne s'aperçut pas, dans la précipitation qu'il mit à nouer ma longe, que son nœud était très-mal fait. Je le laissai s'éloigner, et quand il fut hors de vue je tirai tout douce-ment, et par petites secousses répétées, sur mon lien, qui ne tarda pas à se défaire. La grille, par un de ces hasards qui viennent trop souvent en aide à la folie, la grille mal fermée elle aussi, s'était rouverte d'elle-même. J'étais libre ! libre de faire la plus inexcusable des sottises. L'oc-casion était trop belle pour la laisser échapper. Je m'éloi-gnai d'abord à petits pas, afin de n'éveiller aucune atten-tion, car il n'y avait pas moyen de me débarrasser de ma maudite voiture, et malgré toutes mes précautions le bruit de ses roues, qui pouvait me trahir, ne m'avait jamais paru si formidable. Il semblait qu'elles voulussent, en grin-çant, en criant sur le sable, en gémissant sourdement sur les parties les moins sonores du sol, protester contre leur complicité involontaire et dénoncer leur ravisseur. Je m'arrêtais bien de temps en temps pour les faire taire, mais elles n'en reprenaient que de plus belle leur grince-ment quand je recommençais à marcher. Je ne sais com-ment tout le village n'accourut pas au bruit que nous fai-sions. Était-ce la voix de ma conscience, entendue de moi seul, qui faisait surtout en moi tout ce tapage ? Il est un signe infaillible pour le criminel le plus endurci, aussi bien que pour le pêcheur novice, qui lui permettrait de reconnaître où sa faute commence, c'est alors qu'il sent qu'il a tout à craindre du regard des honnêtes gens.

Pour échapper à ce premier supplice, je gagnai un chemin de traverse peu fréquenté et qui par son isolement même me promettait un peu de sécurité. Il était ombragé de grands arbres et bordé de buissons épais qui m'offraient en passant leurs pousses tendres et appétissantes ; des fleurs d'églantier l'égayaient. En tout autre temps, j'aurais tout en passant profité de ces aubaines, mais la peur et la mauvaise conscience ne sont pas pour ouvrir l'appétit. Je fuyais, je fuyais d'un pas toujours plus vif, poursuivi déjà par le remords. Je ne m'arrêtai que dans les profondeurs du bois. Je trouvai le lieu à souhait pour me refaire. J'étais exténué. Il était prudent de réparer mes forces, je mangeai donc. Mais comment cela se faisait-il? Ce repas acheté au prix de ma rébellion, ce repas payé si cher ne fut pas aussi savoureux que je l'avais espéré. Je suis même forcé d'avouer qu'il fut empoisonné par de sérieuses inquiétudes. Certainement j'étais libre, mais libre de quoi faire? Ma liberté avec une voiture au dos, je sentis qu'elle allait être écrasante. Mon panier vide, que je traînais si allégrement quand ma maîtresse était dedans, il me sembla qu'il était de plomb. Décidément j'avais bien envie de retourner à mon poteau. Qu'allait dire en effet ma maîtresse! Qu'allait-elle penser de moi? Faudrait-il donc qu'elle s'en retournât à pied à la maison? Devais-je renoncer à jamais la revoir? ou fallait-il en retournant m'exposer à une punition sévère? Je n'avais évidemment qu'une chose à faire, c'était de re-connaître mon tort et de retourner là où elle comptait me retrouver; il était encore temps, peut-être? Mais une faute

9

en entraîne toujours une autre ; au lieu de suivre ce bon mouvement, je m'appuyai sur ce « peut-être, » ce sot orgueil, cet orgueil à rebours qui s'appelle la vanité, qui est le contraire de la vraie fierté, qui n'est autre chose que la mauvaise honte et non la bonne, laquelle du moins vous conduirait au repentir. La mauvaise honte, disons le mot, le respect humain, me fit reculer devant l'humiliation d'un aveu, et je m'engageai plus avant dans le sentier du crime, tressaillant à chaque bruit, et mourant à chaque pas de la peur des coupables. Le frissonnement des feuilles, le bourdonnement des mouches, le simple vol d'un oiseau changeant de place et voletant de branche en branche, me faisaient tressauter. A la fin, je me cachai éperdu dans un coin de ces renfoncements qu'on ménage sur le côté des routes qui ne sont pas assez larges pour deux voitures, à l'usage de celles qui seraient exposées à s'y rencontrer, et là, la tête entre les jambes, je restai immobile, n'osant plus ni avancer ni revenir sur mes pas, plongé dans les réflexions les plus contradictoires, et, pour tout dire, le cerveau plein de ténèbres.

Depuis combien de temps étais-je dans ce douloureux état de prostration morale? je l'ignore. J'en fus tiré peu à peu par une sorte de tintement confus et lointain qui me semblait, à mesure que je devenais plus attentif, devenir aussi plus distinct. La vérité, c'est qu'il grandissait et paraissait même se rapprocher; un bruit sourd de roues engagées dans une course rapide s'y mêlait. Je tournais le dos à la route et ne pouvais rien voir. Tout à coup, ce qui avait été tintement se changea en un véritable carillon. Le vent aurait agité des sonnettes suspendues à toutes les branches des arbres, que le vacarme n'eût pas été plus assourdis-

sant. Un cri s'y mêla, un de ces grossiers blasphèmes qui
sortent de la bouche de certains hommes dans les moments
de danger et à l'heure où la prière serait plus de saison ;
puis un choc eut lieu, choc terrible à l'arrière-train de ma
voiture ; je crus entendre éclater en outre à travers ce tumulte comme un hennissement de colère. Il m'avait semblé
que tout mon équipage était en même temps que moi
comme soulevé de terre. Je retombai sur le sol, à moitié
étranglé par mon licol, et une épaule entamée par un des
brancards qui s'était cassé dans l'accident. Littéralement,
ma voiture était en capilotade. Quant à moi je souffrais
horriblement. Le fracas des sonnettes me fut encore per-
ceptible un instant, mais bientôt il s'éloigna, dominé toutefois de loin en loin par des hennissements moqueurs.
En quelques minutes tout bruit s'éteignit, le silence s'était
refait complet. Je m'étais évanoui. Quand je revins à moi,
on m'avait dételé ; des paysans pansaient mes blessures,
des enfants me regardaient avec étonnement ; et là, devant
moi, sa douce main sur ma tête, ma bonne maîtresse me
considérait sans colère et me parlait même tendrement.

« Mon pauvre Charlot ! vois-tu ce que l'on gagne à
désobéir. Te voilà tout abîmé, et tu souffres ? Tu as fait
briser ma voiture, méchant Charlot ! Qu'est-ce que tu étais
venu faire tout seul si loin de la route qui conduit au château, au lieu de m'attendre patiemment où je t'avais laissé ?
Si tu n'étais blessé, comme te voilà, tu serais battu, et tu
l'aurais bien mérité ; mais tu es assez puni, je le vois, par
les suites mêmes de ta faute. »

J'aurais voulu être à cent pieds sous terre. C'était une
telle maîtresse que je n'avais pas craint de contrister, d'of-
fenser, de fuir ! Quelles bonnes résolutions ne pris-je pas

sous le coup du remords et de la douleur! Douleur salutaire, je le déclare, et combien il serait à souhaiter qu'à
chaque faute, même cachée, un fouet invisible, un fouet
vengeur, vînt cingler les reins des coupables! Pendant que
je revenais à la maison, conduit par ma trop clémente maîtresse avec des attentions infinies, elle m'évitait avec soin
les passages difficiles et me faisait reposer souvent; je souffrais beaucoup à l'épaule droite. La voiture, elle, était encore bien plus endommagée que moi; un des brancards
était cassé en trois morceaux, l'arrière-train était tout dislo-
qué. Un paysan la ramenait à grand'peine derrière nous;
il avait été témoin, paraît-il, de l'accident et le raconta à
ma maîtresse. C'est ainsi que j'appris ce qui m'était arrivé.

X

CHAPITRE X

Préoccupé des suites funestes que pouvait avoir ma fuite, j'avais oublié de me garer suffisamment, en ne prenant que la part de la route qui me revenait, du moment où je voulais rester stationnaire. Une autre voiture attelée d'un poney très-vif, lancé à fond de train par un domestique à moitié ivre, était arrivée sur la mienne, avant que son conducteur eût pu voir que j'allais faire obstacle à son passage, et pris les mesures nécessaires pour éviter une rencontre. Ma voiture, beaucoup plus légère que celle dont elle barrait la route, avait été renversée dans le fossé, tandis que l'autre, un instant arrêtée, avait repris sa route sans se soucier du dégât qu'elle avait pu causer.

Après une saignée, chose qui me parut redoutable et
qui ne l'était pas — qu'est-ce que c'est qu'une piqûre de
laquelle il peut résulter un grand bien, quand il en est de
tant et de tant de sortes dans la vie qui ne laissent après
elles que du mal? — après quelques semaines de soins et
de repos, mon épaule étant guérie et la voiture réparée,
ma maîtresse et moi nous reprîmes nos promenades accoutumées.

Je voudrais pouvoir dire que cette dure leçon et la
bonté de ma maîtresse m'avaient complétement corrigé de
ma susceptibilité et de mon indocilité ; mais je dois être
vrai, et, avant de montrer au lecteur les épreuves de ma vie,
je dois lui faire connaître les fautes qui me les ont attirées.

J'avais conservé la même antipathie pour les visites à
Jeffrey ; il s'y ajoutait même un nouveau sentiment depuis
ma récente aventure. Si nous recherchons volontiers
la compagnie de ceux qui nous estiment, nous redou-
tons au contraire celle des gens qui ont le secret de nos
défauts.

Je voyais bien qu'à Jeffrey on me regardait plus curieusement ; les enfants riaient en me voyant passer. En m'at-
tachant, le domestique ne manquait pas de me faire quelque menace et de m'appliquer même quelques taloches,
pour m'engager à ne pas « recommencer. »

Cela n'était pourtant pas à craindre ; mais j'étais très-
mortifié par ces précautions qui témoignaient du peu de
confiance qu'on avait maintenant en moi. Il fallait me
croire non-seulement bien mauvais, mais bien bête aussi
pour imaginer que l'idée pût me revenir de renouveler une
sottise dont le premier essai venait d'être si peu encou-
rageant.

Un jour que j'avais quitté mon pré de plus mauvaise grâce que de coutume pour monter encore à Jeffrey, le domestique qui m'attacha à mon arrivée au poteau détesté me dit en goguenardant :

« Mon bonhomme, si tu dénoues ce nœud-là, tu seras un malin ; seulement avant de partir aie soin de te dételer pour ne pas casser la voiture, parce que décidément si tu n'es pas un fameux Ane, tu n'es pas non plus un fameux cocher. »

Le ton de cet homme me blessa au vif ; je n'avais pas envie de m'enfuir, mais je pris la résolution de détacher coûte que coûte ma bride, rien que pour faire voir à ce désagréable personnage que le plus malin des deux n'était pas celui qu'il pensait. Mais j'eus beau faire, tirer à droite, tirer à gauche, tirer du haut, tirer du bas, essayer de m'aider de mes dents, j'y perdis mes peines, et je ne réussis qu'à m'ensanglanter les gencives.

Cela me mit hors de moi, et je donnais cours à ma colère, en renâclant vivement, quand tout à coup j'entendis près de moi ce bruit de sonnettes qui m'avait effrayé le jour néfaste de ma fuite. Je crus que c'était encore un présage de malheur, l'annonce d'une nouvelle punition pour ce nouvel essai de révolte. Je retournai vivement la tête et je vis à mes côtés un petit poney à longs poils tout ébouriffés. Sa crinière frisée, sa queue touffue toujours en mouvement, un collier garni de sonnettes, des nœuds rouges de chaque côté des oreilles, lui donnaient un petit air tapageur et impertinent qui me déplut souverainement. De plus, il était évident qu'il riait de la vanité de mes efforts.

« Eh bien ! l'ami, que vous arrive-t-il donc ? Vous avez

l'air bien malheureux. Puis-je vous être bon à quelque chose ? » me dit-il.

Le ton protecteur avec lequel il prononça ces mots me révolta. Je ne sais rien de plus déplaisant que de montrer sa faiblesse et son ignorance devant des individus qui se croient vos supérieurs en force et en savoir. Je lui répondis d'un air satisfait que j'avais voulu tout simplement replacer mon mors qui me gênait et que j'y étais parfaitement arrivé. Le petit hennissement moqueur avec lequel il accueillit cette explication me prouva clairement qu'il n'y ajoutait pas foi, et que mon mensonge n'avait réussi qu'à me faire perdre l'estime de ma nouvelle connaissance.

« Mon bon ami, me dit-il, il y a trop longtemps que je porte la bride pour que vous me fassiez accroire que vous essayiez tout à l'heure d'arranger votre mors. Ce qui m'étonne, c'est qu'après votre dernière expédition il vous vienne encore à la pensée de chercher à vous sauver. S'enfuir, entraînant une voiture après soi ! Non, ma parole, voilà une idée qui vaut son pesant d'or ! Comme c'est commode de dissimuler une voiture ! Et ne savez-vous donc pas, monsieur l'innocent, que chaque voiture porte avec elle son numéro et par cela même le nom et l'adresse de son propriétaire ? Ah ! c'est trop fort ! »

J'étais gonflé de dépit :

« Comment savez-vous ce qui m'est arrivé ? répondis-je avec humeur, je vous vois aujourd'hui pour la première fois.

— Nous nous sommes pourtant déjà rencontrés, dit-il en secouant ses grelots d'un air impertinent ; vous ne pouvez pas l'avoir oublié, mon cher monsieur Charlot ! »

Une pensée subite me traversa l'esprit.

« Eh quoi! m'écriai-je, serait-ce vous qui avez causé
le terrible accident qui m'a mis pendant si longtemps
sur la litière? Je ne puis comprendre, si vous avez commis
cette méchante action, que vous veniez vous en vanter
devant celui qui en a été la victime, et que vous osiez
vous moquer de quelqu'un que vous avez failli tuer.

— Tout doux, l'ami, calmez-vous et ne m'accusez pas
d'un fait dont tout le tort est à vous. Quand on s'en va
rêver dans les bois, on prend soin de se tenir à l'écart et
de ne pas barrer le chemin aux passants avec un pareil
attirail. Votre imprudence pouvait nous coûter cher : mon
groom et moi courions risque d'y laisser notre peau. Si
vous avez payé votre escapade, avouez que vous ne l'avez
pas volé; car il était impossible de s'y plus mal prendre
pour la faire réussir. Tenez, faisons la paix. Vous m'inté-
ressez; vous êtes jeune, timide, sans expérience; moi, je
connais le monde et pourrai vous donner quelques conseils
utiles. Parlez-moi avec franchise; si je le puis, je vous
viendrai en aide; d'ailleurs, et si j'ai bonne mémoire, le
jour de votre culbute sur la route n'est pas le premier où
nous nous soyons trouvés en présence. N'êtes-vous pas un
des commensaux du château de M. Merton, et le fils même
de la mère Christine? Vous souvient-il que quand vous
étiez un tout petit Ane, vous aviez entrepris de vous lier
avec un poney de la maison...

— *Café-au-Lait!* m'écriai-je. Quoi! seriez-vous Café-
au-Lait?

— Vous y êtes, me dit-il.

— Mais, lui répondis-je, vous avez assez mal accueilli
mes avances à l'époque que vous me rappelez.

— Que voulez-vous, me dit-il, j'avais déjà six mois, je

ne pouvais pas, en bonne règle, me lier avec un enfant qui venait de naître. Je savais en outre que je ne devais pas rester dans la maison. M. Merton me faisait élever pour mon maître actuel, un de ses voisins. Cela ne nous eût menés à rien de nous lier alors ; j'ai évité à votre jeune cœur les chagrins d'une séparation qui devait être prochaine. »

Le ton cordial avec lequel il me débita tout cela calma ma susceptibilité, et me rendit confiance ; je lui ouvris mon cœur comme à un frère, lui contant mes griefs et particulièrement l'aversion que j'éprouvais pour les visites à Jeffrey.

« Que me conseillez-vous ? lui dis-je, quand j'eus achevé mes confidences.

— Ce que je vous conseille, dit-il, après quelques secondes de réflexion, c'est d'être boiteux la première fois que votre maîtresse vous amènera ici. »

Pour me dire ces paroles, Café-au-Lait s'était approché de moi, et c'est à l'oreille qu'il me les murmura. J'aurais dû me défier ! Ce qu'on n'ose pas dire tout haut est rarement bon à dire, même tout bas, mais j'étais tout à l'étonnement que me causait cette singulière réponse.

« Être boiteux ! m'écriai-je, le remède serait pire que le mal. Me conseillez-vous donc de me casser une jambe ?

— Faites donc l'ingénu, me dit Café-au-Lait, en ricanant, vous ne vous êtes pas gêné tout à l'heure pour me dire un mensonge, j'imagine ; me ferez-vous croire que vous ne sauriez mettre en pratique votre savoir en ce genre ? »

Je saisis enfin le vrai sens de ses paroles, et mes oreilles en frémirent d'horreur. J'avais été amené à lui mentir, pour sauver ce que croyais être ma dignité ; c'était déjà fort mal ; mais feindre de sang-froid, tromper sciemment, non plus un inconnu à qui l'on ne doit pas compte de sa pensée, mais ma bonne maîtresse, c'était une bien autre affaire, et cela m'eût paru le comble de la perversité.

« Vous me demandez mon avis, je vous le donne, reprit le poney qui avait compris l'impression pénible que m'avait causée le cynique avis qu'il venait de me donner ; si vous craignez de le suivre, libre à vous ; seulement ne faites plus mine de détester votre joug, et résignez-vous à passer le reste de vos jours attaché à un poteau, c'est la destinée qui convient aux poltrons. Les audacieux seuls font leur chemin dans le monde.

— Ce n'est pas que j'aie peur, lui dis-je timidement.

— Eh bien ! alors, qu'est-ce donc ? »

Je n'osai pas, lâche que j'étais, lui avouer que je craignais de mal faire, et par-dessus tout de chagriner ma bonne maîtresse. Je marmottai entre mes dents un semblant d'excuse sur la difficulté que j'aurais à bien jouer une semblable comédie.

« Ça vous regarde, répondit-il ; seulement vous seriez un fier maladroit si vous ne pouviez parvenir à duper une jeune fille. Dans nos rapports avec les hommes, il faut ou que nous soyons leurs maîtres ou qu'ils soient les nôtres ; il n'en peut être autrement, et c'est la volonté la plus ferme qui l'emporte. Si la force ne vous réussit pas, employez l'astuce ; mais si avec ces deux moyens vous échouez, dites pour jamais adieu à votre indépendance, et résignez-vous à être toute votre vie la plus misérable des bêtes de somme. »

Mon nouvel ami aurait sans doute ajouté à ceux-ci bien des conseils non moins pervers, si au même instant ma maîtresse n'avait paru sur le seuil de la maison. Le domestique vint me détacher, et, en quittant ce lieu de captivité, à peine eus-je le temps de jeter un regard d'adieu à mon confident et de saisir le clignement d'œil malicieux qu'il m'adressa par-dessous ses sourcils.

La route se fit tant bien que mal; je marchais d'un pas fort inégal, préoccupé de la conversation que je venais d'avoir avec Café-au-Lait; ma maîtresse avait été obligée plus d'une fois de prendre le fouet pour me rappeler à moi-même.

« Ah! Charlot! » me dit ma maîtresse, quand, arrivée à la maison elle descendit de voiture et s'approcha de moi sans me faire la moindre caresse. « Charlot, tu t'es mal comporté aujourd'hui, tu n'auras pour ta peine ni pain, ni carottes, ni sucre; non, pas un morceau de sucre; allez, méchant Charlot! »

XI

CHAPITRE XI

Je recueillais pour la première fois les fruits des mauvais conseils que j'avais eu le tort d'écouter; mais, hélas!
les paroles du tentateur avaient pénétré dans mon âme, et
au lieu de me faire repentir de ma faute, le mécontente-
ment de ma maîtresse ne fit qu'augmenter l'esprit de
révolte qui bouillonnait en moi. Je me dis que c'était elle
qui était injuste et méchante, et que j'avais bien le droit
de chercher à secouer le joug qu'elle prétendait m'imposer. Cette obligation d'aller à Jeffrey me paraissait intolérable; plus je réfléchissais à mes misères imaginaires,
plus elles me semblaient réelles, plus je me sentais digne
de pitié. C'est la pire des dispositions d'esprit que le

trop grand état qu'on fait de ses propres maux ; les conseils
pernicieux que j'avais reçus me semblaient de plus en
plus mériter d'être pris en considération. Comme il arrive
toujours en pareil cas, à force de m'appesantir sur la faute
que je grillais de commettre, elle me parut de moins en
moins grave. On s'habitue aux laideurs physiques que l'on
a souvent sous les yeux, on finit même par les aimer, il
en est de même des laideurs morales. La conscience qui
se familiarise avec la vue du mal perd bientôt la notion
du bien. J'étais sur le penchant de cette voie dangereuse ;
je découvrais tant de bonnes raisons pour justifier ce triste
revirement de ma pensée, que mes scrupules se turent
peu à peu.

Je n'attendis plus dès lors qu'une bonne occasion pour
mettre à exécution mes coupables résolutions.

Elle ne tarda pas à se présenter. Environ dix jours
après cette dernière visite à Jeffrey, par une belle matinée,
je traînais comme à l'ordinaire la voiture de ma maîtresse,
et, tout en l'écoutant causer joyeusement avec son amie
Thérèse qui l'accompagnait, j'examinais avec soin la route
qu'elle me faisait suivre.

Je commençais à croire que nous allions dépasser sans
nous y engager l'avenue que je redoutais, quand elle me
fit tourner brusquement, et me voilà me dirigeant vers le
lieu où je m'étais juré qu'on ne me verrait plus, vers
Jeffrey. — Cette visite renouvelée à dix jours à peine
d'intervalle, c'était trop fort.

« Ah ! ah ! me dis-je, voilà qui est bon ! mais nous
n'y sommes pas, et nous verrons bientôt qui aura le
dessus. »

Je guettai donc un moment favorable et je commençai

à boiter un peu, mais très-peu, trébuchant seulement de temps en temps.

« Qu'est-ce que Charlot a donc? dit ma maîtresse à son amie. Est-ce qu'il ne te semble pas qu'il boite?

— Ah! tu t'en aperçois, pensai-je, c'est bon. »

Et je boitai un peu plus bas.

« Mais, oui, certainement, répondit Thérèse, il boite tout à fait.

— Peut-être a-t-il une pierre ou même un clou, ou encore un fragment de verre brisé dans son sabot. Tiens les rênes un instant, Thérèse; je vais descendre et voir ce qu'il en est.

— Aïe, me dis-je, je suis perdu, elle va voir qu'il n'y a rien, et par conséquent tout découvrir. »

Et dans ma terreur je me mis à trembler de tous mes membres.

« Pauvre Charlot! dit ma maîtresse, il doit beaucoup souffrir, il tremble si fort. »

Le croirait-on? Tandis que ma maîtresse me croyait incapable de vouloir la tromper, je me réjouissais de ce que son affection pour moi rendait ma supercherie si facile, et sa douceur, loin de me désarmer, ne fit que m'encourager à la pousser jusqu'au bout. Ma vanité était complétement satisfaite. Je restai donc bien tranquille pendant qu'elle levait mes pieds les uns après les autres, pour y chercher le caillou, le clou ou le verre qui n'y avaient jamais été.

« Il n'y a rien, dit-elle avec étonnement, et je ne vois même pas la marque qu'aurait laissée quelque chose qui eût pu le blesser.

— Peut-être est-ce le chemin que nous venons de suivre

qui le faisait boiter, reprit Thérèse, j'ai remarqué qu'il
était très-pierreux.

— Peut-être, reprit ma maîtresse, essayons encore et
nous verrons. »

Elle remonta dans la voiture, et me touchant du fouet
très-légèrement : « Allons, Charlot, allons. »

Et j'allai doucement, bien doucement, boitant et trébuchant de plus en plus à chaque pas que je faisais.

« Oh, Thérèse! dit ma maîtresse avec un accent de
profonde pitié, je ne puis pas continuer ainsi. Cela me
fait trop mal de voir souffrir cette pauvre bête. Il faut
renoncer à notre promenade pour aujourd'hui et retourner à la maison. »

En disant ces mots, elle me fit faire volte-face. »

J'eus toutes les peines du monde à retenir un braiement
de joie en voyant le succès que j'avais obtenu. Le mal
était-il donc si doux et si facile à faire! J'avais été bien
sot, vraiment, de me soumettre jusque-là. Mais désormais,
pensai-je, je serai le maître. Si c'est vous qui tenez les
rênes, c'est moi qui mène, et je me flatte que Charlot
n'ira plus dorénavant là où il ne lui plaît pas d'aller.

Mon bonheur ne devait pas être de longue durée. Dans
ma joie d'avoir si bien dupé ma maîtresse, j'oubliais que,
pour faire réussir ma ruse, il fallait feindre jusqu'au bout,
et je fus moi-même, comme disait quelquefois le vieux
Thomas, le dindon de ma farce.

Dès que je fus bien sûr que je rentrais à la maison,
mon infirmité factice disparut, et, sans songer à ce que cette
guérison subite allait infailliblement révéler, je pris vive-
vement le trot, et je partis tout joyeux, envoyant des
bénédictions à mon ami Café-au-Lait.

Je fus tiré de mes joyeuses pensées par un franc éclat de rire de ma maîtresse, et je fis un soubresaut en l'entendant dire à sa compagne :

« Non! non! Aurais-tu jamais cru Charlot capable de nous jouer une si incroyable comédie? »

Un instant après, je reprenais l'avenue de Jeffrey, et ma malheureuse échine recevait les coups de fouet les mieux appliqués qui lui eussent encore été donnés par la jolie, mais nerveuse petite main de ma maîtresse.

Ainsi rappelé à la vérité, ou tout au moins à la vraisemblance nécessaire à mon rôle, je me remis à boiter au point de tomber à chaque pas; mais ce fut en vain, il était trop tard, ma maîtresse n'en frappait que plus fort. Désespéré, j'abandonnai enfin la lutte, et je me résignai de fort mauvaise grâce à monter la côte de Jeffrey.

Qui pourra dire les pensées amères qui m'assaillirent pendant que j'attendais ma maîtresse, attaché comme toujours et de plus en plus près à ce vilain poteau? Ce qui me faisait si cruellement souffrir, ce n'étaient pas les coups de fouet, bien que je les sentisse encore sur mes épaules, ce n'était pas non plus le regret de ma faute, c'était la honte, c'était la mortification de voir ma supercherie démasquée. Dans mon dépit, je regardais de tous côtés si je n'apercevais pas Café-au-Lait, afin de me soulager en déchargeant sur ce mauvais conseiller une partie de ma colère. Avais-je à chercher si loin le véritable auteur de tous mes chagrins? Qui donc était le vrai coupable, si ce n'était moi? Dieu veut en vérité que, dès ce monde, les fautes portent en elles-mêmes leur châtiment et les choses leur justice.

Une punition bien autrement sévère m'était réservée.

10

Peu de jours après cette expédition, ma maîtresse me conduisit sur un chemin tout nouvellement réparé. Là, et pour tout de bon cette fois, un petit caillou coupant se logea dans mon sabot, juste sur la partie la plus sensible de ma corne. Quelle douleur! J'en eus le frisson dans tout le corps, et cette fois c'était bien de douleur que je tremblais. Je ne pouvais poser le pied même sur la terre sans souffrir, et je boitais affreusement.

« Charlot, me dit ma maîtresse en me cinglant d'un bon coup de fouet, tu me crois par trop naïve. C'était bien une fois, mais je ne m'y laisserai pas prendre une seconde. Allons, marche, et dépêchons-nous, sinon..... »

Et son fouet acheva sa phrase.

Combien je déplorai alors de l'avoir une première fois trompée! Je ne me rappelai que trop la bonté avec laquelle elle s'était apitoyée ce jour-là sur mes fausses souffrances tant qu'elle avait pu les croire vraies, bonté que je n'avais reconnue que par mes moqueries et mon dédain. Si maintenant elle me fouettait, et en me forçant à marcher augmentait mon trop réel martyre, à qui fallait-il m'en prendre? Pouvais-je l'accuser de dureté si elle refusait sa pitié à un mal auquel je lui avais donné le droit de ne pas croire? Étais-je fondé à me plaindre? Non, je ne l'ignorais pas; aussi je m'efforçais de marcher tout en boitant, mais cela me causait des douleurs intolérables. Enfin, la réalité de ma souffrance devint évidente et toucha le cœur de ma bonne maîtresse.

« Je crois vraiment que, pour le coup, Charlot a une pierre dans son sabot, dit-elle. A tout hasard, regardons avant d'aller plus loin. »

Comment dire la reconnaissance que fit naître en moi

cette compassion, que je méritais si peu! Dès que ma
maîtresse fut descendue de voiture avec Thérèse, je lui
tendis le pied où était la pierre, et elle put voir que cette
fois, du moins, je ne l'avais pas trompée.

« Pauvre Charlot! dit ma maîtresse en retirant la pierre
avec précaution, tu ne boitais pas pour rire cette fois, tu
as dû bien souffrir. Mais, vois-tu, Charlot, personne ne
se fie plus à un menteur ; il a beau dire ensuite la vérité,
on ne peut plus le croire. Les gens trop fins, en voulant attraper les autres, finissent toujours par s'attraper
eux-mêmes. Je voudrais bien te faire comprendre cela.
La leçon a été dure, Charlot, mais méritée, j'en suis
fâchée pour toi. »

Sa douceur me toucha et m'amena à un sincère repentir. Ce que les coups et la douleur n'avaient pu faire, les
bonnes paroles de ma maîtresse l'obtinrent de moi sans
peine. Que n'aurais-je pas donné pour qu'elle vît ce qui
se passait au fond de mon cœur !

J'appuyai ma tête contre sa main, je la regardai tendrement dans l'espoir qu'elle lirait ma gratitude et mon
repentir dans mes yeux.

Ce retour au bien m'avait fait un instant oublier mes
souffrances ; mais dès que je voulus poser par terre mon
pied endolori, elles reparurent aussi vives. Trotter m'était
impossible, et, même en allant au pas, en évitant les
pierres, je ressentais de tels élancements, que j'étais obligé
de m'arrêter parfois tout à coup pour reprendre courage.

Ma maîtresse paraissait très-affectée de mon état.

« Descendons, dit-elle à Thérèse, Charlot ne va pas
bien du tout. »

Prenant alors son mouchoir, elle le trempa dans le ruis-

selet qui courait en babillant tout le long du chemin, et
m'en fit une compresse. Thérèse et elle détachèrent
quelques rubans de leur toilette pour la fixer. Mon pied
fut emmaillotté par elles avec beaucoup d'adresse, de façon
que la partie blessée ne portât pas directement sur le sol,
Cela fait, les deux compatissantes créatures, afin de ne
pas me surcharger, reprirent à pied la direction du château. Ma maîtresse me soutenait par la bride et Thérèse
courait devant pour écarter les cailloux qui auraient pu
me blesser. Nous arrivâmes ainsi à la maison aussi doucement que possible.

Dès que je fus dételé, on commença à me donner des
soins. Le vieux Thomas était fort entendu. M. Merton
lui-même voulut visiter ma blessure et assister à mon
premier pansement. Je restai pendant bien des jours sur
ma litière sans pouvoir me lever, sans pouvoir me traîner
même dans mon pré, même sur l'herbe verte et touffue,
et plusieurs semaines après je souffrais encore des suites
de ma triste aventure. Le caillou coupant et pointu qui
m'était entré dans le pied avait fait plaie, et la marche
avait produit beaucoup d'inflammation.

Pendant ce repos forcé, j'eus le temps de faire beaucoup
de réflexions salutaires et de reconnaître que ma conduite
avait été, non-seulement fort sotte, mais très-coupable.

« J'espère, Charlot, me dit ma maîtresse, dans une des
visites matinales qu'elle me faisait pour s'enquérir de mon
pied malade et savoir comment s'était passée la nuit,
j'espère que la leçon te profitera. Vois-tu, Charlot, dans
ce monde, chacun de nous trouve assez de pierres cou-
pantes sur son chemin pour n'avoir pas intérêt à s'exa-
gérer le nombre de ces rencontres. Tu as été puni par où

tu avais péché. Je te plains, mais je ne peux pas te dire
que cela n'a pas été juste.

— Voyons, Rose, peux-tu parler de la sorte à un âne?
dit Thérèse.

— Charlot me comprend, répondit Rose, j'en suis sûre.
Vois plutôt comme il me regarde. Ne dirait-on pas qu'il
va parler?

— On le dirait si bien, s'écria Thérèse, convertie tout
à coup à l'idée de son amie, et en me jetant son mouchoir
sur les yeux, que s'il nous disait subitement : « Bonjour,
Rose, bonjour, Thérèse, comme ces rubans-là vous vont
bien ce matin, » je crois que je n'en serais qu'à demi
étonnée. Charlot, si tu es un honnête monsieur déguisé
en bête, je te somme de nous le déclarer une fois pour
toutes. Si tu ne peux le dire qu'en musique, eh bien,
chante-nous-le. Rose et moi nous en serons plus tranquilles
après. »

Ravi de tant de bonne grâce, je me mis à sonner une
de mes plus brillantes fanfares.

« C'en est fait, dit Thérèse en se bouchant les oreilles,
Charlot a répondu, Charlot est un prince déguisé. Il
donne du cor à ravir. Grand merci de ta sérénade,
Charlot. »

Ah! les aimables filles! Non, certes, je n'étais pas un
prince déguisé, je n'étais bien qu'un âne. Mais être l'âne
de Rose, rien que son âne, n'était-ce pas un sort digne
d'envie?

On l'a vu par tout ce qui précède, moins les gens ont
de chagrins sérieux, plus on les entend gémir. Ainsi
avais-je fait bien souvent, je l'avoue. Si jusque-là mes maux
avaient été imaginaires, ce dont je ne doute pas; l'arrivée

d'un nouveau domestique dans la maison vint bientôt, hélas! leur donner une triste réalité. C'était un jeune Prussien que mon maître avait depuis deux ans recueilli par charité. Il était lourd, sournois, violent, et d'une nature méchante et tracassière, qu'il avait eu l'adresse, il est vrai, de dissimuler devant le maître. La fatalité avait voulu qu'on l'attachât plus spécialement à mon service. Cela ne faisait pas son affaire et cela faisait encore moins la mienne. M. Fritz aurait voulu être valet de chambre, servir au salon et non à l'écurie. De là le parti qu'il avait pris de venger sur moi sa déconvenue, Il m'avait pris en une véritable grippe. Il ne souriait, et d'un sourire faux, que quand il m'avait rendu victime de quelque pataude et et cruelle plaisanterie, dont il avait rapporté la tradition de son pays. Les mauvais tours qu'il me jouait étaient innombrables. Quelquefois, au moment où l'on allait m'atteler à la voiture, il me plaçait sous la queue une feuille de houx ou quelqu'autre plante armée de piquants ; puis, quand je ruais pour me débarrasser de l'objet gênant, il mettait mes ruades sur le compte de ma méchanceté, et je recevais les coups de fouet qu'il méritait si bien lui-même. Ou bien encore quand, après une longue course, je rentrais mourant de soif, le méchant drôle tenait longtemps le seau d'eau à quelque distance de mes lèvres, et au moment où je baissais la tête avec l'espoir de me désaltérer enfin, il relevait brusquement le seau, et l'eau m'arrivait dans les yeux et me jaillissait jusque dans les oreilles ou se répandait par terre.

Ces méchancetés, et mille autres qu'il est inutile de raconter ici et que j'eusse mieux fait de dédaigner et d'oublier tout à fait, firent naître en moi une invincible

aversion pour Fritz. Mon âme, que la bonté de tout le
monde au château avait maintenue dans d'assez bons
sentiments, s'ouvrit à la haine. Je me donnai même si
peu de peine pour dissimuler l'aversion que Fritz m'inspirait, que ma maîtresse ne fut pas longtemps à s'apercevoir que tout n'allait pas bien entre lui et moi. Un jour
elle dit à son père :

« Je ne puis deviner pourquoi Charlot déteste tant ce
Fritz. Je suis sûr que ce garçon n'est pas franc, papa, et
qu'il le maltraite en cachette. »

Que n'aurais-je pas donné en cet instant pour pouvoir
raconter tous mes chagrins à ma maîtresse ! Mais il fallut
me contenter de soupirer, de secouer mes oreilles bien
tristement et m'en remettre au hasard et à la perspicacité
de Rose pour tout découvrir. Si j'avais pu prononcer un
seul mot alors, des années de misères m'auraient été
épargnées. Mais il ne me servirait à rien de récriminer.
Un sage a cru devoir dire que « le silence est d'or ; »
c'est donc que la parole elle-même a dû être un don souvent funeste pour les hommes, et le mieux est de ne pas
prétendre réformer l'œuvre de Dieu.

Ce n'est qu'en les perdant qu'on apprend la valeur des
biens dont on jouissait, et je crois que ma vieillesse
est redevable de son bonheur aux tribulations de mon
âge mûr.

Si Fritz trouvait moyen de me faire des méchancetés
presque sous les yeux de ma maîtresse, on peut s'imaginer la vie qu'il me faisait quand la famille était absente ;
alors j'étais presque entièrement à sa merci, et il s'arrangeait, je vous assure, pour mettre à profit la moindre
occasion. Règle générale, quand ma maîtresse n'y était

pas, on ne me faisait faire aucun travail ; seulement, s'il
y avait une lettre à porter à la poste ou une commission
pour la ville, au lieu d'aller à pied, Fritz avait la permission de me monter. Ah! ces courses, comme je les
redoutais! Que de coups de pied et que de coups de fouet,
et surtout que de vilains mots! Dans ce temps-là, je les
entendais pour la première fois et je ne pouvais en deviner le sens. Peut-on s'étonner si je me révoltais contre
un semblable régime et si je fis tous mes efforts pour me
débarrasser de mon persécuteur?

CHAPITRE XII

Pendant longtemps mes efforts n'obtinrent pas tout le succès qu'ils méritaient. Un jour, pourtant, je fus victorieux, mais la victoire me coûta cher.

Fritz m'avait monté afin d'aller chercher à la petite ville voisine quelque chose pour la maison, et tout le long de la route il y avait eu lutte entre nous. Je m'étais obstiné à ne pas galoper, et lui, de son côté, s'était entêté à ne me donner ni trêve ni répit ; enfin, accablé de coups, la douleur vainquit ma résistance, il me fit arriver tout hors d'haleine jusqu'à la grande place de la ville.

C'était jour de marché, et la place était pleine de

paysans qui venaient, soit pour vendre, soit pour acheter. Je ne sais si ce fut par le désir de briller ou parce que son caractère avait été aigri par mon opposition, toujours est-il que Fritz se mit, en pleine place, à me frapper à bras raccourci sur la tête et à vouloir me faire galoper encore au milieu de la foule. Hébété et à demi aveuglé, pour toute réponse je restai immobile, et Fritz de me battre encore plus fort. La résistance muette est la résistance légale des opprimés. Les spectateurs prirent parti pour moi contre mon persécuteur.

« N'a-t-il pas de honte? criait-on de tous côtés.

— Je le dirai à ton maître, mauvais drôle, disait l'un.

— Et tu perdras ta place, disait l'autre.

— Ça serait joliment bien fait si le bourriquet te jetait par terre.

— Et s'il te roulait dans la boue, ce serait encore bien mieux! s'écria une brave femme indignée.

— Ce qui serait meilleur que tout, dit un fermier, c'est que ce gars-là fût renvoyé dans son pays. Il ne me revient pas. »

Je ne demandais qu'un mot d'encouragement pour mettre à exécution un projet que je nourrissais depuis longtemps. Donc, arc-boutant mes deux pieds de devant bien solidement dans le sol, je ruai si bien et de si bon cœur, que mon ennemi, inopinément désarçonné, passa par-dessus ma tête et alla s'étaler tout à plat, à dix pas de moi, comme un paquet lancé par un bras vigoureux, au beau milieu d'un superbe monceau d'immondices. Cette prouesse fut accueillie par un grand éclat de rire. Cent mains applaudirent, et ce fut à qui crierait : « Bravo! » à ce coup de maître. Quant à moi, sans me soucier, comme

je l'eusse fait en toute autre circonstance, de mon triomphe,
et sans m'inquiéter de ce que devenait Fritz, je me mis à
galoper tout le long de la rue du plus vite qu'il m'était
possible. Cette fois, je n'avais pas l'embarras d'une voiture,
et comme j'étais connu et estimé, personne ne chercha à
m'arrêter ; au contraire, tout le monde me stimulait à la
course en criant :

« Sauve-toi, Charlot, c'est bien fait pour Fritz! »

Excité par ces cris, électrisé par l'éclatante victoire que
je venais de remporter, je redoublai de vitesse, et mon
cœur bondit de joie à l'idée de la punition que j'avais in-
fligée à ce polisson de Fritz. Hélas! je ne savais pas ce
que devaient me coûter mes succès!

Si j'avais eu le bon esprit de retourner tout droit à la
maison, comme se l'étaient imaginé tous les braves gens
qui m'avaient encouragé à la fuite, tout aurait été bien ;
mais l'ivresse de la bataille est mauvaise conseillère, et les
applaudissements de la foule ont gâté des esprits plus
solides que le mien. Aussi, dès que je fus assez loin de la
ville pour être comparativement en sûreté, je ralentis le
pas, et sans plus penser aux dangers que pouvait courir
un âne encore jeune abandonné à lui-même dans ce vaste
univers, au lieu de regagner la demeure de ma maîtresse,
je me mis à penser avec orgueil aux événements de la
matinée, et tout en broutant de ci, de là, l'herbe qui
bordait la route, je ne songeais à rien qu'à jouir pleinement, avant de retourner au château, de ma trompeuse
indépendance, quand tout à coup ma bride fut saisie par
une main vigoureuse, et je me trouvai face à face avec un
homme à l'aspect dur et sinistre, qui semblait être dans
toute la force de l'âge.

« Ah! c'est toi le baudet échappé. Eh bien, c'est toi
que je cherche, mon gaillard, me dit-il. C'est à mon profit
que ça se fait, les coups de tête. »

Il regarda à droite et à gauche, de l'air louche d'un
homme qui médite quelque crime et qui craint d'être
pris sur le fait. Mais il n'y avait pas une âme sur la
route.

« Tout va bien, murmura-t-il, quand il se fut rendu
compte que personne ne nous observait. Allons, Charlot,
arrive, et plus vite que ça! »

Il savait jusqu'à mon nom. Évidemment mon ravisseur
n'était pas un ravisseur de hasard.

Quittant alors brusquement la grande route, il me fit
enfiler un petit sentier qui menait au bois voisin. Tout
cela fut si rapide que je n'eus pas seulement le temps de
me reconnaître, et que je me trouvais déjà loin de la ville
et plus loin encore du château avant d'avoir pu me demander ce que c'était que cet homme et pourquoi il me
faisait prendre un chemin que je ne connaissais pas. Si
mon premier sentiment avait été tout au triomphe d'avoir
si bien joué Fritz, l'idée me vint bientôt que je m'étais
peut-être joué moi-même.

Je me reprochai alors amèrement de m'être laissé
écarter de la grande route par mon guide inconnu.

« Mieux vaut tard que jamais, me dis-je, il est toujours
temps de bien faire. »

Je donnai donc une rude saccade à la bride, décidé que
j'étais à me délivrer de mon voleur et à ne plus m'arrêter
qu'à la maison. Hélas! je vis alors combien il est plus
facile de prendre une fausse direction que de rentrer dans
le droit chemin. L'homme comprit tout de suite mes

intentions. Il raccourcit la bride et m'asséna sur le dos trois ou quatre coups d'un gourdin qu'il tenait à la main.

« Ah! tu crois que tu vas m'échapper comme tu as échappé à ce galopin de Fritz? Tu crois ça? Eh bien, tu te trompes, et tu sauras tantôt qui de nous deux est le maître. »

En disant ces mots, il me battit de nouveau et beaucoup plus fort.

Le ton féroce avec lequel ce misérable me parlait et la douleur que me causaient les effroyables coups qu'il m'assénait m'étourdirent tout à fait et me mirent hors d'état de résister. Il me fallut donc, bon gré mal gré, le suivre en tremblant. J'avais l'oreille bien basse, je dois en convenir, et je serrais piteusement ma queue entre mes jambes avec le vain espoir qu'elle me protégerait des coups qu'il m'assénait. Ce n'était pas le moment de faire le fier.

Je me suis dit quelquefois depuis que j'avais agi lâchement en cette occasion, et que si dès le premier moment où il avait mis la main sur moi, je m'étais révolté tout de suite contre mon ravisseur, j'aurais pu reconquérir ma liberté. C'était une erreur. Une fois en sa présence, la faute était faite, et il ne dépendait plus de moi d'en arrêter les conséquences. Quand il y a lutte entre l'homme et la bête, si l'homme veut user sans merci de sa force et de son adresse, il aura toujours le dessus. Dans la bataille que j'avais livrée à Fritz, j'étais dans mon droit. Je serais resté dans mon droit si j'étais retourné au plus vite au château. Là, devant le fait insolite de mon retour, des informations auraient été prises, j'aurais trouvé des protecteurs dans mes juges; mon pauvre vieux Thomas n'était-il pas là? La vérité aurait fini par se faire jour, et

Fritz, dévoilé par le témoignage des gens du marché, ne serait pas resté à la maison. Au lieu de cela, j'avais cédé à une sotte velléité d'indépendance, sans me dire que l'indépendance absolue n'existe pour personne, ni homme ni bête, en ce monde. La loi que je subissais au château était, dans son ensemble, une loi clémente et sage. L'arrivée de Fritz et les injustes sévices dont il m'accablait n'étaient qu'un fait accidentel qui n'eût pas dû me le faire oublier. Tant que son caractère ne s'était pas révélé dans toute sa noirceur à d'autres qu'à moi, je n'avais à m'en prendre qu'à lui et non à d'autres d'avoir à en subir les effets. Mais si j'avais patienté, on n'eût par tardé à voir le peu qu'il valait, et un serviteur de ce caractère n'était pas de ceux qui peuvent faire vie qui dure chez de braves gens comme mes maîtres. Au lieu de cela, malgré la leçon du passé, je m'étais laissé séduire une seconde fois par le mirage d'une liberté sans protection. J'avais prétendu me faire justice moi-même. Tout individu qui raisonne ainsi est dans le faux. L'être qui mérite le mieux le malheur en ce monde est celui qui aspire comme un sot au bonheur complet, et qui, heureux dans l'ensemble des jours de sa vie, ne sait pas supporter qu'au milieu des bons il s'en rencontre de mauvais.

Mon nouveau maître, après notre sortie du bois, sauta sur mon dos, et par des coups de talon répétés, me força de prendre le galop et de traverser ainsi toute une lande sur laquelle nous étions arrivés. Malgré ma frayeur, j'eus assez de raison pour comprendre que ce qu'il me restait de mieux à faire, c'était d'obéir. Je le faisais, je n'ai pas besoin de le dire, à contre-cœur, car je savais que chaque pas m'éloignait de cette chère demeure, que je n'avais appréciée que

depuis que je l'avais perdue. Quand nous eûmes traversé la
lande, mon ravisseur me fit prendre, en me pressant toujours davantage, un petit sentier à peine frayé et montueux,
qui aboutissait à des terrains vagues. Jamais je n'avais rien
vu de si inculte et de si désolé que cet endroit; par-ci par-
là il y avait des flaques d'eau et quelques broussailles ra-
bougries, mais à peine y voyait-on un pauvre brin d'herbe.
Il m'arrêta enfin, mit pied à terre, me fit faire encore quelques pas à sa suite, puis donna un coup de sifflet discret,
mais très-aigu; presque aussitôt un homme plus jeune,
mais moins vigoureux que lui, répondit à son signal.

« Où est la tente? dit d'une voix rude le bandit.

— Un peu plus sur la gauche en descendant, maître
Job.

— C'est bon. Ayons l'œil ouvert. Il s'agit de gagner la
tente au plus tôt pour déguiser ce bourriquet avant qu'on
se mette à sa recherche.

— Eh, dis donc, Job, où as-tu ramassé cela? demanda
le camarade en m'examinant attentivement. Tu as eu une
fière chance aujourd'hui, je n'ai jamais vu de plus belle
bête. A en juger par son poil, je gage que ça sort d'une
bonne maison.

— Je le crois bien, dit celui que le nouveau venu venait
de nommer Job, c'est un élève de M. Merton; il est donc
de grande race. Il y a longtemps que je le reluquais, mais
il était toujours si bien gardé qu'il n'y a pas eu moyen,
plus tôt, de l'aborder. Nous n'avons pas un instant à
perdre, Jacob; M. Charlot est l'enfant chéri de la maison,
qui sera tout en émoi dès qu'on s'y sera aperçu de son
absence. Cours chercher les grands ciseaux et prépare de
la poix bien forte et de la teinture. »

Le cœur me manqua. Je ne comprenais pas le sens
attaché par ce maudit Job à ces mots; mais le ton avec
lequel il les avait prononcés ne me faisait présager rien
de bon. Je tentai bien encore une fois de m'échapper et
de retourner à la maison, mais une averse de coups de
fouet mit fin à mes velléités de fuite. On me poussa brutalement sous la tente, et là on commença l'affreuse
opération.

Quand je pense que j'avais fait tant de façons pour
exécuter au château l'ordonnance du docteur!... Ah! que
j'aurais été heureux d'en être quitte à si bon marché!
Mon pauvre ami Thomas, j'en étais donc venu à te regret-
ter, même dans ton rôle d'apothicaire!

Je sentis un objet dur, froid et coupant se promener
sur tout mon corps; c'étaient les ciseaux : clic, clik,
click! Tout mon pauvre poil tomba peu à peu; mais ce
qui me mortifia le plus, c'est que ma crinière, dont j'étais
si fier, disparut sous l'infâme ciseau de Job, comme le
reste.

« Es-tu content que je me sois moi-même donné la
peine de te raser de frais? me dit brutalement mon nouveau maître en me faisant relever d'un coup de pied. Je
n'ai jamais fait une si belle barbe à personne. »

Le bourreau osait plaisanter sa victime.

Mais je n'étais pas au bout de mon supplice. Quand je
fus debout, aidé de l'horrible mégère, sortie de je ne sais
où, qui l'avait aidé dans son rôle de barbier, je me sentis
inondé d'une sorte d'enduit visqueux et brûlant, qui, en
pénétrant toutes les parties de ma peau, me fit bondir de
douleur.

« Le badigeonnage est complet, dit la femme. La raie en

croix, l'étoile du front, ni vus ni connus ; maintenant faut que ça sèche. Je vas t'envoyer Jacob pour qu'il l'empêche de se frotter.

— Bah ! c'est l'affaire d'une heure, par le soleil qu'il fait, répondit Job. »

Quand Jacob fut arrivé :

« Voilà, je crois, qui est assez joliment travaillé, lui dit maître Job. Je défierais sa mère elle-même de le reconnaître. »

Quelle cruelle ironie que le nom de ma pauvre mère prononcé dans un tel moment et par la bouche d'un tel scélérat !

« Pas d'imprudence, reprit le misérable ; dans une heure nous lèverons la tente et nous décamperons ; mais, d'ici là, donne-moi cette bûche, Jacob, la plus grosse ; avec cette entrave au pied, il n'ira pas loin sans notre permission, le bucéphale de M. Merton. »

Je sentis alors quelque chose me presser et me couper autour de la jambe. C'était la chaîne qui fixait la bûche à mes deux jambes de derrière. Je me sentis attacher une pierre pesante au bout de la queue.

Pourquoi ce supplice ?

« Avec ça, dit Job en me regardant avec un rire méchant, avec ça, maître Charlot, nous serons assurés de votre discrétion. »

J'appris par les explications qu'il donna à Jacob, qui le regardait faire tout ébahi, que l'effort que nous faisons pour braire nous met dans la nécessité de relever ou de raidir notre queue ; d'où il suit que, quand, à l'aide d'un poids suspendu à notre queue, on nous rend ces mouvements impossibles, nous devenons muets.

11

On ne meurt ni de honte ni de douleur, puisque je ne mourus pas ce jour-là.

Après une heure de faction faite autour de ma personne, Jacob me donna un coup de fouet et m'intima l'ordre d'aller dîner.

« Le dîner est servi, me dit-il, et dépêche-toi, car tout à l'heure il faudra jouer des jambes. »

Le dîner! Je songeais bien à cela! Mon unique pensée, une fois délivré de ses abominables mains, était de retourner à la maion au grand galop. Au galop! mais à peine pouvais-je marcher. Dès que je voulus faire un pas, j'entendis un affreux cliquetis de ferraille, et je sentis quelque chose qui fouettait mes jambes de derrière au point de les écorcher : c'était l'entrave imaginée par maître Job.

Je traînai donc, sans parler de la pierre suspendue à ma queue, l'énorme morceau de bois qu'on m'avait attaché au pâturon par une chaîne de fer. J'essayai de m'en débarrasser, mais je me rendis compte bien vite que mes efforts ne servaient qu'à augmenter mes souffrances. Désespéré, je m'étais décidé à ne plus bouger, car j'étais à bout de forces et ne savais vraiment plus que faire, quand tout à coup il me vint une envie irrésistible de connaître dans toute son étendue le mal que mes bourreaux m'avaient fait. Je me rappelais l'orgueil avec lequel je me mirais autrefois dans le ruisseau du pré, sans compter plus tard dans les grandes glaces du salon de ma maîtresse, qui m'avaient si fort étonné. Je me rappelais combien j'étais infatué de ma belle robe brune, des longs poils de ma crinière. Je me traînai donc jusqu'au bord d'une flaque d'eau, comme si j'avais été poussé par la soif. L'eau était boueuse et ne me renvoya, je l'espérais du moins, qu'une imparfaite image de mon affreuse personne ; mais j'en vis assez pour me faire une soudaine horreur. Ma mère ne me reconnaîtrait pas, avait-il dit ; je le crois bien, je ne me reconnaissais pas moi-même ! Ma belle robe avait entièrement disparu sous les coups de ciseaux de maître Job ; de noir que j'étais auparavant, j'étais devenu un âne d'un gris sale, tacheté ridiculement de quelques plaques roussâtres. Et ma crinière ! cette crinière dont ma maîtresse était si fière, il n'en restait pas trace ! J'étais, pour tout dire, un autre que moi-même. Non, non, ce misérable baudet, ce n'était pas Charlot, le favori, le frère de lait de ma charmante maîtresse. Je me détournai de mon image avec dégoût et je poussai un long gémissement. Ah ! pensai-je, si peu de temps a-t-il suffi pour produire un si grand changement ? La voilà donc, cette beauté dont j'étais si fier ! Elle pouvait donc disparaître à jamais en une heure ! « La laideur a sur la beauté un avantage, c'est qu'elle reste, » a dit un écrivain français je ne sais où ; cet écrivain n'a pas espéré, je le pense, offrir, en écrivant cette phrase, une consolation sérieuse aux laids et aux laides. J'avais entendu citer cet axiome, mais il me revint en ce moment en mémoire pour me plonger dans un morne désespoir. Laid pour toujours ! Par conséquent, méconnaissable à toujours pour mes meilleurs amis ! Ah ! c'en était fait de moi ! Il me sembla que mon cœur allait se briser.

Je fus toutefois tiré de mes sombres pensées par un tiraillement d'estomac très-prononcé. Je n'avais pas mangé depuis le matin, et ma course forcée, jointe à toutes les excitations de la journée, m'avait épuisé. Je regardai autour de moi pour chercher quelque chose qui pût me

plaire; cet abominable Jacob m'avait parlé d'un dîner
servi; où était-il? Autour de moi rien, absolument rien,
que quelques broussailles sèches et de mauvaise herbe
dure et jaune, qui n'étaient pas un repas pour un âne de
ma condition. On le voit, la leçon n'avait pas encore eu
tout son effet. Mon orgueil était frappé, mais il n'était pas
mort, et il me restait à apprendre que ce repas que je
méprisais aujourd'hui serait bientôt un des moins mauvais
que l'avenir me réservât.

Jacob fit remarquer à maître Job la mine piteuse que
je faisais, et celui-ci s'approcha de moi.

« Il me semble, Charlot, que ton dîner ne te va guère.
Avant longtemps, mon beau monsieur, tu ne penseras
plus à ces niaiseries, tu ne seras plus si difficile, c'est
moi qui te le dis. Si tu renâcles sur la nourriture, tant
pis pour toi. Pour une fois, ça ne te fera pas de mal de
travailler à jeun; ça te calmera même mieux que toute
autre chose. »

Ce misérable Jacob eut alors une idée qui amena un
mauvais sourire sur les lèvres de maître Job.

« M'est avis, maître Job, lui dit-il, que nous ferions bien
d'oublier ce nom de Charlot que vous donnez à ce baudet,
si c'est celui qu'il a porté jusqu'ici. Si nous le lui lais-
sions, cela pourrait, un jour ou l'autre, donner des soupçons aux gens qui ont intérêt à sa recherche.

— C'est ma foi vrai, garçon; mais comment l'appelle-
rons-nous? Si ça te va d'être le parrain d'un âne, trouve-
lui un nom. »

Jacob se mit à rire bêtement, en s'écriant :

« C'est bien de l'honneur ! Jacquot vous va-t-il?

— Pourquoi non? reprit maître Job; pour l'animal, ça

n'en vaudra que mieux. Ça sonne à la fin comme Charlot, ça ne le changera pas tant qu'un autre. Va donc pour Jacquot. »

Rien n'y manquait, j'avais perdu jusqu'à mon nom.

La nuit était venue ; pour les gens qui craignent le grand jour, l'heure était propice pour déguerpir. Job détacha de mon pied mon entrave et la chaîne et me la lança sur le dos, me forçant ainsi à porter mes fers. Il coupa la corde qui retenait la pierre qui pendait à ma queue comme un boulet, puis il me poussa sous la tente, où il me chargea de tout ce que l'on peut imaginer. Je faillis mourir de frayeur au bruit de toute la quincaillerie que j'eus bientôt sur le dos. Elle se mettait en branle au moindre de mes mouvements ; je me défendis de mon mieux contre un si lourd et si assourdissant fardeau, mais ce fut en vain. La charge fut assujettie sur mes épaules, et les coups de bâton m'obligèrent à marcher.

C'était le cas ou jamais de donner un souvenir à Mᵐᵉ la Pie. Une de ses prédictions venait de se réaliser : j'étais tombé au pouvoir d'une bande de bohémiens ! Nous étions nombreux. Il y avait avec nous une créature de mon espèce, mais si laide, si vieille et si misérable, qu'on ne l'appelait jamais que la vieille bique ; je me détournai d'elle avec dédain, oubliant trop tôt que mon piteux état aurait dû me rendre plus bienveillant.

La vue de cette malheureuse aurait dû m'inspirer d'autres sentiments. Elle avait été belle autrefois, comme j'avais été beau ; je ne tardai pas à l'apprendre. Connue dans sa jeunesse sous le nom de la belle Sarah, elle avait eu ses beaux jours. Il y avait certes dans sa situation présente et passée matière à de plus sérieux retours sur moi-

même; mais mon malheur était trop nouveau pour avoir
déjà porté ses fruits : il ne m'avait pas appris encore la
pitié pour le malheur des autres.

Cette pauvre ânesse portait les enfants et, de plus, une
quantité d'objets dont j'ignorais l'usage. Un vieux cheval,
nommé Coco, traînait une espèce de petite maison rou-
lante surmontée d'un tuyau de poële, dans laquelle on avait
serré la tente et tout ce qui pouvait être nécessaire à la
caravane. Évidemment mes ravisseurs exerçaient tous les
métiers, sans oublier celui de maraudeurs et de voleurs,
qui devait être le principal.

CHAPITRE XIII

Je ne sais ni combien de temps, ni en quels lieux
nous voyageâmes : tout ce que je puis dire, c'est que
j'étais exténué quand nous fîmes halte dans un petit
vallon boisé, non loin de la grande route. L'endroit
était fort romantique ; il me parut ravissant par le beau
clair de lune qu'il faisait, mais j'étais trop las pour
en jouir, et quand on m'eut déchargé je me couchai à
terre et, fermant les yeux, je cherchai à oublier tous mes
chagrins, invoquant ce sommeil de plomb qui suit les
grandes douleurs. Mais, auparavant, que de tristes pensées ! Ce matin encore j'étais un âne digne d'envie, et
déjà, dans ma nouvelle condition, j'étais peut-être au-

dessous de la pitié; il me semblait que j'avais quitté le
château depuis cent ans. L'infortune n'a pas de montre;
ses minutes sont des siècles. Comme toujours dans les
heures d'épreuves, les paroles de la mère Christine, celles
de la Pie sur l'instabilité de la fortune et sur la reconnaissance qu'aurait dû m'inspirer l'heureuse existence qui
m'était échue en partage me revinrent. Ces biens dont je
méconnaissais le prix, maintenant que je les avais tous perdus, pour la première fois je les appréciais à leur juste valeur.

Tous perdus, ai-je dit. Tandis que je me lamentais sur
ma misère, une petite voix me dit tout bas : « Tiens,
Jacquot, voilà quelque chose pour toi; mange-le, mon
pauvre Jacquot. » Je levai les yeux et j'aperçus, à ma
grande surprise, la figure pâle d'une petite fille qui m'offrait, d'une main, une grande poignée d'herbe fraîche, et
de l'autre un petit morceau de pain.

« J'ai cueilli l'herbe pour toi sans rien dire ; mange-la
sans faire de bruit : tu auras le pain après, pour ton dessert. »

Elle était à demi sortie, et en cachette sans doute, de
la tente. Elle attendit que j'eusse mangé sa petite provision
d'herbe verte et me mit après dans la bouche ce qu'elle
appelait « mon dessert. » Elle était bien dure, bien
sèche, la croûte de pain de la pauvre petite, mais elle me
fit autant de plaisir que les biscuits d'autrefois. Je pensai
à Rose. Comment était-il possible qu'une autre Rose eût
pu éclore au milieu de ces bandits ?

Bientôt la toile de la tente se referma et la petite vision
disparut. N'importe : je n'étais donc pas abandonné de
tout le monde. Même au milieu de ces calamités, le ciel
m'envoyait une consolation.

La pauvre enfant qui venait de m'assister était cent fois

plus à plaindre que moi. Je n'oublierai jamais l'attraction qu'exerça sur moi sa sympathique figure, qui était bien jolie encore, malgré sa blancheur mate, son extrême maigreur, et la misère empreinte sur tous ses traits.

Grâce à cette apparition, je m'endormis moins malheureux. Je rêvai. Je rêvai du château, de mon pré. J'oubliai.

Le lendemain, de très-bonne heure, je fus durement ramené à la réalité. Je fus réveillé en sursaut par un grand coup de pied dans le flanc. Je me levai aussitôt. Maître Job était debout à côté de moi, en tenue de voyage. Je n'avais pas encore eu le temps de reconnaître mes idées que j'avais déjà la bride sur le cou. Toute la bande était réunie sur une sorte de monticule et déjeunait. On ne m'offrit pas la plus petite chose, et j'allais me contenter de l'herbe à moitié flétrie qui bordait la route, quand je vis une petite pomme rouler, cahin-caha, et avec une sorte de parti pris, jusqu'à moi. Un regard jeté sur le plateau où déjeunaient les bohémiens m'expliqua ce voyage de la pomme. La petite fille de la veille, assise sur l'herbe, la regardait descendre avec une évidente inquiétude. Quand elle la vit tout près de moi, son regard s'anima. Quand elle la vit dans ma bouche, un sourire furtif glissa sur ses lèvres ; mais subitement son regard se glaça. La vieille bohémienne lui adressait la parole. Je craignis un instant que le manége de la pomme n'eût été surpris par cette mégère ; mais il n'en était rien. La conversation, du reste, était fort animée sur le monticule, et je jugeai, d'après la chaleur de la discussion, qu'on agitait une question importante.

Il s'agissait, en effet, de savoir s'il était prudent de rester en groupe, ou si Job ne ferait pas mieux de quitter

la troupe avec moi pour s'éloigner plus promptement du
théâtre de son larcin. Bientôt toute la bande se leva. La
question était résolue ; à mon grand désespoir, j'allais partir
seul avec maître Job. Quoi! seul! Déjà j'allais être séparé
de ma silencieuse petite protectrice.

Job me chargea de quelques objets assez légers, sauta
lui-même sur mon dos, dit adieu de la main au reste de
la compagnie, et nous partîmes au trot. Ma petite amie,
pendant ces courts apprêts de mon départ, s'était levée.
Appuyée contre un arbre, elle y était demeurée droite et
immobile comme une petite statue ; ses yeux seuls semblaient vivants. Elle fixait sur moi un regard vague et
attristé ; mais pas un geste, pas un mot ne trahit ce qu'elle
pouvait penser. Job lui cria d'une voix qu'il essaya de
rendre douce : « Au revoir, Palmyre, à bientôt. » Elle
ne parut pas l'avoir entendu. Si elle eût pu venir avec
nous, mon cœur se serait certainement, et en dépit de
tout, desserré. Je savais son nom : elle s'appelait Palmyre.
Ce nom bizarre, je me promis de le garder dans mon souvenir. S'il est des moments dans la vie où tout glisse sur
nous sans nous toucher, il est, en revanche, des heures
où tout marque. J'avais vu deux fois cette enfant, et il
me semblait que j'eusse été presque aussi coupable de
l'oublier que d'oublier ma maîtresse elle-même.

Nous n'étions pas bien loin sur la route quand, tout à
coup, mon cavalier m'arrêta court. Il eut même l'air, un
instant, de se demander s'il ne me ferait pas rebrousser
chemin. Je tâchais de deviner son intention, lorsque je
vis arriver à notre rencontre un ouvrier que j'avais vu travailler quelquefois à la ferme de mon ancien maître. Mon
cœur palpita d'aise. Qui sait ? me dis-je, Milh vient peut-

être pour me délivrer. Je me promis bien de faire tout au monde pour être remarqué, et, malgré les affreuses modifications qu'on avait faites à ma personne, reconnu peut-être de lui quand il serait plus près de nous.

Maître Job vit-il clair dans mes manœuvres? Toujours est-il qu'il me donna deux ou trois coups de pied si violents, que je faillis me trouver mal. Mais, avec maître Job, il n'y avait pas moyen de céder à de pareilles fantaisies. Eût-on été mort, qu'il eût fallu, je crois, se relever sous ses coups. Je fus donc, malgré moi, obligé de marcher; au moins fis-je mon possible pour tenir le côté de la route par lequel arrivait mon homme.

Il nous regarda d'abord passer avec une certaine attention; quelque chose qu'il ne s'expliquait pas l'intriguait dans notre aspect.

« Dites donc, l'ami, vous avez là un âne qui est d'une drôle de couleur; malgré cela, il n'est pas si laid qu'il en a l'air. Il est bien pris tout de même et paraît solide.

— Heu, heu, répondit maître Job, j'aimerais mieux encore moins d'apparence et plus de qualités. C'est l'animal le plus vicieux que j'aie jamais rencontré. »

Et à l'appui de cette réflexion, il me frappa à plusieurs reprises sur la tête.

Les coups sur la tête, cela rend bête. Ceux que je recevais m'hébétèrent si complétement qu'il me fut impossible d'entendre avec suite ce que disait Milh. Il y eut évidemment entre Job et lui une discussion assez vive. Elle ne se termina qu'au tournant d'un chemin, quand Milh se fut éloigné à droite et que maître Job eut pris la gauche. A tout hasard, je me mis à braire. J'aurais dû commencer par là.

« C'est étonnant, dit Milh en s'arrêtant sur place ;
savez-vous, cria-t-il à Job, qu'il me semble que je connais
la voix de votre âne ! »

Je sentis Job frémir à cette observation ; ses jambes
me serrèrent avec rage, et je crus être dans un étau.

« Il ne chante pourtant pas souvent, répondit-il à
Milh, et il fait bien ; car si vous connaissez sa voix, moi
je ne l'aime pas. »

Milh secoua la tête en disant : « Je suis trop bête aussi,
l'autre était presque noir. » Et il repartit.

J'étais à la fois désolé et furieux de la gaucherie de
l'ouvrier Milh, qui ne m'avait ni reconnu ni ramené à la
maison. Tout à mon dépit, j'étais à cent lieues de comprendre, ce jour-là, l'influence que cette rencontre for-
tuite devait, bien longtemps après, avoir sur mon avenir.

Je ne pourrais qu'ennuyer le lecteur si je tentais une
description détaillée de la vie errante que je menais ; à
vrai dire, les jours étaient si semblables entre eux, malgré
leur apparente variété, qu'en décrire un ce serait les
décrire tous. J'étais entre les mains d'un de ces hommes
à tout faire, colporteurs interlopes, qui voyagent de contrée en contrée, achetant ou prenant sur leur route tout
ce qui est à leur convenance, vendant tantôt une chose,
tantôt une autre, selon les aubaines qu'ils rencontrent.
Au bout de quelques jours je ne savais plus du tout où je
me trouvais, et j'eusse été fort embarrassé de retourner
chez M. Merton. Les premiers districts où nous nous
arrêtâmes ne ressemblaient en rien au vert et charmant
pays où j'avais été élevé ; ce n'était plus partout que suie
et fumée : l'herbe même y avait des teintes de charbon.
Je fus sur le point, en me trouvant au milieu des pre-

mières usines que je rencontrai, de me croire en enfer.
Les bruits et les spectacles étranges qui m'entouraient
me firent aux trois quarts perdre la raison. Il n'y avait
pas de tournant de route d'où je ne visse s'échapper du
feu et de la fumée. Le grondement des machines à vapeur,
le tintement des marteaux, on n'entendait pas autre chose
du matin au soir. Et les gens, donc! comme ils ressemblaient peu à ceux que j'avais connus dans mes chères
campagnes! Plus de blouses propres, plus de physiono-
mies robustes et placides respirant la santé; au lieu de
cela, des hommes noirs et à peine vêtus, des femmes
maigres et des enfants chétifs. Mais que d'intelligence,
que de résignation aussi dans les yeux! L'ouvrier des
champs ne saura jamais combien la vie des ouvriers des
villes est, en somme, plus dure que la sienne. Semer du
blé et le voir lever, c'est presque tout plaisir; mais travailler le fer, vivre dans des fournaises ou extraire la
houille, c'est une bien autre affaire. Ils me faisaient peine
à voir quand, chargé de légumes, de poisson ou d'autres
denrées, j'allais, m'arrêtant de porte en porte devant leurs
tristes demeures. Leurs jurons, leurs querelles, l'âpreté
douloureuse avec laquelle ils défendaient leur argent dans
leurs rapports avec Job étaient affreux à entendre. Leurs
voix rauques n'étaient pas pour me rappeler ni la douce
voix de ma maîtresse, ni les gaietés narquoises de
celle de mon ami Thomas. Que j'étais loin des paisi-
bles promenades que je faisais avec Rose dans les verts
chemins de mon pays natal! Où était Mᵐᵉ la Pie? Que
n'aurais-je pas donné pour être réconforté par une de ses
allocutions qui, en me faisant voir le vrai côté des choses,
laissaient toujours un peu de lumière dans mon esprit.

Ah! si j'avais eu à recommencer la vie! La femme de
Job, — ce bandit en avait trouvé une pour s'associer à sa
misérable vie, — la femme de Job avait quitté la bande et
était venue le rejoindre; elle l'aidait à vendre et à acheter.

Job n'avait qu'un mot à la bouche :

« Demande de tout le double du prix, lui disait-il; une
fois sur trois cela te réussira; et ce sera autant de gagné. »

Autant de volé, pensais-je.

« Mais, vraiment, Job, telle ou telle chose ne peut pas
avoir l'air de valoir le prix que tu veux, répondait timidement ma nouvelle maîtresse, qui valait un peu mieux
que son mari.

— Une chose vaut toujours le prix qu'on en trouve,
répondait brusquement mon maître. Ce qu'on offre à trop
bon marché, tout le monde le croit mauvais. »

Pour lui, tout était à trop bon marché quand il s'agissait de vendre, et trop cher quand il s'agissait d'acheter.

Ce fut ainsi que bien souvent, pendant que j'attendais
à la porte des maisonnettes où maître Job avait affaire,
j'étais témoin de mensonges et de fourberies qui me faisaient saigner le cœur pour les pauvres gens qui se laissaient trop facilement duper. Mais j'avais beau tourner la
tête et les regarder d'un air fin en remuant les oreilles,
s'ils me parlaient, ce qui n'arrivait pas souvent, c'était
pour dire : « Comme les mouches tracassent votre âne! »
Il y a de plus vilaines mouches que celles qui me piquent,
me disais-je alors. Maître Job est un taon avide de sucer
votre sang; ne le voyez-vous pas? J'avais eu envie de voir
le monde : hélas! je le voyais sous quelques-uns de ses
aspects les plus navrants.

Chacun sait que l'âne est le plus propre des animaux;

tout ce qui le souille, tout ce qui le tache est pour lui un
désespoir. Les moins difficiles ont leur délicatesse : il faut
que leur eau soit claire, que leurs aliments soient nets et
sans odeur. Que n'eus-je pas à souffrir dans les ignobles
taudis où nous allions! L'écurie toujours si rangée, si nette
et si bien garnie que j'habitais chez M. Merton était un
palais de millionnaire, comparée aux maisons où s'entas-
saient des centaines d'hommes, de femmes et d'enfants.
Partout le manque d'air et de lumière. Il y a vraiment
en Angleterre une grande quantité d'hommes dont le sort
ne vaut guère mieux que celui des animaux. Est-ce leur
faute? est-ce celle d'un ordre social encore imparfait, qui ne
sait pas répartir les charges, qui ne leur donne pas à tous
encore la moyenne d'instruction ou d'éducation nécessaire
pour élever leur esprit et leur apprendre à améliorer leur
condition? Ces questions ne sont peut-être pas de la com-
pétence d'un âne. Je me borne à constater les faits. Toujours est-il que je pouvais à peine voir mon chemin dans
quelques-unes de ces rues boueuses et fétides, dans lesquelles des milliers de malheureux vivent, à la lettre, les
uns sur les autres. Quant à l'air qu'on respire dans ces
rues malsaines, il m'eût été impossible d'y braire seulement
une fois, quand pour cela vous m'auriez donné un boisseau
d'avoine. Je tâchais de les traverser sans respirer. Je ne
sais comment des créatures humaines peuvent exister
dans une telle atmosphère ; cette pensée seule me fait
manquer le cœur.

Mais nous ne restions pas toujours dans le voisinage des
villes; quelquefois nous faisions de longues courses dans
l'intérieur du pays, nous arrêtant aux foires et aux fêtes.
Ces moments-là étaient durs pour moi, mais d'une autre

façon; du matin au soir il me fallait travailler, et à peine me laissait-on le temps de faire un maigre repas. Lorsque j'avais amené la charrette pleine de marchandises au lieu voulu, cela n'aurait nui à personne qu'on m'eût laissé dormir un peu, ne fût-ce que debout, pour me reposer et jouir de cet état de demi-sommeil qui plaît tant aux individus de mon espèce; même cela, Job ne l'aurait pas permis; pas une heure ne devait être perdue pour le lucre, aux yeux de nos maîtres. De quel pays étaient-ils pour être si âpres aux moindres curées? Tout de suite on me retirait des brancards, on me sellait, et j'étais loué au premier polisson venu, qui se donnait pour ses deux sous d'agrément en m'assommant de coups de pied et de coups de fouet; ce qui, d'après ce que j'ai vu, semble être, pour un grand nombre de jeunes Anglais, le véritable plaisir de la promenade à âne. C'était un triste temps pour moi que ces jours de fête; car, malgré le badigeonnage qu'on m'avait fait subir, j'étais encore un âne passable, et j'étais immanquablement choisi par les gaillards les plus dégourdis, ceux qui se promettaient de fournir une belle course à mes dépens. Je puis affirmer que ces mauvais drôles n'avaient que peu d'égards pour mes jambes et mes côtes; quant à espérer m'en débarrasser par une ruade, il n'y fallait pas songer : l'essayer ne faisait qu'augmenter leur joie et mes souffrances. Plus je ruais, plus ils tapaient et plus ils s'amusaient. Si quelquefois, tout à fait désespéré, je prenais le parti de ne plus avancer, tout de suite deux ou trois petits monstres profitaient de l'occasion pour grimper tous à la fois sur mon dos; alors il me fallait bien céder au nombre et fournir, avec accompagnement de cris et de moqueries, un vigoureux temps de galop.

C'est vers ce temps-là que j'imaginai, pour me débarrasser de mes cavaliers, de me rouler par terre. Mais je
ne me le permettais que dans les moments où j'étais absolument poussé à bout, car une fois remis sur pied ils
prenaient, je vous le garantis, d'impitoyables revanches,
et d'ailleurs le jeu n'était pas sans danger pour eux.
Rendre le bien au centuple, soit; mais le mal, non. Je
me dois cette justice que je n'ai, du moins, jamais varié
sur ce point.

A quoi n'ai-je pas servi! Quels emplois n'ai-je pas
remplis! quel rôle n'ai-je pas joué, à cette étrange époque
de ma vie, dans ces foires maudites que mon maître affectionnait de préférence!

Maître Job s'était imaginé, voyant combien, à la fin,
j'étais devenu maniable et docile, que j'étais propre à tout.
Tel que vous me voyez, ce que j'ai appris le plus vite,
ç'a été de devenir ce qu'on appelle un âne savant. Entre
les mains de bateleurs et d'entrepreneurs de spectacles
forains, mon éducation se fit avec une rapidité vraiment
extraordinaire. Mon maître, et ce fut un jour de bonheur
bien inespéré pour moi, avait enfin fait revenir la petite
Palmyre; son but était de nous utiliser l'un par l'autre. Il
avait remarqué notre mutuelle affection, et il en tirait
parti, le misérable, pour notre plus complet asservissement.
Quand j'apprenais mal ce qu'il me voulait faire enseigner,
il la battait, oui, il battait l'innocente enfant. Or, pour
éviter de voir pleurer la pauvre Palmyre, que n'aurais-je
pas été capable de faire! En moins de rien, je devins très-
fort au noble jeu de dominos; le double-six et le double-
blanc n'eurent bientôt plus de mystères pour moi. Je finis
par savoir compter jusqu'à dix. Je connaissais passa-

CHAPITRE XIV

Je compris seulement alors les plaisanteries que faisait
Mᵐᵉ la Pie sur le bout du nez de mon pauvre vieux
Thomas. Lui ivrogne, grand Dieu! ce rude et constant
travailleur, qui était toujours où le voulait son devoir.
Mais une pointe de gaîté le dimanche pour qui a bien
rempli sa semaine, était-ce à comparer à tout ce que j'ai
vu du vice honteux de l'ivrognerie, si commun, hélas! en
Angleterre?

Qu'aurait-il dit, mon bon, mon cher Thomas, s'il m'avait
vu jouer sans frayeur un rôle dans une pièce à grand
spectacle, très-compliquée, avec un éléphant grand comme
une citadelle? Comme il aurait ouvert ses petits yeux et

sa grande bouche, s'il avait pu, comme moi, admirer
l'étonnant Polydore dans ses incomparables exercices !
Non, jamais on ne reverra d'animal si fin et si adroit que
ce gros être. Tantôt nous sauvions Palmyre au milieu
d'un incendie, tantôt nous la tirions d'un précipice. Une
chose me flatta et m'étonna d'abord dans cette pièce :
c'est que les acteurs m'eussent fait l'honneur de m'y
donner le rôle de roi, tandis que l'éléphant Polydore,
dont la supériorité sur moi ne pouvait faire doute ni pour
personne ni pour moi-même, n'était que mon premier
ministre. Ce ne fut qu'après plusieurs représentations,
et après avoir remarqué que, tout le long du drame,
c'était le ministre qui faisait tout et le roi rien, sinon de
parader, que je compris combien cette distribution de
rôles était intelligente. J'appris de mon premier ministre
Polydore à saluer de ci et de là, en agitant les grandis-
simes plumets qu'on avait fixés sur ma tête, comme à un
vrai monarque, quand mon peuple passait. Pour une autre
pièce, je sus bientôt faire le beau, comme un chien
caniche, et j'excellais à marcher et à danser sur les pattes
de derrière, comme un homme qui en admire un autre.
Une toque de velours ponceau sur l'oreille, un manteau
de velours sur le dos, l'épée en verrouil, j'avais, paraît-il,
fort grand air comme courtisan. Ah! ma chère petite
maîtresse, vos petits bonnets d'autrefois n'étaient donc
que des préludes aux étonnantes toilettes que l'avenir me
réservait? Mais où j'eus le plus grand succès, ce fut dans
un rôle de magister. Assis dans ma chaise, les deux pattes
de devant sur mon pupitre, la plume derrière l'oreille, un
bonnet de professeur sur la nuque, avec d'énormes lunettes
vertes, dix fois plus grandes que celles de la gouvernante

de Rose, bien fixées sur le nez, j'étais, paraît-il, inimi-
table. Ce rôle de magister n'était pas une sinécure ; j'avais
à faire la classe à une vingtaine de chiens et de singes
habillés en écoliers et entremêlés de quelques vrais petits
garçons, dont on ne pouvait pas se passer tout à fait quand
les répliques devaient être parlées. Je dois dire que la
tenue de cette classe me fit tant d'honneur, qu'un des
membres les plus élevés de l'Université déclara hautement
que, dans toute l'Angleterre, aucune classe n'avait une
attitude aussi exemplaire. Tous mes élèves connaissaient
leurs lettres et jouaient aux dominos aussi bien que moi-
même. La férule pendue à mon cou n'y était que pour la
montre : je n'avais jamais besoin de punir personne.

Tout cela n'était que fastidieux à la longue ; mais ce qui
ne m'amusait pas du tout, je dis du tout, c'était de figurer,
comme maître Job m'y força, dans des combats vérita-
blement terribles contre des dogues et même contre des
ours. Les premières fois, je crus, tout de bon, marcher à
la mort. Ce ne fut qu'à la longue que je me rassurai,
quand je m'aperçus que les dogues étaient dressés à ne
faire que semblant de mordre, et que, de plus, l'ours était
muselé. Je ne fus cependant complétement en repos, en
ce qui concernait l'ours, que quand, après une représentation, je vis sortir de sa peau un jeune acteur de ma connaissance, qui était doux comme un mouton, et qui pourtant avait joué l'ours à faire frémir, imitant ses rugisse-
ments de façon à faire trembler les spectateurs. Je n'ai
couru qu'un danger sérieux dans ces luttes à outrance. Un
gentleman s'avisa un jour de jeter son bouledogue dans
l'arène, en traitant tous nos chiens de chiens de carton. Il
avait bien un peu raison, car ils s'étaient, à la vue du

sérieux adversaire qui leur était opposé, tous éclipsés par
les coulisses et les portières. Estimant que leur conduite
était sage, sinon tout à fait noble, j'étais en train de dé-
taler à mon tour, quand je sentis l'animal furieux sur mes
talons. Saisi d'un beau désespoir, et me rappelant l'aventure de ma mère avec un loup, je lui lançai une des plus
magnifiques ruades qu'aient jamais exécutées les jarrets
d'un pauvre baudet affolé par la peur. Le coup porta si
juste, c'est-à-dire si bien, tout en plein dans la tête, que le
bouledogue roula sanglant sur le carreau comme s'il eût
été foudroyé; et de fait il l'était, puisqu'il ne se releva
pas.

Il faut vous dire que les spectateurs s'étaient mépris
sur mes intentions de fuite et avaient cru que ma manœuvre de ne montrer que mes sabots à mon adversaire
avait été le résultat réfléchi d'une savante tactique. La
salle faillit crouler sous les bravos, et celui qui criait
bravo plus haut que tous les autres, c'était le gentleman
propriétaire du chien que je venais de mettre à mort.
Dans son enthousiasme, il offrit à maître Job de m'acheter
2,000 francs.

Job se gratta la tête, car l'offre était tentante; mais
l'amour-propre et les grognements des spectateurs indignés
la lui firent refuser. Ce soir-là il me donna, sans se faire
prier, un picotin d'avoine. Ce fut la seule marque d'estime
que j'aie reçue de lui, et on voit que je ne l'avais guère
méritée. J'aime à croire qu'on ne passe pas partout héros
à si bon marché.

Au milieu de cette vie si agitée, si diverse, j'eus sans
doute quelques éclairs de gaîté et, parmi de rudes épreuves,
quelques satisfactions d'amour-propre; mais qu'elles étaient

payées cher! Croyez-vous que maître Job, qui dans nos
courses à travers les montagnes avait souvent admiré la
sûreté de mon pied, qui m'avait vu sans broncher me tirer
des pas les plus difficiles, qui savait que passer un tor-
rent sur un tronc d'arbre jeté par lui en guise de pont
d'une rive à l'autre ne m'avait jamais fait reculer, quand
quelques coups de gourdin trop bien appliqués m'avaient
servi d'encouragement; croiriez-vous qu'il s'avisa un jour
de vouloir m'apprendre à danser sur la corde sans balan-
cier, oui, sur une simple corde, et que j'y étais presque
parvenu! Son moyen d'éducation était bien simple :
quand je bronchais, un coup de fouet pour moi, une ta-
loche pour Palmyre. Le coup reçu par Palmyre était
celui dont je souffrais le plus. Palmyre excellait dans la
danse de corde et dans tous les exercices d'équilibre,
d'adresse; mais son éducation lui avait coûté cher, elle le
savait!

« Si tu n'essayes pas, me disait la pauvre mignonne,
quand il s'agissait de quelque expérience nouvelle, fût-elle
absolument impossible, comme celle de la corde, si tu
n'essayes pas, il nous tuera. »

Et j'essayais.

Pour éviter un mauvais traitement à la pauvre enfant,
que n'ai-je pas tenté et parfois réussi! J'ai joué de la
harpe, déguisé en barde écossais, et de la guitare et de
la flûte, et de la grosse caisse et du tambour. Assis
comme un chien sur mon pauvre séant, on me fourrait
l'instrument entre les pattes de devant, on l'y attachait
au besoin, et il fallait que je fisse semblant soit de gratter
les cordes, soit de souffler dans la flûte, soit de taper sur
la grosse caisse (une peau d'âne, hélas! m'a-t-on dit), le

tout en mesure, pendant que, derrière une toile ou un décor, un pitre quelconque exécutait, pour tout de bon, les airs ou le roulement que le public croyait être de mon fait.

Les spectateurs, la plupart du temps, n'y voyaient que du feu. Dieu! que les hommes sont bêtes quelquefois!

J'ai été pendant quinze jours l'Ane d'un charlatan qui me louait à la semaine. Il vendait une drogue qui guérissait de toutes les maladies, et même de la mort, disait-il, quand on s'en servait à temps : une eau qui enlevait toutes les taches, ce qui était vrai, car elle brûlait comme le feu et faisait un trou partout où on l'appliquait, et enfin une liqueur incomparable qui mettait tout le monde d'accord : dès lors, plus de disputes dans les ménages, plus de procès entre marchands. C'est cette fameuse liqueur qu'il vendait en dernier et ne livrait à ses clients qu'au moment de plier bagage et en leur recommandant de ne la boire que chez eux, après souper et au dessert, pour la digestion, après l'avoir laissée reposer le goulot en bas, à la cave, pendant vingt-quatre heures. Et dire qu'il trouvait des imbéciles pour croire à de pareilles balivernes! L'éloge qu'il faisait de sa liqueur était mérité : sitôt qu'on l'avait bue, chacun était d'accord, en effet... que le célèbre médecin de l'empereur de Chine (c'était le titre qu'il prenait) était un voleur. Mais qu'est-ce que cela lui faisait! Il était déjà bien loin de ses dupes. Ce prétendu docteur, après avoir affirmé qu'elle m'avait guéri de la rage, ne manquait pas de faire un pompeux éloge de mon bon caractère et de la douceur de mes mœurs. Il me donnait ainsi comme une preuve de l'excellence de sa drogue. Pour donner

créance à cette bourde, il me forçait d'en boire, à chacune
de ses séances, un ou deux flacons; d'où il suit que j'ai le
droit d'en parler pertinemment, et même impertinemment.
Les hommes sont bien crédules. Je finissais par avoir
pitié d'eux. Si quelques-uns sont cruels et méchants, la
plupart des autres ne sont vraiment que des badauds et de
francs nigauds, dans les campagnes encore plus que dans
les villes.

Avec tant de moyens de s'instruire, c'est à qui ne s'en
avisera pas, et les gouvernements hésitent à les y con-
traindre. N'est-ce pas inexplicable? Après ça, il y a des
gens qui prétendent que, plus la masse est ignorante,
plus elle est facile à conduire. Je ne suis qu'un Ane, mais
ces gens-là me paraissent de grands sots ou de grands cri-
minels. De telles paroles, si elles étaient comprises avec
toutes leurs conséquences, seraient pour justifier les
colères des petits contre les grands. Vous me direz que
je ne suis pas de la Chambre des Lords et que je me
mêle là de ce qui ne me regarde pas. Soit, n'en parlons
plus.

J'avais fini par devenir célèbre dans cinq ou six districts successivement, et sous les noms les plus divers et
les plus fantastiques : Ismaël, Soliman, la Perle de
l'Afrique, et enfin Sardanapale. J'avais été gratifié de ce
dernier nom par mon maître, par allusion, disait-il, aux
repas que j'aurais voulu faire. Du reste, ce n'était pas
seulement mon nom, c'étaient ma race, ma nationalité qui
changeaient sur chaque affiche, au gré du directeur. J'ai
été de tous les pays, mais surtout Égyptien : le premier
Ane de Sa Majesté le pacha d'Égypte; je lui avais été
donné par Nubar-Pacha, à qui j'avais sauvé la vie en

traversant un bras de mer à la nage. Il paraît que, du côté du Nil, les ânes sont si beaux que l'on s'y passe de chevaux. Il est vrai que par là il y a abondance de chameaux, de grands animaux très-laids et couverts de bosses.

CHAPITRE XV

Mais ce que je viens de raconter n'est encore, comme on dit, que de la Saint-Jean, à côté de ce qu'il me reste à consigner dans cette histoire très-véridique de mes vicissitudes. Un jour, après boire, maître Job se leva subitement comme un homme qui se réveillerait en sursaut sous le coup d'une idée lumineuse que son bon génie lui aurait suscitée.

On ne parlait dans la ville de X..., où nous nous trouvions, que d'un célèbre aéronaute qui venait d'y arriver de Paris, et qui devait, le surlendemain, faire une ascension dans un ballon monstre. Ce ballon, à cause de ses dimensions et de sa forme extraordinaire, avait fait fureur à Paris et à Londres. — On ne parlait pas encore de Berlin.

Cet exécrable Job ne s'avisa-t-il pas, après l'avoir endoctriné, de nous louer, Palmyre et moi, à cet aéronaute, pour ajouter un élément de succès, alors absolument nouveau, à l'ascension qu'il allait faire, et qu'il fit, hélas! Plus de vingt mille personnes vivent encore qui pourraient le certifier.

L'impression que m'a laissée cet épisode de ma vie est ineffaçable. Voyez-vous cet aéronaute, à jamais maudit, enlevant à la fois dans sa nacelle, et lui-même, et un grand seigneur du pays qui, paraît-il, ne savait que faire de sa seigneurie ce jour-là ; et sous sa nacelle un Ane infortuné, suspendu par quatre sangles formant corset, qui ne lui en coupaient pas moins le ventre et les aisselles, et monté en outre par la pauvre petite Palmyre vêtue en ange, affublée de grandes ailes d'or, tenant en main une lyre, et ficelée avec de fortes courroies sur sa monture.

Nous voyez-vous nous élever ainsi dans les airs! Je crois y être encore. Des tambours et des trompettes aux sons plus assourdissants et moins mélodieux mille fois que les braiements de mille de mes pareils (et ils appelaient cela de la musique) avaient, pour préluder à l'ascension par un concert, joué des airs nationaux, des fanfares, des marches guerrières.

Palmyre et moi avions été garrottés, au moyen d'un appareil improvisé, sous l'immense machine ronde, que cent hommes et cent pieux fichés en terre avaient peine à retenir chacun par une corde.

Une foule impatiente, haletante, au dernier paroxysme de la curiosité, vociférait, hurlait, chantait, malgré la pré-

sence des autorités les plus constituées. Dans toute
l'étendue de la grande place sur laquelle avait lieu l'ascension et dans les rues avoisinantes, c'était un océan de
têtes. Il y en avait en outre aux fenêtres, sur les toits,
sur les arbres. Palmyre, plus morte que vive, mais
muette et résignée (elle n'avait pas formulé une plainte
contre l'idée barbare de Job), Palmyre frissonnait sur
mon dos; quelques tressaillements nerveux témoignaient
seuls de ce qui se passait en elle. Tout à coup, une déto-
nation terrible, un coup de canon, se fit entendre. C'était
le premier que j'eusse entendu de ma vie, et il va sans
dire qu'on n'avait pas songé à nous prévenir, Palmyre et
moi, d'être sur nos gardes. Je crus que le tonnerre tom-
bait sur nous. Ce n'était que le signal annonçant à la foule
tout entière que tout était prêt.

Ah! quel vertige! La terre fuit et tourne sous nos yeux.
En un clin d'œil, la ville disparaît. Les hommes ne me
semblent plus que des fourmis et les maisons des taupi-
nières. Nous voici dans les nuages; que dis-je? au-dessus
des nuages; un second ciel semblait s'être glissé sous nos
pieds. Je fus terrifié, et pourtant je suis obligé de dire
que c'était superbe. « Courage, Jacquot, me disait la petite
Palmyre; j'ai grand peur, mais c'est pourtant très-beau.
Ah! si nous pouvions monter au ciel tout à fait! Crois-tu
que ce soit possible, Jacquot? J'y retrouverais ma mère.
Dieu nous prendrait dans son paradis. Je crois que je
deviens folle, ajouta-t-elle. »

La pauvre chérie ne m'avait jamais parlé de sa mère.
Cela me fit faire un retour sur la mienne. Qu'eût-elle
pensé, cette pauvre mère Christine, si tranquille, si elle
avait vu son pauvre petit Jacquot enlevé dans les airs?

Et Mme la Pie? Elle aurait bien vu, pour cette fois, que tout est possible à un Ane, même de voler sans ailes à des hauteurs qu'une Pie n'a jamais atteintes.

Palmyre se baissa et m'embrassa sur le front. Le souvenir de sa mère l'avait attendrie : « On dit, ajouta-t-elle après un moment de silence, on dit que ce qui est dangereux, c'est la descente ; on peut tomber sur les maisons, sur les arbres, dans l'eau, dans la mer même, ou ailleurs. Le plus souvent cela finit par une chute. Pauvre Jacquot! nous allons peut-être mourir ensemble, loin de ce lâche Job, qui se serait bien gardé de s'exposer avec nous. » Et comme je poussais, en l'entendant parler ainsi, un énorme soupir : « Mon pauvre Jacquot, est-ce que tu craindrais la mort plus que notre vie, toi? Est-ce que, dans notre situation, quelque chose doit nous faire peur? »

Elle avait raison. Mais je ne ferai pas le brave ; l'idée de finir par une chute si gigantesque, qui ne pouvait aboutir qu'à un aplatissement indescriptible, ne me souriait pas du tout.

« Il faut s'en remettre à Dieu de tout, reprit Palmyre, et que sa volonté se fasse. S'il veut nous punir, nous ne pouvons pas accuser sa justice, moi, du moins. Ah! Jacquot, j'ai été bien coupable. J'avais de très-bons parents, mais je n'étais pas sage, pas bonne peut-être non plus. Je n'avais pas de bon sens du tout. Je ne pensais jamais qu'à agir à ma tête, je ne voulais jamais céder ni obéir. Je ne prenais jamais garde à ce qui pouvait ennuyer les autres. Pour les autres, je disais toujours : « Ça m'est égal, ça m'est égal. » Écoute-moi bien. Un jour, dans un voyage, maman était malade, et mon petit frère

aussi. Papa n'était pas avec nous. Je faisais beaucoup de bruit dans les chambres, parce que maman ne
pouvait me mener jouer comme à l'ordinaire sur la
plage. Elle céda à mes prières et me confia à une
bonne qui, étant nouvelle, n'avait pas du tout su
prendre d'autorité sur moi. J'avais tant fait enrager
la malheureuse fille, qu'elle avait fini par me dire qu'en
rentrant à la maison elle déclarerait à maman qu'elle ne
voulait pas rester au service d'une enfant aussi peu obéis-
sante et aussi taquine. Craignant donc, lorsque l'heure
vint de retourner à l'hôtel, d'être grondée et peut-être
punie comme je le méritais, j'eus la stupide idée, à un
moment où ma bonne avait la tête tournée, de me cacher
sous un grand bateau qui se trouvait en réparation sur le
sable. On ne pouvait pas me voir du tout. J'entendis ma
bonne qui m'appelait, j'écoutai ses cris; elle passa deux
ou trois fois à côté de moi sans me voir, elle pleurait;
mais je ne pensais à rien qu'à éviter d'être grondée. J'eus
la sottise et la méchanceté de la laisser s'éloigner sans lui
répondre, sans bouger, si bien que je me suis perdue, tu
le vois, presque exprès. Je finis par m'endormir dans ma
cachette, et qui est-ce qui a fini par m'y découvrir?... oh !
mon Dieu! ce fut cet infâme Job qui, au lieu de me ramener près de ma mère, comme je l'en suppliais, car je
m'étais repentie presque tout de suite, m'a volée, emmenée, loin, bien loin, et gardée et battue, et tout le reste
que tu sais bien. Voilà mon histoire, Jacquot. Je ne l'ai
dite à personne, jamais. Job me tuerait s'il savait que je
n'en ai rien oublié. Mais aujourd'hui qu'est-ce que je
risque, à côté de ce que nous risquons en ce moment? »

Ce fut ainsi que j'appris de ma petite amie qu'à

peu de chose près l'histoire de l'enfant était celle de l'Ane.

Cependant, après avoir monté tout d'un coup, le ballon s'était mis à descendre, à descendre encore plus vite qu'il n'avait monté. Cela avait été au départ autrement que l'aéronaute ne l'aurait voulu, et c'était avec intention qu'il nous faisait redescendre. Il s'efforçait de revenir en vue de la foule, ce pauvre malheureux homme, parce qu'il avait oublié de tenir quelque chose qu'il avait promis sur ses affiches au public, et ce quelque chose, c'était de faire partir un feu d'artifice une fois que nous aurions été en l'air, mais encore en vue des spectateurs.

Bientôt j'entendis de fortes clameurs, comme celles d'une foule irritée, qui, d'en bas, montaient jusqu'à nous.

C'était, en effet, la foule, qui réclamait ses pétards, ses fusées ou son argent, au directeur de l'ascension, resté en bas; et l'aéronaute était à coup sûr bien honnête de se tant exposer, ainsi que nous, pour tirer son associé d'embarras. S'il y avait eu du vent, nous aurions été si loin qu'il n'aurait pas pu revenir sur ses pas; mais nous n'avions été que très-haut en droite ligne, et ce hasard lui permettait de redescendre à peu près à la même place, et en tout cas, ce qui était l'important, en vue de la ville.

Ce bruit de voix humaines demandant son complément de plaisirs à des êtres exposés à de si grands dangers me paraissait barbare. Grâce aux explications de Palmyre, qui causait plus qu'à l'ordinaire, je m'étais rendu compte de la manœuvre. Mais je n'eus pas le temps de me livrer à des considérations philosophiques de longue durée.

« On va te le donner, ton feu d'artifice, foule féroce ! avait crié l'aéronaute, dussions-nous en mourir tous, ce gentleman qui dort et moi, et l'enfant innocent, et l'Ane plus innocent encore peut-être, que j'ai entraînés avec moi ; tu en auras pour ton argent. »

Et se voyant à la hauteur voulue, il avait allumé la fusée qui communiquait à l'ensemble de ses pièces d'artifice. En un instant, tout fut illuminé : nous pûmes nous croire au milieu de vingt soleils. La nuit était venue, et ces gerbes de feux de toutes les couleurs, éclatant à l'envi dans les ténèbres, jetaient une lumière éclatante autour de nous.

Subitement les cris avaient changé de nature ; au lieu des injures de tout à l'heure, des acclamations frénétiques arrivaient jusqu'à nous. C'était bien heureux ! Cela ne dure guère, un feu d'artifice. Quand la dernière fusée fut éteinte, l'obscurité nous parut intense. Nous remontions avec la rapidité d'une flèche. L'aéronaute avait, sans nous dire gare, jeté du lest, et du sable m'était entré dans les yeux. Comment se fait-il qu'un si petit désagrément dans une si grande aventure m'ait laissé un souvenir qui me revient ici ? Tout allait bien, excepté mes yeux, quand tout d'un coup le ballon se mit à tourner comme une vaste toupie.

La petite Palmyre se cramponna à mon cou, m'entoura de ses bras, en me disant avec sa petite voix claire et tranquille : « Bien sûr, nous sommes perdus ! » Le cœur me manqua. Je perçus vaguement que le ballon, dont au commencement nous ne sentions pas le mouvement, était comme ballotté, puis secoué avec fureur, puis précipité dans l'espace. Je perdis connaissance et ne la retrouvai, combien de temps après, je l'ignore, que sur une litière de paille. Palmyre m'humectait les lèvres et les narines avec une grande éponge imbibée d'une eau qui sentait le vinaigre.

Nous étions descendus, disons tombés, sur une vaste meule de foin attenante à la ferme d'un château, à quelques lieues de la ville. Du moment où nous n'étions pas morts, c'était un grandissime succès. L'opération, en somme, avait réussi. Le grand seigneur, notre compagnon de voyage, était fier comme un paon. Il avait eu soin, paraît-il, avant même que les cordes qui retenaient le ballon n'eussent été lâchées, d'avaler comme cordial un grand flacon de rhum; après quoi il s'était endormi pour ne se réveiller que quand nous fûmes par terre. Il était ravi de son expédition et nous promit bon accueil au château, dont les gens s'étaient empressés de nous offrir leurs services. Ce château appartenait, par bonheur, à un riche gentleman de ses amis.

Nous y fûmes, en effet, tous traités à merveille. J'y passai, pour ce qui me concerne, la meilleure nuit que j'eusse passée depuis ma vie nomade, sur une litière épaisse et à côté d'un râtelier bien garni. Palmyre avait été fêtée, la pauvre petite, et avait couché dans un si bon lit, qu'elle s'était crue, me dit-elle le lendemain, dans la maison même de sa mère.

Le chemin de fer ramena le lendemain matin tout le monde à la ville. Si j'avais été tout seul, j'aurais essayé de profiter de l'occasion pour fausser compagnie à maître Job; mais où aller? Et d'ailleurs, outre que l'aéronaute nous gardait à vue, aurais-je pu abandonner Palmyre? Depuis que je savais son histoire, elle m'était plus chère que jamais. Ah! si la pauvre petite avait su ce qui se passait en moi et voulu me guider, j'aurais, je crois, trouvé moyen de l'emmener au bout du monde, malgré notre gardien. Ce pauvre diable n'était pas un maître Job : il n'avait pas perdu tout sentiment humain, et on eût pu lui fausser compagnie sans s'exposer à être tout à fait assommé.

Mais il était écrit que nous n'étions pas encore au terme de nos misères.

Ce qui, cependant, fut fort apprécié par moi et par Palmyre elle-même, bien que la petite enthousiaste n'eût pu s'empêcher de garder un bon souvenir de notre voyage dans le ciel, c'est que cette première ascension fut aussi pour nous la dernière. Ce n'est pas que maître Job n'eût été bien aise, ainsi que l'aéronaute, de pouvoir la recommencer ; mais il exigea un tel prix de l'entrepreneur, que celui-ci, exaspéré par ses prétentions, l'envoya promener et me remplaça par un petit cheval ou poney, qui fut tué raide, huit jours après, dans un voyage analogue à celui dont nous nous étions, en somme, bien tirés. Or savez-vous quel était le malheureux cheval qui mourut là si tragiquement ? C'était cet orgueilleux petit Café-au-Lait, mon compatriote, celui-là même qui, par ses perfides conseils, m'avait perdu et jeté dans la mauvaise voie où je me débattais alors. Nous nous étions bien reconnus, lui et moi, au moment où on allait le faire entrer dans l'enceinte où était fixé le ballon. Il ne prévoyait guère le sort qui l'attendait. Il piaffait avec sa fatuité accoutumée. Il avait conservé toute l'impertinence de ses allures, et s'était permis de dire en passant près de moi : « Ce qu'un Ane a fait, je suis honteux d'avoir à le refaire ; mais ton attitude n'était pas d'un héros, m'a-t-on dit, ni au départ, ni à l'arrivée, et j'espère bien que je ne laisserai pas derrière moi des notes si fâcheuses. »

Je ne lui répliquai pas, et j'en suis bien aise ; après la fin qu'il trouva dans son aventure, j'aurais été fâché qu'il fût resté sur une mauvaise parole de moi, eût-elle été cent fois justifiée.

Je n'ai pas fini de parler de maître Job ; mais avec lui on n'était jamais à bout de surprises, et je lui découvrais chaque jour une nouvelle aptitude pour le mal. Le métier par lequel il avait débuté, et j'aurais dû le deviner à sa carrure et à sa brutalité, avait été celui d'athlète. J'ai parlé des combats d'animaux dans lesquels j'avais figuré ; quel ne fut pas mon étonnement quand j'appris que, non contents de faire battre les bêtes, certains hommes, en Angleterre surtout, poussaient la stupidité jusqu'à se battre entre eux pour le plaisir des autres ! Oui, c'était un état, une profession tolérée, reconnue, une fonction sociale à sa façon, et dans ces combats les combattants allaient jusqu'à se mettre à deux doigts de la mort pour gagner le prix de la lutte et des articles dans quelques journaux. Je dois dire que, malgré mon horreur pour tout ce qui est bataille, ce ne fut pas sans un secret plaisir que j'assistai un jour, quelques semaines après notre voyage en ballon, à un combat de boxe entre mon maître et un lutteur célèbre. Il me semblait assister platoniquement à une revanche. L'adversaire de maître Job était plus petit que lui, et quand je le vis se placer devant ce colosse, j'avoue que je tremblai pour lui. Je crus que maître Job, pour qui, je l'avoue, je ne faisais pas de vœux, aurait bien vite fait de l'exterminer. Mais j'avais mal jugé, dans mon innocence, la valeur réelle des deux combattants ; la force n'est pas tout dans ces combats, l'adresse et l'agilité l'emportent souvent sur elle, et c'est ce dont, à ma grande

satisfaction, je ne tardai pas à être convaincu. Une première passe eut lieu, où la victoire semblait, à mon grand
regret, devoir tourner du côté de mon maître; mais après
des coups réciproquement portés et reçus, dont le moindre
aurait suffi à assommer un bœuf, il fut clair pour l'assistance que maître Job avait affaire à vigoureuse partie.
A la fin de la seconde passe, il était, lui, haletant,
essoufflé, couvert de sang et de sueur, et son petit adversaire était encore sec, net, et en possession de tout son
sang-froid. Ce petit homme parait les coups effroyables
que Job lui portait avec tant d'adresse, que ceux qui
l'atteignaient n'arrivaient à lui que fort amortis par ses
parades. Dans les deux temps d'arrêt que subit la lutte,
maître Job avait demandé quelques instants de repos. A
la troisième reprise, et aux acclamations de tout le
public, auquel il n'était pas sympathique, un coup que
lui porta son adversaire en plein front sembla l'avoir
foudroyé. Il tomba de toute sa hauteur en arrière, comme
un sac, et fut emporté évanoui de l'arène. Pendant une
demi-heure, on crut qu'il ne reprendrait jamais sa respi-
ration, et, s'il faut le confesser, en le voyant dans ce pi-
toyable état, je me trouvai vengé, au delà même de ce
que j'aurais souhaité. Qui sait, me disais-je ingénument, si
la leçon ne lui profitera pas?

En quoi, hélas! j'avais bien tort, car, à peine remis, il
se releva, ivre de fureur et de honte, voulant à toutes
forces recommencer; mais les juges de la lutte ne le lui
permirent pas.

De ce jour-là, l'orgueil froissé de maître Job le rendit
plus méchant que jamais. Il méditait une revanche, et je
l'entendis jurer que les habitants de la ville de X..., qui

l'avaient vu vaincu par ce qu'il appelait les rusus de son
adversaire, lui verraient bientôt faire quelque chose dont
ce vaurien, c'est ainsi qu'il l'appelait, se trouverait incapable.

J'étais à cent lieues de penser que je devais entrer,
pour quoi que ce fût, dans ces beaux projets de revanche.

Voici ce que maître Job avait imaginé. Il s'engageait
par des affiches, hautes de six pieds, imprimées en rouge
sur fond noir, à faire dix fois sans s'arrêter le tour de
l'arène, chargé de l'âne Soliman (moi!!!), monté lui-même
par une jeune fille, et cela au pas, au trot ou au galop, à
la demande des spectateurs.

Et il défiait son vainqueur d'en faire autant.

Quand je sus de quoi il s'agissait, je crus que maître Job
était devenu fou. Quoi! par point d'honneur, un homme,
même celui-là, allait s'abaisser à faire un métier de bête
de somme, ce métier d'âne ou de cheval auquel, de temps
immémorial, nos espèces sont condamnées! Et, cela fait, il
en tirerait vanité! Que l'action de porter quoi que ce soit
ou qui que ce soit fût peu agréable, j'en tombe d'accord ;
mais que Job pût, par gloriole, faire vis-à-vis de moi ce que
tous les jours je faisais vis-à-vis de lui-même, et qu'il le fît
sans avoir l'excuse des coups de fouet et de la nécessité,
voilà ce qui dépassait mon intelligence! Décidément, me
disais-je, si certains hommes sont au-dessus de nous par un
certain nombre de facultés intellectuelles, il est clair que,
pour la plupart, ils n'ont pas la centième partie du bon
sens qui nous distingue.

Enfin, c'était imprimé, c'était écrit, affiché par toute la
ville, et la chose se fit. Jamais spectacle fut-il à la fois plus

bête et plus grotesque, et voyez-vous d'ici cet imbécile de Job marcher au pas ou au trot ou au galop à la première injonction des malotrus dont se composait en majorité le public attiré par ses affiches, et me portant bel et bien, moi et ma petite amie, pendant ses dix tours?

Ah! si j'avais eu un fouet et des mains pour m'en servir, quelle volée je lui aurais administrée à maître Job pendant le temps que j'eus l'honneur d'être son cavalier!

Le public goûta, du reste, infiniment plus que moi ce genre de divertissement. Au pas, c'était supportable ; mais cette brute de Job, qui se plaignait si souvent de ma manière de trotter, dont s'arrangeait pourtant ma gentille maîtresse, cette brute de Job, dis-je, avait le trot intolérablement saccadé et d'une dureté telle que je ne sais pas si je n'aurais pas préféré reprendre mon rôle de porteur que de garder celui de cavalier. Les enfants sont bien heureux ; cet exercice eut le don de faire rire ma petite amie ; oui, elle eut un instant de gaieté involontaire comme je ne lui en avais jamais vu. Le galop seul sembla lui déplaire ; ce que maître Job appelait le galop était une série de bonds inégaux, comme ceux des kangouros, qui faillirent plusieurs fois me désarçonner : « Si tu tombes, me criait-il quand je me sentais glisser sur ses épaules, gare à toi ! Je t'étrangle ! » Mes pauvres pattes de devant, serrées dans ses poignets de fer, s'y gonflèrent comme sous l'étreinte d'une tenaille, et plus d'une fois, à la grande hilarité de cette sotte assemblée, la pression m'arracha des braiements de douleur, que le public, sans cœur, semblait prendre pour des accès de bonne humeur.

Non content de faire dix tours, maître Job en fit onze ;

après quoi, s'étant incliné et puis mis à quatre pattes sous moi, pose qu'il eût mérité de garder toute sa vie, il se releva, salua et remercia la foule, qui l'applaudissait avec une satisfaction idiote. Dégagé tant bien que mal de ma monture, j'eus à faire à mon tour quelques-uns de mes exercices devant le public, qui me fit une véritable ovation. Homme ou bête, tout lui était bon, décidément.

CHAPITRE XVI

Maître Job était rouge comme un gros homard. Il aurait à peine eu la force de parler si, sa rancune aidant, il ne se fût empressé, dès qu'il eut retrouvé un peu de souffle, de jeter un insolent défi à son adversaire.

Celui-ci ne se fit pas prier; mais montrant Job d'une main et de l'autre saluant le public :

« Ce que maître Job a fait est jeu d'enfant! s'écria-t-il. Je prétends gagner le prix de la course en portant non-seulement l'âne Soliman et un enfant, mais maître Job lui-même, monté sur son fameux âne.

Il n'y avait pas à reculer. Job, livide de dépit, sauta sur mon dos. Il aurait voulu être de plomb pour tout écraser.

Le petit athlète passa sous moi, introduisit sa tête entre mes deux jambes de devant, et, en moitié moins de temps que Job, fit quinze fois le tour du cirque avec une incroyable aisance. Je crois, en vérité, que pour me laisser un bon souvenir, il marcha, trotta et galopa sur la pointe des pieds pendant toute la course.

L'épreuve terminée, le petit athlète fut couvert de bravos et de hourrahs, et maître Job disparut au milieu des huées et des sifflets.

Voilà donc à quoi un grand peuple s'amuse ! Quand trouvera-t-on d'autres plaisirs à offrir aux multitudes ? Croit-on que le choix de ses divertissements ne soit pas propre à exercer une bonne ou mauvaise influence sur les mœurs d'une nation ?

A partir de ce moment-là, maître Job, humilié et dépité, ne songea plus à se donner en spectacle. Ce fut tout profit pour moi. La vie de marchand colporteur avait moins d'éclat sans doute, mais elle convenait mieux à ma dignité et à mon humeur que celle de saltimbanque et d'artiste forain. Job, sombre et rageur, s'éloigna des lieux qui avaient vu ses défaites, et nous eûmes à le suivre dans des districts nouveaux pour Palmyre et pour moi.

Le croira-t-on, tout ne m'a pas laissé de mauvais souvenirs dans mon existence de saltimbanque. Sans doute le milieu dans lequel j'eus à vivre était plus que mêlé, et ce n'était assurément pas dans ce monde bizarre de bêtes et de gens qu'on peut faire école de bonne société. J'ai eu cependant, dans mes divers rapports avec plusieurs ménageries de province, fort à me louer de quelques animaux, et notamment, sans oublier Polydore, de l'incomparable, de l'immense Mlle Zoé. Rien n'était plus aimable, plus

adroit, plus spirituel que ce colosse. Mˡˡᵉ Zoé était un
Éléphant femelle; son humeur égale, tranquille et en-
jouée en faisaient la plus plaisante compagne qu'on pût
souhaiter. Forte comme elle l'était, et avec sa taille imposante, elle eût pu se donner des airs de supériorité qu'il
eût été difficile et assurément peu juste de lui contester.
Point; c'était la meilleure créature qu'il soit possible de
rêver. Ni envie ni jalousie, toujours prête à vous servir,
à vous aider d'un bon exemple. C'est à elle que j'ai dû de
savoir déboucher une bouteille de vin et trouver dans
l'arène un objet caché à dessein sous le sable. C'est grâce
à elle que j'en vins à tirer jusqu'à des coups de canon sans
trop sourciller. Mais le plus grand plaisir qu'elle m'ait
jamais fait, la belle et puissante Zoé, ce fut de prendre
parti pour moi un jour que maître Job m'avait accablé de
coups. Je la vois encore quitter sa stalle avec son air
calme et doux, et s'avancer derrière mon tyran, ce jour-là
habillé en Turc ou en Persan, et cela d'un pas si léger
sous sa masse, que c'était à croire qu'elle avait des pan-
touffles de velours. Maître Job ne comptait pas sur son
intervention. Ivre de fureur et de vin, son bras était levé
sur moi pour la centième fois, je crois, et allait retomber
sur ma pauvre échine, quand tout à coup il se sentit
enlevé de terre comme s'il n'eût été qu'une plume. Notre
écurie se composait de simples murailles en toile de huit
ou dix pieds de hauteur et n'était pas même recouverte
d'une tente. Cette muraille pour rire n'avait pour but que
de nous dérober aux yeux du public; elle était fixée par
de simples clous sur des poteaux fichés en terre. En un
clin d'œil, je vis maître Job porté par la trompe puissante
de la bonne Zoé à la hauteur voulue pour qu'elle pût, sans

violence, le laisser retomber de l'autre côté de l'enceinte.
Ainsi que le disait Palmyre, Zoé avait tout bonnement jeté
maître Job à la porte par la fenêtre. Je n'entendis qu'un
bruit sourd, celui d'une masse retombant à terre de l'autre
côté de la toile, un gémissement, puis des jurements terribles. Maître Job n'était pas tombé trop à son désavantage,
ni sur la tête ni sur les pieds : il n'avait rien de cassé; toutefois, pendant plus de huit jours, il ne marcha que les
reins très-ployés. Je ne crois pas qu'il ait jamais fait d'es-
clandre de cet incident. Pendant tout le temps que nous
fûmes en communauté d'intérêts avec le maître de la ménagerie, il se montra fort respectueux pour Mlle Zoé, qui,
elle, n'avait plus l'air de prendre garde à lui. Je voyais
bien cependant que de son joli petit œil noir elle le sur-
veillait toujours. J'eus bientôt la preuve que je ne me
trompais pas. Job, tant que je fus à l'écurie, sous la protection de Mlle Zoé, ne s'avisa plus de me frapper devant
elle. Il avait compris de reste, par la leçon que lui avait
donnée ma grande amie, que celle-ci n'aimait pas les
scènes violentes ; mais avec un homme comme Job il n'est
pas de leçon qui puisse servir éternellement, et un matin,
ayant surpris Palmyre m'apportant un morceau de son
pain, il donna un soufflet à la pauvre mignonne. La scène
se passait à quelques pas de Mlle Zoé, occupée alors à se
désaltérer dans un des grands baquets pleins d'eau que,
pour satisfaire à la soif des animaux et par précaution
contre les cas d'incendie, le directeur de la ménagerie
faisait toujours placer dans les coulisses. Le soufflet n'avait
pas été plutôt donné, qu'un vaste jet d'eau arriva comme
un jeu de pompe en plein visage à M. Job, et avec tant
de force que celui-ci tomba à la renverse. C'était la justice

de Mlle Zoé qui s'affirmait pour la seconde fois. Il y avait des écuyers dans l'écurie; ce fut un hourrah, un ban d'acclamations en l'honneur de Mlle Zoé. Chacun trouva qu'elle avait été mille fois dans son droit en vengeant dans la personne de Palmyre l'honneur du sexe faible. Ce qu'il y eut de plus amusant dans l'affaire, c'est que maître Job avait été précipité du coup dans un autre baquet rempli d'eau et bien plus grand que celui qui servait de tasse à Mlle Zoé; ce baquet était justement derrière lui. Il y tomba si drôlement qu'on ne voyait plus que sa tête et ses pieds; le reste du corps était au bain. Il lui fallut l'aide de deux personnes pour pouvoir sortir de sa baignoire, et dans quel état ! J'entends encore les rires de la foule, qui entoure toujours à l'extérieur les ménageries, quand Job fut obligé de traverser la place pour aller changer de vêtements et qu'on sut par un des clowns du cirque la cause de sa mésaventure.

On le voit, maître Job n'avait pas tous les jours de l'agrément. Sa force matérielle, dont il était si fier, trouvait quelquefois à qui parler. C'est plus souvent qu'on ne pense d'un petit profit d'être dur aux autres. La main de la Providence, la trompe d'un éléphant peuvent se rencontrer tout à point pour punir les méchants.

A notre grand regret, à Palmyre et à moi, qui avions fini par adorer notre grosse et gentille Zoé, il fallut bientôt se séparer. Notre engagement allait expirer. En mon nom comme au sien, Palmyre lui fit des adieux fort touchants.

Qu'il est triste de passer à côté d'aussi bons êtres et d'être obligé de les quitter, lorsqu'au contraire on est rivé par le sort à tant de gens pour lesquels on n'a aucun goût !

Chère Zoé, on dit que les Éléphants vivent plus de cent ans. Si jamais ce récit tombe sous vos yeux, vous saurez du moins que le pauvre Ane que vous avez défendu et que la petite Palmyre ont gardé le plus fidèle souvenir de vos bons procédés envers eux.

De l'ensemble de tous les faits que j'ai racontés dans le récit que je viens de faire de l'époque la plus tourmentée de ma vie, il résulta pour moi une sorte de bien. D'abord, pour le moral, j'ai acquis une dose de patience, de résignation, d'adresse, tranchons le mot, de philosophie, dont la nature ne semblait pas m'avoir doué ; et, pour le matériel, il s'ensuivit que mon maître, voyant que j'étais d'un bon rapport et propre à tout, conçut pour ma personne une estime proportionnée aux services qu'il espérait encore de moi. Il me maltraita un peu moins et me nourrit un peu mieux. Il eut plus de soin aussi de ma toilette, sentant bien que l'apparence ne pouvait que relever le prix qu'il pourrait à l'occasion tirer des emplois divers auxquels il m'avait façonné. Avec le temps, mon poil et ma crinière elle-même avaient repoussé, la teinture grise et les taches rousses avaient disparu, et quand j'étais bien étrillé, je retrouvais une partie de mon ancien lustre : j'avais, en un mot, presque repris ma bonne mine d'autrefois. Si je m'en réjouissais, ce n'était pas, comme on pourrait le croire, par un sentiment puéril de coquetterie : je n'en étais plus là, Dieu merci, mais j'étais heureux de n'être plus la créature repoussante et méconnaissable que maître Job s'était appliqué à faire de moi. Du moins, me disais-je, si par une grâce du ciel, dont je ne veux pas désespérer, ma maîtresse un jour me rencontrait, il ne serait plus absolument impossible qu'elle pût me reconnaître. C'est en vue

de cette espérance, que rien n'avait pu faire sortir de mon
cœur, que j'étais devenu, autant que cela m'était donné,
soigneux de ma personne, évitant plus que jamais tout ce
qui pouvait me salir et m'empêcher d'attirer, à un moment
donné, l'attention de ma chère maîtresse. A aucune heure
de ma vie je ne l'avais oubliée. C'était la volonté de la
retrouver un jour, elle et ma pauvre mère, qui m'avait
soutenu et me soutenait encore aux sombres heures du
découragement. Je ne pouvais espérer rencontrer ma
mère si loin de la ferme où je l'avais laissée ; mais la
famille Merton voyageait souvent. Toujours et partout
je cherchais l'aimable figure de Rose. Toujours mes
oreilles étaient tendues pour tâcher de saisir le son de
cette voix qui m'avait été si familière. Mais quelquefois
le cœur me manquait, et je me disais : « Me recon-
naîtrait-elle seulement dans ce Jacquot, dans ce malheureux baudet si relativement différent de celui qu'elle a
aimé ? » Alors la tristesse s'emparait de tout mon être,
et je me serais couché pour ne plus me relever de la
place où ces cruelles pensées m'avaient envahi si un coup
de fouet brutal ne m'eût rappelé que je n'avais pas même
le droit de me laisser mourir de chagrin. Sans doute j'avais
Palmyre, mais cette seconde affection, si douce qu'elle
me fût dans mon malheur, ne pouvait me rendre ingrat
à la première. Elle seule me semblait parfois me comprendre : « Mon pauvre Jacquot, me disait-elle quand
elle s'apercevait que quelquefois, alors même que je
n'étais pas trop chargé, mes jambes fléchissaient, est-ce
que, comme moi, tu aurais des peines secrètes ? Vrai,
il me semble souvent que, de même que ta petite amie,
tu as des idées noires et le regret d'un bonheur perdu.

Quel dommage que tu ne puisses pas parler ! Nous saurions nous entendre tout à fait. »

Cependant la conscience que j'avais, par les éloges que faisait de mes qualités maître Job, et aussi par les compliments que Palmyre m'adressait souvent d'avoir repris une partie de ma bonne mine d'autrefois, ranimait, en dépit de tout, mon courage, et me fit plus que jamais désirer d'être enfin rencontré par ma chère maîtresse. Mais ce jour n'arrivait pas. Maître Job semblait, je l'ai dit, avoir renoncé à nous exploiter comme artistes forains. Il avait repris son ancien métier de marchand de tout, et de colporteur d'incroyables marchandises qu'il se procurait par le vol plutôt que par son argent. Au lieu de fréquenter les foires et les fêtes, dont la saison d'ailleurs commençait à se passer, c'était vers les marchés des villes que la plupart du temps nos courses tournaient. Il avait un talent étonnant pour endoctriner les acheteurs, et il était rare qu'il ne parvînt pas à se défaire à bon prix des articles les plus avariés. Quand la voiture était vide, il me laissait des heures entières sur une place, près de quelque cabaret où il allait boire tout ou partie de son gain, me confiant à la garde soit de Palmyre, ce qui m'allait beaucoup, soit de Jacob qui le suivait souvent à défaut de Palmyre, quand celle-ci était retenue dans notre taudis par les soins du ménage. Ce garçon, je dois le dire, sitôt que maître Job avait le dos tourné, détalait pour aller jouer avec quelques autres grands vauriens de son espèce, sans plus se soucier de moi que de la lune. J'employais ces heures à regarder le flot des passants, avec une telle attention et une si grande fixité que parfois je finissais par ne plus voir clair. « Qui sait, me disais-je, si un hasard inespéré ne me fera pas rencontrer au milieu de tous ces visages inconnus celui de ma bien-aimée maîtresse ? »

Il arrivait aussi à maître Job d'avoir des idées de villégiature. Nous allions alors de cottage en cottage aux environs des villes, achetant ici, revendant là. Tout était bon à maître Job sitôt qu'il y avait l'espoir d'un gain à faire ; et dans ces courses je me faisais encore l'illusion de croire que peut-être un jour je découvrirais dans une de ces jolies habitations l'amie de ma jeunesse. Mais, hélas ! je ne la revoyais, pour tout de bon, que dans mes rêves. Que de déceptions ! Et pourtant l'espoir obstiné, après chacune, revenait. Cet entêtement de mon cœur n'était pas celui qui perd nos pareils, et je sentais bien que je n'avais pas de reproches à m'en faire.

Le temps s'écoula. Je ne puis vous dire quel temps, plusieurs années peut-être. Ma science d'Ane savant ne m'avait pas mis en état d'être fort sur le calendrier. Enfin, un jour, Palmyre m'annonça que nous allions faire un voyage assez long dans une direction toute nouvelle, et peut-être même aller à Londres. Mon maître, trop connu décidément partout où nous avions passé, avait besoin de se faire oublier, et il songeait à aller dans la plus grande des villes, espérant que, perdu dans un océan humain, la punition de ses nombreux méfaits serait plus facile à éviter.

Nous avions donc quitté cette terre de feu et de fumée, témoin de tant de travail et de tant d'épreuves, et traversé nombre de village situés au milieu des prairies dont la vue faisait battre le cœur. J'ai entendu dire à un marin que la mer seule était belle ; m'est avis qu'un beau pré cou-

14

vert d'un épais tapis d'herbe verte et tendre est le plus splen-
dide des spectacles qu'un être sensé puisse avoir sous les
yeux, pour peu qu'il l'ait en même temps sous la dent. A
quoi est-ce bon cette affreuse eau salée qu'on ne peut
même pas boire? Enfin, chacun a ses préférences. Je
garde les miennes. Palmyre semblait satisfaite d'aller à
Londres. Assise sur la planche qui servait de banquette à
la petite charrette que je traînais : « Allons, Jacquot,
me disait-elle quelquefois, prends courage, nous verrons
de belles choses dans cet immense Londres. Qui sait ce
qui nous y attend? Notre sort, en tout cas, n'y saurait
être pire qu'ailleurs; nous sommes, toi et moi, de ceux
qui ne peuvent jamais perdre au change. »

CHAPITRE XVII

D'étapes en étapes nous avions fait bien du chemin. Londres, d'une colline sur laquelle j'avais dû grimper un matin, nous apparut enfin. La petite Palmyre monta sur la banquette : « Dieu, que c'est grand ! s'écria-t-elle. Et maître Job nous dit que ce que nous apercevions n'était pas encore la dixième partie de cette ville immense. » Palmyre alors fit un signe, un signe de croix qu'elle faisait quand elle éprouvait une grande émotion ou se trouvait devant quelque chose qui l'effrayait ou l'étonnait. Ce signe, je me rappelais le lui avoir vu faire quand nous avions été sur le point de commencer notre ascension en ballon. « Courrions-nous donc quelque grave danger ? »

pensai-je. Mais non, Palmyre était plutôt grave que triste
ce matin-là.

Maître Job venait d'entrer dans une maison d'assez
mauvaise mine. Palmyre descendit de la voiture pour
venir m'embrasser et m'apporter la moitié de son pain, la
pauvre mignonne : « Ah ! Jacquot, me dit-elle, c'est là
que tu vas en voir des belles misses et de brillantes ladies !
Qu'est-ce que sera pour toi ta petite Palmyre quand tu
auras devant les yeux tout ce beau monde ? Tu me seras
bien sûr infidèle, vilain Jacquot, et tu me trouveras bien
laide à côté de toutes ces belles dames et de ces gentilles
demoiselles. » Elle riait, la chère enfant, en se parlant
ainsi à elle-même.

Deux heures après, nous faisions notre entrée dans la
capitale de l'Angleterre. A force d'en avoir entendu faire
l'éloge, je m'attendais à ce que toutes les maisons y seraient
pour le moins en marbre et peut-être en or. Je comptais
bien n'y voir que de superbes gentlemen habillés de soie et
de velours et des ladies éblouissantes comme des princesses.
J'éprouvais, je l'avoue, une grande déconvenue en décou-
vrant qu'à Londres, comme partout où j'avais été, il y avait
beaucoup de boue et d'immondices, des maisons noires et
tristes comme dans les villes que j'avais déjà visitées, à la
place des palais que j'avais rêvés, et, parmi les habitants,
des gens plus déguenillés et plus sordides d'aspect peut-
être que partout ailleurs. Ce qui me frappa le plus, ce fut
de voir des femmes vêtues de châles, coiffées de chapeaux
hétéroclites, marcher pieds nus ; des gentlemen en chapeaux ronds, en habits qui avaient été noirs s'ils ne
l'étaient plus, avec des chaussures éculées, des pantalons
troués, portant des caisses, des sacs ou des paquets, et,

qui pis est, tendaient la main aux passants quand les policemen ne pouvaient pas les voir. Cette misère en habit noir,
qui a l'air d'être tombée de l'opulence, est cent fois plus
pénible à voir que toute autre, bien qu'on puisse se
dire qu'elle a sans doute été méritée; mais ce n'était là
qu'un examen superficiel, et, avec le temps, j'en arrivai à
rendre plus de justice à la capitale de l'Angleterre. Trois
choses m'émerveillèrent par-dessus tout, ce fut : 1° l'incroyable multitude des voitures qui courent dans les rues,
sans se briser les unes contre les autres; 2° l'idée de la quantité de foin et d'avoine qu'il fallait pour nourrir tant de
chevaux; 3° la vue de la Tamise et des docks. Ces masses
de navires de toutes provenances et de toutes dimensions,
ces maisons flottantes avec leurs mâts pavoisés me rempli-
rent d'admiration. La vue du premier convoi de chemin de
fer qui avait frappé mes regards, entraînant à la suite de la
machine ou de l'animal de feu et de fer mille ou douze
cents voyageurs, m'avait seule causé un étonnement pareil.
Mais on se fait à tout. Au bout de quinze jours, je ne
m'étonnai plus de rien. Je trouvai ma route au milieu des
innombrables voitures et piétons qui m'entouraient, sans
en être étourdi, sans accrocher; les rues se succédaient
aux rues; les lumières, le soir, étincelaient sans que ma
philosophie en fût le moins du monde entamée. Tirant
derrière moi ma petite voiture, je prenais la file à la suite
des terribles omnibus, au moment le plus affairé de la
journée, aussi tranquillement que je suivais autrefois mes
ornières dans les chemins creux qui bordent les friches
solitaires. Mais on se lasse vite de tout ce qui est bruit et
tumulte : quelques mois passés à Londres suffirent à la
pauvre petite Palmyre et à moi pour en faire l'expérience.

Mon pré valait mieux que tout cela, et j'aurais donné Westminster pour la vue du perron de notre château et pour mon écurie.

Notre vie nous avait semblé dure quand il fallait courir de village en village, mais c'était relativement une vie de paradis si nous la comparions à l'existence que nous menions à Londres : un travail incessant, une nourriture toujours mauvaise et souvent malpropre, un abri dégoûtant. Dans la campagne, j'avais au moins la terre pour me coucher, de l'espace pour me rouler et m'étendre, un air parfois sain et respirable ; de temps à autre, quand cela ne coûtait rien à maître Job, un bon repas d'herbe et de bonne eau fraîche; tandis qu'à Londres il fallait me contenter, comme écurie, de soupentes noires et trop souvent fétides. Heureux les jours où je pouvais apaiser ma faim avec quelques feuilles de chou à demi-gâtées et me désaltérer avec un peu d'eau moins croupie qu'à l'ordinaire !

Quant à l'ouvrage, il ne manquait jamais. Au petit jour, on m'attelait à la charrette; c'était un petit haquet sur lequel on avait posé en guise de banc une planche arrachée à quelque vieille armoire; mon maître s'asseyait devant, et il fallait trotter de toute la force de mes jambes, car il était de la plus grande importance pour lui que nous fussions rendus des premiers à un grand marché qui se tenait au cœur de Londres, afin qu'il pût y prendre à temps une bonne place pour acheter les fruits et les légumes de rebut qui ne pouvaient pas convenir aux riches pratiques de Covent-Garden.

Si je n'avais pas été si triste et si abattu, bien souvent je me serais amusé des scènes animées qui m'entouraient. C'était vraiment pittoresque de voir arriver les charrettes avec leur charge appétissante et odorante, de voir les femmes portant des corbeilles de fleurs et les hommes des fruits à pleins paniers. L'eau me venait à la bouche en voyant passer les voitures regorgeant de carottes nouvelles, de navets et de choux bien tendres. Si une main amie avait seulement voulu m'en offrir une bouchée ! Non ! Thomas n'était plus là. Il me fallait rester debout pendant des heures, épuisé de faim au milieu de cette abondance, bien heureux si l'on me jetait quelque légume à moitié gâté, dont les limaces elles-mêmes n'auraient pas voulu. Il ne m'arriva nulle part plus souvent qu'à Londres de me reporter en pensée à ma première demeure et de me rappeler combien j'étais boudeur et maussade pour peu que j'eusse un peu moins d'avoine que d'habitude, ou si le foin n'était pas tout à fait à ma guise. Il n'y a rien de tel que la faim et le besoin pour guérir les délicats, et je crois qu'il ne serait pas mauvais que ceux qui sont toujours à gémir dès que les choses ne vont pas entièrement à souhait fussent condamnés à la diète forcée pour stimuler leur appétit.

Quand mon maître avait fait ses emplettes, qui variaient selon la saison, nous quittions le marché et nous faisions notre tournée de vente dans les rues pendant des lieues et des lieues, jusqu'au moment où nous arrivions dans un quartier assez éloigné de la ville, qui ressemblait un peu à la campagne.

Les maisons de ce faubourg étaient beaucoup moins hautes que dans les autres quartiers; elles étaient isolées ou groupées par deux ou trois; chacune avait un petit jardin. Elles me semblaient habitées en général par des personnes qui ressemblaient beaucoup plus aux gens des

petites villes de province que les messieurs et les dames
que je voyais monter en voiture dans les belles rues et
autour des squares et des parcs, qui, à Londres, sont
incomparables.

J'aurais bien préféré que nous eussions eu affaire au
beau monde, car alors j'aurais eu un peu l'espoir de rencontrer ma maîtresse. Je croyais me rappeler qu'elle faisait
tous les ans un séjour à Londres dans la famille de son
père, et ce que j'avais appris dans mes voyages m'avait
fait comprendre que mes premiers maîtres devaient être
riches et ne pouvaient guère habiter, quand ils venaient
à Londres, que quelque brillant hôtel. Quelle chance
avais-je de la voir dans les faubourgs éloignés où nous
faisions notre tournée du matin, ou dans les mauvaises
petites rues à travers lesquelles nous revenions le
soir? Les jours succédaient aux jours, et c'était pour
moi le même travail, sans espoir aucun d'y échapper
jamais!

Un jour que mon maître avait fait de meilleures affaires
que d'habitude, se sentant le gousset bien garni et me
voyant de bonne heure débarrassé de ma charge, il avait
eu enfin la fantaisie de visiter les beaux quartiers, et nous
étions, à la grande joie de la petite Palmyre, qui avait le
goût des jolies choses, tout près de Regent-Street, quand
il fut accosté par un homme qui marchait sur le trottoir.
Mon maître étant, par grand hasard, de fort belle humeur,
répondit cordialement à l'accueil de son ami, et les deux
camarades se décidèrent bientôt à aller au cabaret prendre
un verre de quelque chose pour chasser le froid et pour
boire à leur prospérité réciproque.

« Quant à toi, Palmyre, garde l'âne, dit mon maître,

ne laisse personne y toucher, ni à la charrette non plus ;
m'entends-tu ?

— Oui, j'entends, » fut la réponse de Palmyre, qui ne
répondait jamais que le strict nécessaire à maître Job.

Là-dessus, mon maître me fit approcher le plus près
possible du trottoir, afin de ne pas encombrer la rue, affir-
mant qu'il allait revenir tout de suite, et il disparut dans
une petite rue avoisinante.

Palmyre ne connaissait que trop les tout de suite de
maître Job. Sachant qu'elle avait des heures devant elle,
dès qu'il eut tourné le coin de la rue, elle descendit du
haquet et, s'approchant de mon oreille, elle me dit tout
bas, comme si elle eût encore craint d'être entendue :
« Jacquot, mon cher Jacquot, sois bien sage ; il y a
longtemps que j'ai envie d'aller regarder les beaux maga-
sins ; maître Job ne reviendra pas aussitôt qu'il le dit ; je
vais te laisser tout seul pour quelques minutes. J'ai bien
tort, mon pauvre Jacquot, d'aimer la vue des jolies choses,
mais cela ne coûte rien de regarder, et c'est plus fort
que moi. Pour une fois, cela ne sera pas bien mal de me
satisfaire. »

Je répondis à Palmyre par un « Hi ! han ! » des plus
encourageants ; et, prenant sa course, elle disparut.

Fatigué comme je l'étais par ma tournée du matin et
n'ayant que fort peu déjeuné, je n'étais pas fâché de cette
occasion de me reposer, et je me préparais, je crois, à
faire sur mes quatre pieds un bon somme, quand tout à
coup j'entendis une voix, dont le son seul me fit tressaillir
de tous mes membres, s'écrier vivement :

« Charlot, mon cher Charlot ! je ne me trompe pas,
oui, c'est bien toi ! Oh ! papa, je suis sûre de ne pas me

tromper. C'est bien là l'étoile de son front. Reconnais-
moi, Charlot, prouve-moi que tu me reconnais ! Mais,
hélas ! te souviens-tu de moi seulement ? »

Si je me souvenais d'elle ! de Rose, de ma maîtresse
bien-aimée, pouvait-elle en douter ? Fou de joie, sans
plus penser à maître Job, et, s'il faut le dire, à Palmyre
elle-même, que si je ne les eusse jamais connus, sans
tenir aucun compte du lieu où nous étions et méconnais-
sant jusqu'aux règlements de la police, je ne fis qu'un
bond de la rue sur le trottoir avec ma charrette et me
lançai dans une série de braiments si expressifs que tous
les passants s'arrêtèrent sur le coup. Que m'importaient
les passants, je vous prie ? je n'avais qu'une idée : me
frotter le nez contre la main amie qui se tendait vers moi,
et prouver par tous les moyens possibles l'indicible ravissement que je ressentais à retrouver ma maîtresse adorée.

« Papa, regardez, papa, Charlot me reconnaît ! C'est
bien lui, rien n'est plus certain. Bon Charlot ! que c'est
bien à lui de nous avoir tout de suite reconnus ! »

Pas plus que moi, ma maîtresse, dans sa joie, n'avait
réfléchi que Regent-Street, au milieu de la journée, était
peut-être un endroit un peu trop public pour s'y laisser
aller à de pareils épanchements. Déjà la foule s'était faite
autour de nous ; on riait, on se demandait ce que c'était ;
les messieurs et les dames nous regardaient avec curiosité,
pour voir comment finirait cette bizarre scène qu'ils ne
s'expliquaient pas. Les cochers d'omnibus ou de fiacres
eux-mêmes, à la demande de leurs voyageurs, s'arrê-
taient pour jouir du spectacle, ou ralentissaient le pas et
se retournaient sur leur siége pour découvrir la cause
de l'attroupement. A chaque instant la foule augmentait,

grossie qu'elle était par la horde de gamins et de badauds qui, à Londres surtout, semble sortir de terre en un instant.

« Rose, ma chère, vous ne pouvez en vérité rester ici, dit une voix qui m'était inconnue ; c'est trop vous donner en spectacle. »

Je levai les yeux et je vis un grand et beau jeune homme retirer la main de ma maîtresse qui s'était appuyée sur mon cou et la poser sur son propre bras.

« Hélas ! c'est vrai, dit Rose. Je ne veux pourtant pas abandonner Charlot. » Et se tournant du côté de son père : « Oh ! papa, lui dit-elle, vous qui aimiez Charlot, le laisserez-vous là, attelé à cette mauvaise charrette ? Soyez bon, cher papa, occupez-vous de notre Charlot : c'est le fils de notre pauvre mère Christine, que maman aimait tant ; reprenez-le à tout prix, rachetez-le s'il le faut. Délivrez-le des gens qui, bien sûr, nous l'avaient volé. Oh ! père, ne l'abandonnons pas. »

Le père de Rose et le beau jeune homme se dirent quelques mots à l'oreille. Rose, que le tapage commençait à effrayer, se laissa entraîner. Mais son père, mon cher, mon seul vrai maître, M. Merton, eut la bonté de rester près de moi. Me prenant par la bride sans s'inquiéter des rires des badauds, il entreprit, avec l'aide d'un policeman, à qui il avait fait un signe, de nous frayer un passage à travers la foule qui nous entourait.

« Laissez-nous passer, disait-il, cet animal nous a été volé. Ce ne sont pas de braves gens comme vous qui voudraient empêcher justice de se faire d'une escroquerie manifeste.

— Il a raison, disait la foule. Il a raison. »

Pour ce qui est de moi, si je venais de retrouver ma maîtresse, ce n'était pas pour la laisser échapper de sitôt. Aussi, bravant tous les obstacles, je vous prie de croire qu'aidant mon maître de toutes mes forces, je parvins à la suivre, sans la perdre de vue un instant, et aussi, je dois le dire, sans cesser de braire tout le temps pour qu'elle sût bien que j'étais derrière elle.

La foule riait aux éclats.

« Place à la dame ! place à l'Ane ! place à son père ! criait-on. Bravo, monsieur le baudet ! bravo ! Crie donc encore plus fort ! » me disaient les gamins.

Évidemment la voix du peuple était pour nous.

Encouragé par les applaudissements et n'ayant qu'une idée, rejoindre tout à fait ma maîtresse, et qu'une peur, celle de voir maître Job survenir, j'aurais voulu pouvoir prendre le galop. Mais mon bon maître était un homme qui ne s'emportait jamais, et si, fort de son droit, il se souciait fort peu des quolibets, il ne voulait pas que sa fille y fût plus mêlée qu'il n'était nécessaire. Il se contentait donc, marchant d'un pas ferme, de maintenir la distance qui nous séparait d'elle et de son gendre, car ma petite Rose était mariée.

« Calme-toi, Charlot, me disait-il, la loi est pour nous ; ne nous donnons pas les apparences de fuir comme les voleurs. »

Sans doute rien n'était plus sage ; mais, malgré tout, j'avais peine à modérer mon impatience et mes terreurs.

Ce que je redoutais le plus au monde arriva. Le bruit, qui croissait de minute en minute, avait gagné la rue voisine et éveillé l'attention de Job. Il déboucha tout à coup au bout de la rue et vint effrontément se planter, le gourdin levé, en face de mon maître.

« Holà ! dit-il avec un juron, qu'est-ce qui se mêle donc de mes affaires, et depuis quand les messieurs volent-ils aux pauvres gens leurs ânes en plein midi ? »

Et, étendant violemment le bras pour me saisir par la bride, il fit le geste d'un homme qui ne reculera devant rien pour en remettre un autre à sa place.

Le sang-froid de M. Merton ne se démentit pas pour si peu.

« Un instant ! un instant ! dit M. Merton d'une voix si calme et si ferme que la main de Job, qui déjà avait saisi ma bride, en trembla d'effroi ; j'ai toute raison de croire que c'est vous, mon gaillard, qui vous êtes mêlé de mes affaires, à moi. Si vous faites un geste de plus, si vous dites un mot malsonnant, je vous fais arrêter par un de ces messieurs. » Et s'adressant à deux ou trois policemen qui s'étaient joints à celui dont M. Merton s'était fait accompagner dès le début de cette scène : « Messieurs, dit-il, j'ai besoin de vos services, et j'aime à croire que vous ne me les refuserez pas. Selon toutes les apparences, cet âne, qui appartient à ma fille, a été volé par cet individu, il y a trois ans. C'est sous cette accusation que je remets et l'âne et le voleur entre vos mains. Faites qu'en attendant l'un et l'autre soient mis en lieu de sûreté. Je les confie à votre garde. Ce ne sont pas les agents de la police de Londres qui donneront, sans information, raison au voleur contre le volé. »

Job avait regardé autour de lui comme un homme qui voudrait essayer de la fuite.

« Je vous défends de bouger! » lui dit un policeman.

La rage de Job, en entendant ces paroles, passa toute description. Il se mit à jurer et à taper du pied ; il injuria M. Merton, en l'appelant de tous les vilains noms qu'il pouvait imaginer. Toutefois, il était aisé de voir que son assurance était plus factice que réelle ; sa voix était altérée par la peur encore plus que par la colère, et il n'osa pas une seule fois regarder son accusateur en face.

Les policemen s'étaient concertés du regard ; deux d'entre eux s'étaient placés de chaque côté de maître Job. M. Merton les pria de mener le prisonnier devant un tribunal de police où il se rendrait lui-même pour prouver la vérité de son accusation ; et, tranquille désormais sur ce qui allait arriver, il me confia au troisième agent. Ces mesures prises, M. Merton monta dans un cab, me laissant tout à fait abasourdi par la rapidité de tous ces événements.

J'étais tellement habitué au malheur que mon premier sentiment, en ne voyant plus ni mon maître ni ma maîtresse, fut une profonde terreur. Je craignais à tous moments que Job, qui ne manquait pas d'adresse quand il y allait de tromper son monde, ne trouvât moyen d'en imposer à la justice et ne m'infligeât ensuite quelque affreuse punition pour l'avoir trahi en suivant mes anciens bienfaiteurs. Mais je compris bientôt que, pour l'instant du moins, je n'avais rien à craindre : maître Job avait beau se débattre, il avait affaire à plus fort que lui ; il pouvait jurer et me maudire, mais rien de plus.

Il traversa la foule au milieu des huées et des cris des gamins qui l'accompagnèrent tout le long de la rue en l'appelant « voleur d'ânes ». Quant à moi, je suivis mon guide jusqu'au moment où, s'étant arrêté devant la porte

d'un des principaux tribunaux de police de Londres, cette
porte s'ouvrit. Avec quelle joie je la vis se refermer sur
maître Job et sur ses deux anges gardiens !

Je demeurai alors dans la rue, sous la surveillance de
mon protecteur taciturne. J'étais entouré d'une foule toujours croissante pour laquelle j'étais évidemment tout à la
fois un objet d'amusement et d'intérêt. J'entendis mille
versions plus saugrenues les unes que les autres sur l'événement dont j'étais le héros. Les histoires se fabriquent
vite dans les multitudes désœuvrées, et dans tout autre
moment elles m'eussent fort diverti ; mais mon sort était
loin d'être fixé et je ne prêtais qu'une médiocre attention
à toutes ces balivernes.

Le souvenir de Palmyre m'était revenu ; que dirait-elle,
la chère petite, en ne me revoyant pas où elle m'avait dit
de rester et que n'aurait-elle pas à craindre de la vengeance
de Job, quand elle se retrouverait en sa présence ? Que
n'était-elle restée avec moi, elle aussi ! Il n'eût peut-être
pas été plus difficile à M. Merton d'arracher une petite
fille qu'un âne aux griffes crochues de maître Job.

Après un quart d'heure d'attente, qui me parut une
éternité, un homme de la police s'approcha de celui qui
me tenait et lui dit très-vivement quelques mots parmi
lesquels je ne pus saisir que « charrette et âne. » Il se
fit un nouveau mouvement dans la foule ; les cordes et les
courroies qui m'attachaient à la charrette furent déliées
et je fus conduit vers une grande porte qui était si encombrée de curieux que j'eus peur et que je me refusai
d'abord à avancer.

« Voyons, Charlot, viens donc, me dit l'homme qui
m'avait tenu tout le temps ; n'aie pas peur, on ne te fera

pas de mal; ton vrai maître nous a recommandé d'avoir-bien soin de toi et de ne te rien refuser ; tu vas être un gaillard très-heureux. »

Encouragé par le ton de bonne humeur avec lequel il me parlait, et voyant surtout que les gens s'écartaient à droite et à gauche à la moindre parole de son camarade, je pris ma résolution et, franchissant la porte, j'entrai dans un large corridor pavé de briques sur champ comme la tour de notre château. Dans quel lieu étais-je? J'avais vu pis assurément, mais celui-ci avait quelque chose de particulier qui me serrait le cœur. Il me semblait qu'une fois dans ces murs tout espoir dût être perdu d'en jamais sortir, et plus d'une fois j'eus envie de rebrousser chemin : mais l'homme, tout en me menant doucement, me tenait d'une main ferme. La réflexion me vint d'ailleurs qu'après ce que j'avais enduré depuis plusieurs années j'étais mal venu à faire le délicat, et je fis appel à ma philosophie pour attendre avec résignation ce qu'il plairait à Dieu et aux hommes d'ordonner de mon sort. Bientôt une autre grande porte s'ouvrit à deux battants, et je me trouvai, à mon profond étonnement, dans une énorme salle remplie de gens assis sur des bancs, les uns au-dessus des autres, et qui semblaient commandés ou présidés par trois personnages imposants, vêtus de grandes robes noires et placés sur une estrade en face de tous les autres. Je restai ébahi à la vue de tant de têtes; d'autant plus qu'à mon entrée il s'éleva un murmure confus et que tous les lorgnons se fixèrent instantanément sur moi. Où étais-je? Dans un cirque? Non, ce n'était pas assez gai. Dans une salle de théâtre quelconque destinée à quelque exercice de moi encore inconnu? C'était vraisemblable, mais pourquoi ce public me considérait-il avec tant d'attention ? Allais-je jouer un rôle auquel rien ne m'avait préparé? Ma perplexité était extrême. Tous les souvenirs de ma vie foraine me revenaient en foule, et cependant quelque chose me disait : « Tu te trompes, Charlot. Il s'agit de tout autre chose que ce que tu as jamais vu. »

Un homme rompit enfin le silence, et d'une voix qui veut être obéie :

« Silence ! silence ! » s'écria-t-il.

Cela me donna le temps de me remettre, et j'entendis une autre voix plus grave que la première qui, s'adressant au public, prononça avec lenteur ces paroles mémorables :

« Messieurs, cette cause a des obscurités singulières. Cet homme, — et de la main il indiquait un individu dans lequel j'eus quelque peine à reconnaître maître Job tant sa figure était piteuse, — cet homme prétend que son accusateur se trompe, que l'âne que M. Merton l'accuse de lui avoir volé a toujours été sa propriété. Il croit que M. Merton n'a pas de témoins à lui opposer. Sur ce point, tout du moins, il va voir qu'il s'abuse.

Faites approcher l'animal en litige : si le résultat ne déjoue pas mon attente, messieurs, l'Ane va pouvoir nous aider à juger ici pour lui-même.

« Allons, maître Job, appelez l'Ane que vous prétendez avoir élevé et dressé. S'il est à vous, il ne pourra manquer de vous obéir. »

Je n'oublierai jamais l'expression sournoise du regard que Job me jeta dans cet instant solennel. Combien il différait de celui que m'avait adressé ma chère Rose quand elle m'avait reconnu dans la rue.

15

J'avais fini par tout comprendre ; nous étions devant un
tribunal, et le juge avait dit vrai : mon sort dépendait désormais de moi, et de moi seul probablement. Dans la pièce où
j'avais joué le rôle du roi avec Polydore pour ministre, il y
avait une scène qui ne manquait pas d'analogie avec celle-là.
Un grand coupable était amené devant moi. Il niait son
crime et Polydore, en lui arrachant une perruque, une
fausse barbe et un faux nez qu'il avait mis pour éviter
d'être reconnu, le démasquait complétement. Son identité
établie, je faisais un geste, et tous les soirs il montait à
l'échafaud. Mais c'est d'un jugement autrement sérieux
qu'il s'agissait. C'est égal, ce souvenir me revint fort à
propos pour m'aider à comprendre ce qui allait se passer.

CHAPITRE XVIII

« Allons, dit le juge, maître Job, appelez cet animal. »

Job étendant alors la main vers moi comme un ami serait en droit de la tendre à son ami, et avec une voix que je ne lui avais jamais connue, tant pour la première fois elle se faisait, en ce qui me concernait, insinuante et pleine de miel, Job me dit :

« Eh bien, Jacquot, est-ce que tu as peur de ces messieurs? Viens ici, mon petit Ane, viens voir ton maître pour qu'il te caresse, et dis à ces messieurs, en ne te faisant pas prier, que tu connais Job, qu'il est un bon maître, que tu n'en as jamais eu d'autre et que tu ne veux pas qu'on t'en sépare. »

En vérité, si je n'avais su quel monstre d'hypocrisie et de perversité j'avais devant moi, j'aurais pu me laisser prendre au ton pathétique et pleurard dont tout cela me fut dit, mais je n'eus garde, et sans le respect que m'inspirait l'assemblée, je me serais retourné dans mon indignation, et j'eusse lancé une ruade en plein visage à ce vilain homme. Mais je me contentai de faire celui qui ne sait pas ce qu'on veut lui dire et qui n'a jamais vu l'homme qui lui parle. Baissant la tête, et collant résolûment ma queue entre mes jambes, au lieu d'aller à lui, je fis un pas en arrière.

Quelle que fut la majesté du lieu, ma réponse muette fut accueillie par un éclat de rire qui partit à la fois de tous les coins de la salle, et ni la présence du juge, ni la voix de l'huissier ordonnant le silence, ne purent le faire cesser tout d'abord.

« Il est bien clair, se disait-on, que ce chenapan a eu l'Ane en sa possession, mais qu'il n'a sur lui aucun des droits d'un véritable maître. Voyez, tout dit dans le maintien de la pauvre bête qu'elle n'a qu'une crainte, d'être battue encore si l'on donne gain de cause à son faux maître. »

Le juge fit recommencer jusqu'à trois fois l'expérience.

Job, plein d'une rage concentrée, épuisa vis-à-vis de moi toute son astuce et toute son éloquence, mais en vain. Quels comédiens que les hommes quand ils s'en mêlent! La troisième fois, détournant la tête avec mépris, je ne daignai pas même paraître l'avoir entendu.

« Silence, messieurs, silence! » répéta l'huissier pour mettre fin aux applaudissements de l'assemblée enchantée de ce triple résultat.

« Qu'on introduise la jeune dame, fille de M. Merton, dit le juge.

— Votre tour est venu, madame, lui dit l'honorable magistrat, d'essayer de nous faire donner par cet Ane la preuve des faits que vous alléguez contre la partie en cause. »

Je vis alors ma chère maîtresse, appuyée sur le bras de son père, quitter un siége où je ne l'avais pas aperçue, et, toute rougissante, mais résolue, descendre au milieu de la salle du tribunal. Elle avait grandi. Elle était plus belle encore comme jeune femme qu'elle ne l'était comme jeune fille.

« Charlot! mon bon Charlot! » me disait-elle. Je dressai l'oreille aussitôt et tournai la tête vers elle. Tout mon être frissonnait de bonheur, tous mes chagrins étaient oubliés, et je me mis à braire comme jamais Ane, je crois, ne l'avait fait jusque-là. Dans ce braiement j'aurais voulu mettre mon cœur tout entier.

« Sapristi! c'est la trompette du jugement dernier, dit un spectateur à quelques pas de moi. L'*ut* de poitrine de Duprez et de Tamberlick n'était que de la petite bière à côté de ce cri-là. »

Trompette ou non, il faut croire que j'avais réussi, car ce fut dans toute la salle une incroyable explosion de hourrahs. Mon Dieu comme tout le monde rit, et que de visages heureux! Le juge lui-même et ses deux assistants, après avoir longtemps résisté, finirent par céder à la contagion et daignèrent, sinon rire comme tous les autres, du moins sourire avec grâce.

« Silence! silence! » s'écria l'huissier.

Le juge, s'adressant à maître Job : « Madame a appelé

cet Ane Charlot. Si cet animal n'eût jamais répondu au nom de Charlot, il n'eût pas subitement tressailli comme il l'a fait à l'appel de madame. Vous aviez changé son nom, sans doute, car vous l'avez, vous, appelé « Jacquot. »

— Il n'a jamais porté d'autre nom que Jacquot, répliqua effrontément maître Job.

— Cependant, reprit le juge, vous voyez qu'il répond de préférence au nom de Charlot. Vous n'avez pu, vous, obtenir aucun signe de reconnaissance sous le nom de Jacquot. »

Maître Job haussa les épaules.

« Qu'est-ce que vous voulez que ça lui fasse à cet animal qu'on l'appelle Charlot ou Jacquot? ça rime, il croit que c'est la même chose. Est-ce que vous croyez qu'il peut distinguer entre les deux ?

— Je vois, en tous cas, qu'il distingue parfaitement entre la voix de madame et la vôtre. » Et, se tournant vers les autres juges et vers le public : « L'expérience pourrait passer pour concluante, ajouta-t-il ; mais, pour qu'il ne reste aucun doute à personne, nous allons demander au témoin, dit-il en me regardant avec bonne humeur. une autre preuve. Il a bien parlé, s'il agit dans le même sens, la cause sera bien près d'être entendue. » E. s'adressant à ma maîtressse :

« Veuillez prier M. Charlot, madame, lui dit-il, comme l'a fait maître Job tout à l'heure, de venir jusqu'à vous. »

Comme pour Job, l'huissier me fit alors faire place nette devant le prétoire, et ma maîtresse, m'adressant son plus doux regard, me répéta ce qu'elle m'avait dit si souvent :

« Tu as été sage, Charlot, viens chercher ta récompense. »

Elle avait à peine parlé que, me dégageant brusquement des mains du policeman qui n'avait pas cessé de rester à mes côtés, et même le bousculant un peu, je fus, en deux bonds, auprès de ma maîtresse, frottant ma grosse tête et mon grand museau contre sa jolie main, lui soupirant à ma façon mon ravissement de la revoir et la suppliant, par tout ce qu'un Ane peut mettre dans son regard et dans son attitude, de me retenir auprès d'elle pour toujours. J'eus même alors une inspiration qui acheva de faire entrer la conviction dans l'esprit des juges. Pliant doucement les genoux, je me couchai à ses pieds comme eût pu le faire un chien aux pieds de sa maîtresse.

Les juges ni le public ne riaient plus, et j'ai entendu dire à M. Merton que, soit dans le tribunal, soit dans l'assemblée, chacun avait des larmes dans les yeux. Tout le monde se mouchait. Une affection vraie est chose si rare en ce monde, que, quand elle se rencontre, elle va au cœur des plus endurcis et fait taire jusqu'à la raillerie.

Il y eut un moment de silence, puis l'homme grave dit, avec un ton de bonté qui laissait voir tout l'intérêt qu'il prenait à mon sort :

« Je me déclare pleinement satisfait, madame. Nul témoin n'aurait pu parler en votre faveur comme vient de le faire la reconnaissance de ce pauvre animal. On ne peut douter que cet Ane ne soit celui qui vous a été dérobé il y a trois ans. Maintenant, ce qu'il nous reste à constater, c'est qui a commis le vol; et là-dessus je pense que le pauvre animal, malgré toute son intelligence, ne pourra pas, à lui tout seul, nous renseigner. Le

procès devra se poursuivre. En attendant, ajouta-t-il
en s'adressant à maître Job, c'est à vous de prouver,
par témoins véridiques, que vous avez légitimement
acquis le droit de propriété que vous réclamez sur cet
Ane ; et M. Merton devra prouver, de son côté, que
l'homme accusé par lui de lui avoir volé Jacquot est
réellement coupable de ce vol. Maître Job, on ira où vous
voudrez quérir vos témoins, mais vous n'êtes plus libre.
Vous resterez donc entre les mains de la justice. Quant à
M. Merton, c'est affaire à lui de produire les siens. »

Job était livide de fureur.

« J'accepte, dit-il d'une voix sourde.

— J'accepte aussi, dit M. Merton.

— Que l'Ane se retire, » dit le magistrat.

Puis il se retourna vers maître Job, qui se tenait silencieux, mais les traits crispés par la fureur entre ses deux
agents de police, et ordonna qu'il fût reconduit à la
prison.

Pour moi, je n'avais saisi dans tout ceci qu'une chose :
c'est que tout n'était pas fini, et que j'allais peut-être,
comme maître Job, être reconduit en prison, et par conséquent séparé de nouveau de ma maîtresse, en attendant
l'issue du procès.

J'avais tellement cru ma cause gagnée, ces lenteurs de
la procédure me paraissaient si injustes et si inexplicables,
que toutes mes espérances me semblaient par ce retard
anéanties. Dans mon ardent désir de ne pas quitter ma
maîtresse, j'oubliai même tout à fait que j'étais dans une
Cour de justice et qu'en ma qualité d'Ane bien élevé et
d'Ane anglais j'étais tenu de me soumettre, comme tous
les citoyens de la noble Angleterre, aux lois de mon pays.

J'engageai donc résolûment une lutte avec l'homme qui me tenait et me cabrai, afin d'aller rejoindre ma maîtresse que son père avait reconduite à sa place. Exaspéré de ma résistance, mon gardien commençait à perdre son sang-froid, et mes affaires allaient peut-être se gâter par ma faute, si ma maîtresse, voyant que mes efforts pour me libérer dérangeaient toute la Cour, ne s'était dirigée vers moi.

« Je le vois bien, mon pauvre Charlot, tu as peur qu'on ne nous sépare encore, mais sois tranquille, tout ce qui se passe est pour ton bien. Monsieur ne te veut pas de mal : obéis-lui donc comme à moi-même et suis-le partout où il voudra te mener. » Prenant alors ma bride d'une main et m'ayant caressé de l'autre : « Courage, et un peu de patience encore, » me dit-elle. Et, cédant ma bride à mon gardien : « Je crois qu'il vous suivra maintenant, lui dit-elle. Va, Charlot, va avec Monsieur, et sois sage. Allons, à bientôt, nous nous reverrons dans quelques jours pour ne plus nous quitter. »

Que pouvais-je faire, sinon de suivre ses conseils ? Je me laissai emmener à la fourrière. En traversant le long corridor qui y conduisait, je retournai plusieurs fois la tête pour essayer de la voir encore, mais elle avait disparu.

Une foule presque égale à celle qui m'avait accompagné m'attendait à ma sortie, pressant mon conducteur de mille questions sur le résultat du procès. Tout le monde parlait si vite et si haut que je ne compris pas grand'chose à ce qui se disait, mais j'en saisis assez toutefois pour être très-heureux. Je compris que j'allais bientôt être rendu à mes bons maîtres, et qu'en attendant je resterais sous la garde de mon guide, dont la douceur m'avait

déjà si fortement disposé en sa faveur. Je compris aussi,
d'après ce que j'entendis, que le résultat du procès dépendait en grande partie du témoignage d'un homme que
l'on supposait m'avoir vu très-peu de temps après que
j'avais été enlevé. Ceci me trotta la cervelle, et, tout en
me rendant à mon domicile avec mon conducteur, je me
creusais la tête pour me retracer tous les événements qui
s'étaient passés depuis trois ans, et tâcher de me rappeler
si quelqu'un aurait pu me reconnaître dans l'état de dé-
gradation où m'avait mis l'infâme toilette que m'avait fait ·
subir Job, aussitôt après m'avoir volé. C'était en vain.
Je ne pouvais trouver dans mes souvenirs un seul ami
qui pût me servir de témoin. Tout à coup je me rappelai
l'ouvrier Milh, que j'avais rencontré sur la route le jour
de mon enlèvement, et à qui j'avais gardé rancune de
n'avoir pas essayé alors de me délivrer. Qui sait ? Il allait
peut-être comparaître et certifier que maître Job était
bien l'homme qu'il avait interpellé sur la route, monté
sur un Ane dont il avait cru reconnaître la voix ; peut-
être contribuerait-il ainsi à me tirer à tout jamais d'es-
clavage.

Cette espérance, si invraisemblable qu'elle fût, me
soutint pendant les longs et tristes jours que dura l'instruction, jours d'autant plus longs que je n'avais rien au
monde à faire qu'à réfléchir mélancoliquement sur mon
avenir. Non que je fusse mal dans ma demeure présente :
j'avais amplement à boire et à manger ; mais, dans les
derniers temps, j'avais été si accoutumé à mener une vie
d'activité et de mouvement, que je me lassai de rester des
heures debout, attaché à une mangeoire, bien garnie il est
vrai, mais sans personne à qui causer, si ce n'est quelques

camarades de raccroc, comme moi condamnés à une ré-
clusion momentanée. Tous nous avions nos chagrins, et
tous nous aurions certainement eu quelque chose d'inté-
ressant à nous raconter ; mais nous préférions nous ren-
fermer en nous-mêmes et garder au fond du cœur nos
craintes et nos espérances. Tous nous attendions avec
impatience l'arrêt qui devait statuer sur nos destinées.
Ah ! si j'avais eu Palmyre, à défaut de ma première amie,
à mes côtés ! Si le bon vieux Thomas eût été là ! Si....
Mais madame la Pie elle-même eût été bien embarrassée
de me tenir sur ma situation quelques-uns de ces sages
discours qu'elle avait dépensés trop souvent en pure perte
pour me forcer dans mon jeune âge à réfléchir.

J'eus le temps de penser à tout, même au vieux lapin,
même à ma capricieuse voisine, madame la chèvre, même
aux hérissons du pied du saule, même au bouquet de
violettes du premier déjeuner que j'avais fait à table et
que j'avais si candidement mangé. En somme, ce souvenir
est bon. Il n'est de jours morts que les jours oubliés.

Toutefois, un point noir flottait toujours à l'horizon.
Maître Job était un madré fripon ; il ne reculerait devant
rien pour tromper la justice. Un faux témoin pouvait être
plus facile à recruter pour lui, dans sa bande, qu'un véri-
dique ailleurs par l'honnête M. Merton. Qu'allait inventer
Job pour lui en imposer ? Quand ces tristes réflexions
s'emparaient de moi, je tombais dans de telles défaillances
que je laissais du foin et même de l'avoine dans ma mangeoire.

Les jours s'écoulaient. Je ne voyais pas revenir ma
maîtresse et je commençais à me décourager. Était-il
possible qu'à bout d'efforts elle m'eût abandonné ? Allait-

elle me remettre entre les mains de mon affreux ravisseur ?
Pourquoi m'étais-je laissé emmener du tribunal ? J'aurais
dû rester obstinément aux côtés de Rose et de son père, et
ne pas les perdre de vue jusqu'au moment où je me serais
retrouvé avec eux dans les prés verts de ma jeunesse.

XIX

CHAPITRE XIX

Vains et inutiles regrets ! Je pouvais maugréer tout à mon aise, cela ne changeait rien à mon sort. Quand l'esprit s'est tourné une fois vers une idée absurde, il est bien rare que pour jamais il l'abandonne. Si jamais Ane avait été payé pour savoir combien il est difficile à un animal de son espèce de se tirer d'affaire dans la vie en s'y aventurant sans guide et sans soutien, c'était moi. Eh bien, avec la trop souvent stupide opiniâtreté qui nous distingue, j'étais encore assez sot pour me dire que, si seulement je pouvais réussir à casser la bride qui me retenait dans le box, je m'échapperais de l'écurie pour ne plus m'arrêter que quand j'aurais rejoint mes amis.

Casser la bride ; il semble à tous les gens qui sont ou se croient opprimés que cela réponde à tout, suffise à tout. Soit, la bride est cassée, vous n'avez plus de frein, vous n'avez plus de mors, vous n'avez plus de guide. De quel côté allez-vous tourner vos pas ? Vous n'en savez rien. Eh bien, mon brave homme, gardez votre bride, rongez votre frein s'il est dur, mais ne vous en séparez pas, si, une fois libre, incapable de bien user de votre liberté, vous ne pouvez que tomber de fièvre en chaud mal.

Il me fut, grâce à Dieu, impossible de mettre cette fois à exécution mon inepte désir, car cette nouvelle escapade n'aurait pu avoir pour moi que des conséquences aussi funestes que les premières. Tout ce que je gagnai à mes tentatives d'évasion fut de me faire plus strictement surveiller par mes gardiens. Mes gardiens, comme je les détestais ! et comme c'était injuste ! N'ai-je pas su depuis que les braves gens n'avaient jamais joué auprès de moi que le rôle de protecteurs et de sauveurs. Aussi rien ne me chagrine-t-il plus maintenant que d'entendre mal parler des constables et des policemen. Que l'on en dise ce que l'on voudra, pour moi je maintiens que la plupart sont de beaux hommes, très-courageux, qui s'acquittent avec honnêteté et bravoure d'un métier utile et nécessaire entre tous à coup sûr, souvent bien difficile à faire, et dans l'exercice duquel ils ne récoltent trop souvent que l'ingratitude.

Mais revenons à moi. J'étais debout, plongé dans des réflexions qui commençaient à prendre une tournure funèbre, lorsqu'un jour la porte de mon écurie, — je l'appelais mon cachot, — s'ouvrit vivement. Le bruit d'un pas un peu lourd, mais précipité, se fit entendre. Croyant que

c'était, comme toujours, un des hommes qui venait faire
son service, et qui, bien à tort, se pressait, parce qu'il
se serait cru en retard, je ne me donnai même pas la
peine de tourner la tête. Fou que j'étais! Avais-je donc
désormais le droit de me défier de la Providence? Une
large main se posa sur ma croupe : non brutalement,
comme cela nous arrive trop souvent de la part des gens
qui croient que les Anes sont insensibles à tout, mais
avec l'intention évidente de faire de cet avertissement
amical une caresse ; et une bonne vieille voix qui ne
m'était pas inconnue, bien que je ne démêlasse pas tout
d'abord où je l'avais entendue, me dit :

« Retourne-toi donc, mon pauvre Charlot. Est-ce là
l'accueil qu'on fait à un vieil ami? Ah! Charlot, qui
m'aurait dit que nous nous retrouverions dans un endroit
areil! En prison, toi! Où est le temps, mon pauvre ami,
où tu étais si fringant? Est-ce que tu aurais oublié le pré
de la mère Christine et ton vieux Thomas, dis, Charlot? »

Thomas! c'était le vieux Thomas. Bien que l'éloge
qu'il faisait de mon passé ne fût pas flatteur pour le présent, je me retournai tout d'un élan. La vanité passe,
Dieu merci, mais le souvenir d'une vieille amitié ne se
perd pas. Je fis bientôt à Thomas un tel accueil qu'il ne
put pas douter du plaisir que j'avais à retrouver en lui le
premier ami de ma jeunesse, celui dont le nom était lié à
tout ce qui avait été pour moi le bon vieux temps.

« A la bonne heure, me dit Thomas, à la bonne heure,
Charlot! Les années nous ont changés tous les deux, mais
pas assez encore pour qu'on ne se reconnaisse pas. J'ai
vieilli, j'ai fatigué ; toi aussi, mon pauvre Charlot, tu
n'es plus ni le petit Criquet de la mère Christine, ni le

triomphant Charlot de Mlle Rose. Je ne parviendrai pas,
en huit jours, à rendre à ton poil usé par-ci par-là et
hérissé par endroits le lustre d'autrefois. Mais sois tranquille, je n'y épargnerai pas ma peine et je te ferai de si
belles toilettes, je t'étrillerai si bien, que nous parvien-
drons, je l'espère, à refaire de toi le baudet sans pareil
dont tout le district était si fier. »

Pauvre Thomas ! il m'avait connu fat, orgueilleux
même, il tâchait de me prendre par les endroits sensibles
de mon ancien caractère. C'était plus de soins qu'il n'était
nécessaire. J'allais donc lui être confié, être étrillé par sa
main amie ! Je n'en demandais pas davantage ! A côté de
cela, tout le reste ne m'était plus rien.

« C'est donc fini? » demanda un homme de police qui,
entré avec Thomas dans l'écurie, s'était mis en devoir de
me détacher.

— Oui, ça s'est décidé il y a quelques heures, répondit
Thomas ; un drôle de procès, n'est-ce pas?

— Ma foi, le plus drôle que j'aie vu, répondit l'agent,
et ce n'est pas peu dire, car nous en voyons, Dieu sait,
de toute sorte. Sans cet Ane, il y a dix à parier contre un
que votre maître aurait perdu sa cause. L'homme qui
l'avait volé a fini par conter une histoire, ma foi, assez
vraisemblable ; mais celle de ce pauvre bourriquet à la
première audience avait été autrement bien dite. Il fallait
voir ça. C'est une de ces choses qu'on n'oublie pas. Plus
d'un homme avait les yeux humides et ne s'en défendait
pas. Quant au juge Wilson, je ne l'ai jamais vu si intéressé à une cause, ni si ému. Cet Ane est un témoin de
premier ordre, et je le préférerais pour cette fonction à la
moitié des hommes que je connais. »

Cet éloge flatteur fit grand plaisir à Thomas, car il me
caressa de nouveau et beaucoup plus tendrement que la
première fois, et il me dit :

« Pauvre Charlot! comme il va être content de retrouver tous ses amis! »

— Et comment s'est terminé le procès? demanda
l'agent; j'avais bien envie d'en entendre la fin, mais
après que le voleur eut raconté sa fable, ordre m'a été
donné de me tenir prêt à ramener l'Ane pour le cas où
une nouvelle comparution serait redevenue nécessaire. Je
suis revenu dare dare à l'écurie; mais il paraîtrait qu'on
a pu se passer de lui?

— En ce qui concerne Charlot ça n'a pas été long,
répondit Thomas. Personne n'avait plus de doute que
l'Ane ne fût celui de M. Merton. Ce qui restait à savoir,
c'était si son prétendu maître l'avait volé oui ou non, ou
acheté seulement du voleur primitif. Heureusement que
Mihl, un des ouvriers de M. Merton, avait rencontré, le
jour même du vol, Job monté sur Charlot. Mihl avait tout
de suite cru reconnaître notre Ane à sa façon de chanter
et à toute sa tournure, quoique ce bandit de Job l'eût,
paraît-il, déguisé et peinturluré d'une façon étonnante.
Mihl et le voleur s'étaient même pris de querelle sur la
route à ce propos; mais le chenapan avait jugé plus prudent de partir au galop que de tenir tête à Mihl, et Mihl,
de son côté, ne se sentant pas tout à fait sûr de son fait,
n'avait pas osé l'arrêter. Cependant il en avait eu du
regret; car, après m'avoir raconté la chose à sa rentrée au
château, il m'a dit plus d'une fois : « J'ai eu tort de ne pas
mettre la main dessus. Bien sûr, c'était là l'organe de
Charlot. Mais que voulez-vous? un Ane qui de noir est

16

devenu tout à coup gris et rouge, ça ne se voit pas tous les jours. J'ai eu peur de faire une bêtise et de me mêler de ce qui ne me regardait pas. »

« M. Merton étant absent, il y avait eu pas mal de temps perdu. Quand il fut de retour et qu'on donna l'alarme, maître Job avait bel et bien décampé du pays avec sa bande, et jusqu'à ce jour on n'avait plus entendu parler de rien. C'est égal, c'est étonnant comme à la longue tout finit par se découvrir. Un meurtre ne se cache pas, dit-on ; j'en dirais, ma fine, autant du vol. Pour en revenir à l'histoire, vous comprenez que, dès que notre maîtresse a eu rattrapé notre Charlot, la première chose qu'on a faite a été de faire venir Mihl. Confronté avec Job, il a certifié reconnaître en lui l'homme à l'Ane qu'il avait rencontré sur la route. Amené ce matin à votre écurie, il a tout de suite reconnu notre Charlot entre tous les autres, et ça sans avoir même besoin de lui parler. Joint au reste, c'en était assez; mais ce qu'il y a eu de bien plus étonnant que l'histoire de Charlot retrouvé, c'est ce qui, au moment où on y pensait le moins, s'est découvert tout à la fin ! En voilà un miracle... »

Thomas aurait continué son récit, mais malheureusement l'agent avait été dans ce moment-là appelé par un de ses chefs, et Thomas en resta là. Thomas avait suivi l'agent pour lui en dire la suite sans doute, et je crois aussi pour se désaltérer un peu. Toujours est-il que, quand il revinrent, je n'entendis plus que ces mots de Thomas :

« Et voilà comment le jugement a été rendu sur les deux points, sur l'Ane et la demoiselle, en faveur de notre maître. »

En ce qui concernait l'Ane, les dernières paroles de Thomas étaient claires; c'était de moi qu'il s'agissait, bien sûr. C'était bon pour un point. Mais quel pouvait être le second point que mentionnait Thomas, de quelle demoiselle avait-il pu être question en même temps que de moi, qui pût intéresser mon maître? Je m'y perdais. Mais à quoi bon me creuser la cervelle. J'étais libre, j'allais être rendu à M. Merton et à ma maîtresse, le reste n'était plus mon affaire.

Thomas continua de jaser tout en me faisant un bout de toilette, et malgré moi je continuais de songer à l'heureux résultat de ce procès. Ce qui m'intriguait par-dessus tout, c'était que ce fourbe de Job ne fût pas parvenu à trouver quelque invention et à suborner quelque individu de son espèce pour prolonger les indécisions de la justice. Enfin, me disais-je, tout est pour le mieux; les scélérats ne pensent pas toujours à tout, et c'est bien heureux pour les honnêtes gens.

Ici je soupirai si profondément que Thomas s'arrêta court dans ce qu'il disait à l'agent pour me regarder en souriant :

« Je voudrais bien savoir ce que pense cet animal, dit-il, il a toujours eu une manière à lui ; pour ma part, je suis persuadé qu'il comprend chaque mot que nous disons. S'il pouvait s'expliquer, peut-être bien qu'il nous conterait des histoires étonnantes. »

Étonnantes! Je ne dis pas non, mais bien tristes, à coup sûr, mon brave Thomas. Les hommes, avec toute leur supériorité sur nous, ne sauront jamais tout ce qui se passe au fond du cœur des pauvres bêtes! Quand ces-

sera-t-on de considérer notre silence comme une preuve
de notre inintelligence et de notre insensibilité ? Je
n'aime pas les mouches, elles sont trop agaçantes, mais
je suis sûr qu'il y en a de très-tendres et de très-spiri-
tuelles.

XX

CHAPITRE XX

La liberté était pour moi une chose si nouvelle, que je
ne pouvais, malgré l'évidence, me croire réellement hors
de l'atteinte des mauvais traitements de l'homme que,
depuis trois ans, j'avais été contraint de regarder comme
mon maître ; et quand Thomas me fit enfin quitter ma
prison, quand je me retrouvai encore une fois dans les
rues de Londres, je ne pus me défendre d'un reste d'effroi :
je croyais entendre à chaque coin de rue l'affreuse voix
de ce coquin et voir sa main prête à se poser sur ma
bride.

« Allons, Charlot, allons, dit Thomas de ce ton rassu-
rant qu'il prenait autrefois avec moi, n'aie donc pas peur,

personne ne te fera de mal. Ton voleur est en prison pour
longtemps, et, il faut l'espérer, pour toujours. Il s'est révélé à l'audience un méfait de lui, pire encore que celui
dont il s'était rendu coupable envers toi, et qui lui
assure du cachot à perpétuité. En voilà une histoire?
Mon Dieu! est-ce extraordinaire comme à la fin tout se
dévoile! »

Thomas avait bien envie de me la conter, son histoire,
et j'aurais été très-disposé à l'entendre, mais il supposa
sans doute qu'il n'aurait pas en moi un auditeur assez
attentif. Comme son récit avait tourné court sur ce propos,
je ne remarquai pas assez ces dernières paroles de Thomas.
Ce ne fut que plus tard qu'elles me revinrent à la mémoire et que je sus combien il m'eût intéressé d'apprendre
dès lors tout ce que Thomas aurait pu me raconter. Pour
le moment, j'étais tout entier à la pensée de ma déli-
vrance. Si l'on veut bien se rappeler ce que j'avais souf-
fert, on me pardonnera peut-être cet instant d'égoïsme.
Quand je vis que nous passions d'une rue à l'autre sans
aucun encombre, que je pouvais marcher devant moi sans
trembler toujours, sans cligner de la paupière comme
quelqu'un qui a le soleil ou un gourdin devant les yeux,
je repris peu à peu confiance et courage, et je commençai
à croire à la réalité de mon bonheur. Tout est relatif en
ce monde : il est tel être arrivé à ce point de misère que,
pour lui, l'idéal de ses rêves se réduise à n'être plus roué
de coups de bâton. Cet idéal, je le possédais. Le système
d'éducation de Thomas n'avait rien, grâce à Dieu, qui pût
me rappeler celui de Job; tant que Thomas serait là, je
pouvais être rassuré. Je relevai donc le pas, et Thomas satisfait me fit un compliment qui prouvait que jusque-là

mon allure ne l'avait pas rendu très-fier. « Je te reconnais
enfin, me disait-il, c'est là ton pas, Charlot! Mais tout à
l'heure, à ta mine penaude, tu avais l'air d'un de ces pauvres diables d'Anes qui ne sont pas sûrs de leurs quatre
pieds. » Après une assez longue marche à travers les
rues, nous arrivâmes enfin à une gare de chemin de fer.

« Allons, l'ami, dit Thomas en me tapant amicalement
sur la croupe, il s'agit maintenant de ne pas donner à rire
à nos dépens. Tu vas voir des choses qui en ont étonné
bien d'autres et entendre des bruits étranges. J'espère bien
que tu vas me faire honneur et te conduire en bête raisonnable. Tiens, écoute! voilà un des bruits que je t'an-
nonçais. »

Et, en effet, j'entendis un affreux grondement, une sorte
de rugissement, pire que celui qu'une bête féroce quelconque eût pu pousser. A mesure qu'il se rapprochait, le
bruit devenait de plus en plus formidable. D'aigres siffle-
ments s'y mêlèrent bientôt, et Thomas lui-même recula
de quelques pas en voyant s'avancer, comme sur nous, une
énorme et noire machine qui vomissait à la fois le feu et
la fumée. Un monstre gigantesque, en proie à d'horribles
convulsions intérieures et sur le point de rendre le dernier
soupir, n'aurait pas eu l'apparence d'une agonie plus terrible.

« Qu'est-ce que tu dis de cela, Charlot? reprit Thomas;
et il me tourna la tête du côté du train qui entrait en gare
en lâchant sa brûlante vapeur. Cela brait plus fort que toi,
cet animal-là, hein, mon gars? »

Je ne l'entendais que trop, ce grincement assourdissant
que fait toute locomotive ramenant derrière elle un long
convoi, comme pour protester contre la violence qu'elle

subit lorsque le mécanicien veut amortir et arrêter trop
subitement son élan. Mais Thomas me prenait pour un
autre, et son Criquet des temps passés en avait vu depuis
leur séparation de tant et de tant de sortes, que le vacarme d'une honnête locomotive rentrant à l'écurie n'était
pas pour lui causer le moindre émoi. N'avais-je pas vu la
plupart des chemins de fer du royaume ? Sur ce point-là
j'aurais pu en remontrer à mon pauvre Thomas. Que de
fois, quand j'étais en faction devant les stations des campagnes où maître Job allait déverser les divers produits
de son industrie ou de ses vols, pour les envoyer à quelques affiliés de sa bande, que de fois je m'étais demandé
ce que c'était que ces grands animaux de fer qui, jour et
nuit, arpentent le pays, traînant à leur suite des charges
incommensurables, sans seulement avoir l'air de se douter
de leur poids ; qui ne montrent de fatigue ou d'humeur
qu'à leur arrivée, et qui ne manifestent leur dépit que par
des accès de toux à démolir vingt mille poitrines. Ce qui
m'étonnait le plus en elles, c'est qu'elles mangeassent toujours en courant. Je me demandais aussi quelle saveur
elles pouvaient trouver à se nourrir toujours et toujours
de feu et de charbon. Ce que j'ai le plus envié aux loco-
motives, c'est la dureté de leur peau, à l'abri des coups
de fouet et de gourdin. Mais avoir peur d'elles, non vraiment. Leur marche est sans caprice, et d'une régularité à
laquelle aucun quadrupède ne peut prétendre ; elles ne
sortent jamais de la route qu'on leur a tracée. Quand elles
déraillent, ce n'est jamais par leur faute. Bref, rien n'est
plus facile que de s'en garer.

Tout fier de montrer à Thomas combien il s'abusait,
je secouai les oreilles avec une parfaite indifférence et me

dirigeai dignement vers le couvert où la machine exhalait un véritable nuage de blanche vapeur.

« C'est bien, Charlot, me dit le bon Thomas, très-bien; nous ne sommes plus ombrageux, je le vois. »

Et, me flattant de la main avec satisfaction, il me conduisit devant une grande cage qui ressemblait, moins le confortable, à un wagon et dont la porte était toute grande ouverte.

« Puisque tu es un brave, ajouta-t-il en me désignant l'entrée de la cage, j'espère bien que tu ne feras pas de façons pour entrer là-dedans. Est-ce que cela ne vaut pas mieux d'aller en voiture que d'en traîner une, et de faire en une demi-journée un chemin qui demanderait deux jours à nos jambes, et retarderait d'autant notre arrivée chez M. Merton ? Donc, Charlot, en route : ceci est le wagon des ânes et non pas celui des fumeurs, ne vous y trompez pas. Monsieur Charlot, j'espère qu'arrivé au pays vous serez fier de raconter aux amis que vous avez voyagé comme les lords et les ladies. »

A vrai dire, la perspective ne me ravissait pas. J'avais vu bien des chemins de fer, mais par le fait je n'étais jamais monté en wagon que le jour où l'on m'avait dû ramener de mon ascension dans un état de faiblesse et d'ahurissement qui ne me permettait pas trop de me rendre compte de ce qu'on faisait de moi. Le chemin des Anes, avec Thomas pour compagnon, eût donc mieux fait mon affaire. Je me rappelais le peu de satisfaction que j'avais ressenti à changer au cirque de *** mon rôle de monture contre celui de cavalier, quand mon maître avait fait son fameux pari avec l'athlète son vainqueur, et je ne trouvais rien de séduisant dans l'idée de voyager dans cette boîte. Mais il n'y avait pas à reculer. Dans un wagon voisin étaient déjà montés des bœufs et des moutons. Il ne serait pas dit que ce que ces animaux pouvaient faire, un Ane, qui avait été le compagnon de l'éléphant Polydore et de Mlle Zoé, ne le ferait pas. Fermant donc les yeux pour me donner du courage, je me jetai plutôt que je ne montai dans le compartiment des Anes seuls, où ma place avait été retenue.

« C'est un coupé-lit, me dit Thomas qui était décidément en humeur de plaisanter, et même un coupé-restaurant. De la litière fraîche et du foin. Par-dessus le marché, tu pourras voir du pays par la portière, tout en mangeant. Heureux Charlot! que d'Anes voudraient être à ta place et même, hélas! que de pauvres piétons! »

Thomas avait évidemment raison. D'ailleurs, retarder volontairement d'une heure notre arrivée au château eût été un crime. J'avais toujours trouvé Thomas un ami sûr et dévoué. Me méfier de lui eût été une sottise. Je me résignai donc. Thomas me donna à comprendre qu'il ne lui était pas permis de prendre place dans mon compartiment; il me dit : « Au revoir, » me promettant de venir demander des nouvelles de ma santé et prendre mes ordres à chaque temps d'arrêt. Il était devenu gouailleur, mon vieux Thomas. Son nez n'avait pas blanchi. La portière se referma sur moi. C'en était fait. C'était une nouvelle expérience à ajouter à tant d'autres ; mais c'était la dernière. Quand j'avais faim et soif de nouveauté dans mon enfance, je n'avais certes pas prévu qu'un jour viendrait où j'aurais, de tout ce que j'avais souhaité, par-dessus la tête. L'homme, dit-on, n'est jamais content de son sort.

Sous ce rapport comme sous bien d'autres, l'homme et l'âne évidemment ne font qu'un.

Bientôt un coup de sifflet se fit entendre, puis un cri, puis un ébranlement, la machine se mit à tousser avec précipitation, ma prison mobile se balança de droite à gauche; si je ne m'étais pas arc-bouté solidement sur mes quatre jambes, je me serais brisé les membres contre les parois de ma loge. La vitesse, modérée d'abord, s'accrut promptement, et je me sentais emporté avec une rapidité telle, qu'il me semblait que tout s'envolait sur le passage du train : les arbres, les maisons, les rivières, les animaux dans les prairies, tout me semblait pris de vertige et fuir à notre approche avec une vitesse surnaturelle. La vue ne pouvait se fixer sur aucun objet; ce qui était là tout à l'heure, une seconde après avait disparu. J'eus des velléités de mal de mer. Mais peu à peu mon cœur se raffermit, je me fis à ma prison sonore et commençai même à trouver quelque charme à cette façon de voyager.

Thomas me tint parole; trois ou quatre fois pendant le trajet, aux stations, je vis sa bonne figure m'apparaître. Grimpé sur le marchepied, il m'apportait quelque friandise et m'offrait dans un seau ce qu'il appelait un verre d'eau sucrée. « Comment allons-nous ? me disait-il. Bien, je le vois. Bravo ! il ne te manque plus que de faire une traversée en mer pour être un voyageur complet. »

Une traversée en mer! l'idée seule m'en faisait frissonner. Quitter le plancher des Vaches pour aller disputer le prix de la course sur mer aux poissons n'avait rien qui me tentât.

Un peu fatigué par la monotonie du mouvement et comme bercé par le bruit et la sourde trépidation de ma cage, je finis par m'y endormir, et je fis, ma foi, un bon petit somme. Je rêvai ; et je rêvai par parenthèse que mon éducation s'achevait par un voyage maritime qui devait me faire faire le tour du monde tout entier ; je croyais être sur un paquebot, quand la porte de ma cage s'ouvrit. C'était toujours la bonne figure de Thomas. Pour cette fois, il tenait son chapeau à la main d'une façon très-respectueuse, et tirait le pied en arrière ; c'était sa plus belle manière de saluer dans les jours de cérémonie :

« Excusez-moi, dit-il, monsieur Charlot, si je me permets d'interrompre votre sommeil, mais tout a une fin dans ce monde, et notre voyage étant à son terme, je crois que vous ne m'en voudrez pas de vous apprendre que nous sommes arrivés. »

Arrivés, où ?

Il est clair que maître Thomas lut ma question dans mes yeux.

« Arrivés chez nous, à la maison de M. Merton, chez mademoiselle Rose, aujourd'hui madame de Winkel, pour vous servir. Est-ce clair, maître Charlot, et me ferez-vous l'honneur de vous remettre promptement sur vos quatre jambes pour que je puisse vous reconduire dans votre ancien appartement ? »

Je ne fis qu'un saut du wagon sur le trottoir de la gare. Arrivés ! et chez nous ! chez ma bonne maîtresse ! Ah ! c'était trop de bonheur !

En un clin d'œil nous sortîmes de la gare. J'allais si vite que le vieux Thomas, essoufflé, me criait :

« Là, là, un peu de calme. As-tu le diable au corps, Charlot, ou vas-tu prendre le mors aux dents ? »

Au bout de dix minutes de marche, vous auriez pu d'une lieue entendre le plus beau braiement qu'un Ane ivre de joie ait jamais modulé. C'était à la vue de la chère maison qui avait abrité mon jeune âge, que ce cri de l'âme m'était échappé.

« Tu reconnais la maison, me dit Thomas, et tu es content? Va, mon garçon, un peu de joie t'est bien permise. Le retour de l'Enfant prodigue a dû être pour lui comme pour les autres un jour de fête. Chante, saute, gambade un peu, dilate-toi le cœur, fais-toi du bien, je comprends tout ça; à ta place, j'en ferais autant. »

La vérité est que je me livrais à toutes les démonstrations que Thomas venait de décrire. Le vieil Ane avait disparu et j'étais redevenu subitement le jeune bourriquet du temps jadis. Mon vieux Thomas se frottait les mains.

« Ça fait plaisir tout de même de voir de bonnes bêtes. Ton contentement me va au cœur, Charlot. Qui est-ce qui disait donc que, si jamais tu revenais, tu ne reconnaîtrais ni rien ni personne ? »

Oui, qui est-ce qui avait pu le dire ou seulement le penser?

Je reconnaissais chaque pouce de terrain; chaque pas faisait lever sous mes sabots comme une volée de joyeux et frais souvenirs. Ah ! que c'est bon ! ah, que c'est beau, la maison maternelle ! Qu'étaient tous les palais de Londres à côté?

La grille était ouverte. J'échappai à Thomas. Devant

moi était l'avenue qui conduisait au perron et sur le
perron se tenaient ma maîtresse, son père et le jeune
et beau monsieur que j'avais vu à Londres et qui n'était
autre que son mari. En un temps de galop je fus auprès
d'eux.

XXI

CHAPITRE XXI

J'étais fou. Dans mon délire je me roulai à leurs pieds et fis deux ou trois culbutes et cabrioles si extravagantes que ma chère maîtresse, son mari et son père, entraînés par ma belle humeur, sans doute, furent obligés de s'asseoir sur les marches du perron pour rire plus à leur aise. C'étaient de vraies perles qui sortaient du gosier de ma gentille maîtresse. Je retrouvai, dans ces rires frais et sonores de la jeune femme, ceux de la jeune fille d'autrefois; Rose n'avait pas changé, elle était aussi gaie, aussi tendre, aussi bonne que jadis.

« Ma foi, ma chère Rose, dit son mari, tu avais raison. Cet Ane n'a pas son pareil, et ce que je regardais comme

le plus singulier des caprices qu'une femme aussi sensée
d'ailleurs que toi pût avoir, c'est-à-dire ton affection extraordinaire pour cet animal, est pleinement justifiée. »

Se levant alors et prenant la main de sa femme, il vint
à moi et me fit presque autant fête que ma maîtresse elle-
même.

« J'espère, monsieur Charlot, me dit-il, que vous me
permettrez d'être tout de suite et sans façon de vos amis,
et que le mari de votre maîtresse aura bientôt une part
dans votre cœur. »

Bientôt? c'est tout de suite qu'il eût pu dire, le brave et
charmant jeune homme.

Le tour de M. Merton était venu. Il descendit à son
tour.

« Vous êtes une bonne créature de Dieu, Charlot, me
dit-il. Vous voilà redevenu membre de la famille Merton.
Le temps des folies a passé pour vous. Je suis sûr que
vous n'aurez plus d'autre idée désormais que de vivre
honnêtement parmi nous. »

Un « hi-han » énergique me tint lieu de réponse. Si
j'avais fini par entendre la langue de mes maîtres, ils
avaient fini par comprendre et supporter celle de leur pauvre Charlot.

Ce n'est pas tout; ma maîtresse fit un signe, et sur ce
signe on amena deux beaux, deux ravissants bébés auxquels
on me présenta. On me fit caresser par eux, on les assit
tous les deux à la fois sur mon dos pour leur apprendre à
ne pas avoir peur de leur nouvel ami. Après quelques
moments d'hésitation, ils s'y trouvèrent si bien que je les
entendais rire et battre des mains et bégayer à qui mieux
mieux des : « Bonjour, Charlot ! » qui ne tombaient pas

dans le cœur d'un sourd. Je fis avec eux le tour de la pelouse, la mère tenant le plus jeune, puis je les ramenai à leur père tout près de l'escalier.

La joie ne tue pas, car je serais mort sur les marches de ce perron. Et quand ma maîtresse me mena elle-même au pré de mère Christine où j'avais passé près de ma pauvre mère mes premières années, quand j'eus revu la place où si souvent elle m'avait nourri de son lait, mon cœur se fondit de nouveau. Elle n'était plus de ce monde, ma pauvre mère ! mais sont-ils morts ceux dont on se souvient avec tant de tendresse ? Décrire une à une toutes mes émotions serait impossible. Je galopai d'abord tout autour de notre pré, puis je me roulaï avec une joie folle sur l'herbe fleurie. Après les premiers élans, je me relevai pour contempler dans tous leurs détails ces lieux, ces horizons si connus. Dans chaque branche de la haie je revoyais un ami : le grand saule, le ruisseau et ses eaux limpides étaient encore là, et il me sembla que les oiseaux qui chantaient si gaiement dans les fourrés célébraient, eux aussi, ma rentrée au logis.

J'étais donc chez moi; mieux que cela, chez nous. Le chez nous, le chez soi, ah ! que ceux qui ne l'ont jamais perdu se gardent de lui être infidèles.

En me couchant sur la place même d'où si longtemps ma mère avait surveillé les premiers pas de mon enfance, je sentis mon cœur déborder en reconnaissance indicible.

Biquette était dans le pré voisin avec un demi-douzaine de petits biquets charmants. Quatre belles vaches m'étaient venues souhaiter la bienvenue, et leurs grosses têtes au-dessus de la haie me jetaient déjà des regards de bonne amitié. Turc, le chien du berger, donnait joyeusement de

17

la voix; les notes en étaient devenues plus graves et moins
criardes. Elles ne me faisaient plus peur. Je sentis que
j'allais être entouré d'amis.

Je pensai alors aux paroles de ma chère mère et de Mme la
Pie, quand elles entreprenaient de me prémunir contre
l'entêtement, la présomption et la fatuité qui m'empê-
chaient d'apprécier mon bonheur. Combien elles avaient

raison l'une et l'autre contre la sottise impertinente de ma
présomptueuse jeunesse. Pourquoi m'avait-il fallu tant de
temps pour arriver à résipiscence?

« Oui, pourquoi? » me répéta une voix que je crus
être celle de ma conscience elle-même, mais qui n'était
autre que celle de Mme la Pie, Mme la Pie qui évidemment

avait lu ma pensée au fond de mon regard. Chère bonne
Pie! la vraie institutrice de mon enfance, elle était là, là
pour mon retour. C'est elle qui m'apprit que la fin de la
vie de ma mère avait été douce. Elle s'était endormie
dans le devoir, elle avait espéré jusqu'au dernier jour que
je reviendrais dans le pays. « Ce n'est bien sûr pas sa
faute, disait-elle, s'il n'est pas déjà de retour. On le re-
tient. » Quand elle avait senti sa fin arriver, elle m'avait
recommandé aux soins de son amie et lui avait fait promettre de ne pas me quitter une fois que je serais rentré
au bercail.

« J'avais fini par aller demeurer près d'elle à la ferme,
me dit Mme la Pie; c'est là, c'est à ta mère que j'étais le
plus utile. Le vieux Thomas pouvait à toute force se passer
de moi. Mais, après la mort de Christine, je suis revenue
auprès de lui. Nous demeurons ensemble et il s'en trouve
bien, le vieux Thomas. Il me laisse libre pendant le jour.
Je rentre le soir, je soupe avec lui, et le matin il est content que je le réveille en lui disant: « Bonjour, Thomas, »
comme ne manquait pas de le faire feu Mme Thomas, qui
était toujours la première levée. Je fais mon premier déjeuner avec lui; après quoi il va à son travail et moi je
vais à mes affaires. Au château, on ne m'appelle plus que :
« la femme à Thomas ! » Et cela lui fait plaisir au brave
homme. « Le fait est, dit-il, que, depuis le retour de
Margot, je ne suis plus tout à fait veuf. » — Je le crois
bien, ajouta Mme la Pie, je ne lui laisse pas le temps de
s'ennuyer! A ses moments perdus, il m'épluche des noix;
dès que je le surprends à quitter sa bêche, j'arrive avec
une noix dans le bec. J'en ai des provisions dans tous les
coins. Il sait ce que je veux dire, tire de la poche de son

gilet le couteau de feu Mme Thomas et le voilà à l'œuvre.
Pendant qu'il me casse et m'épluche la première, j'en ai
été chercher une seconde, puis une troisième, et puis une
autre et après cette autre d'autres encore. Cela n'en finit
pas. Je fais semblant de ne pas pouvoir m'en rassasier.
J'en mange à me rendre malade, — mais j'ai atteint mon
but : le moment d'aller au cabaret est passé. — Thomas

retourne à son travail aussi content et le nez moins rouge
que s'il avait bu. Avec ce système, je n'ai presque jamais
besoin de lui crier : « Pense à ton nez ! »

« Le secret de rendre les hommes heureux, disait
Mme Thomas, c'est de ne les laisser jamais à rien faire. »

J'en eus long à raconter à Mme la Pie. Les Pies, cela

veut tout savoir. Mais il fut convenu que je ne lui dirais
mon histoire qu'en gros, ce jour-là, et que pour les détails
je ne les lui raconterais que peu à peu, à mesure que
nous en aurions le loisir. Ce sont, je crois, les récits que
j'en ai faits successivement à ma vieille amie qui, en me
forçant à me rappeler tous mes souvenirs, m'ont donné la
première idée de les publier un jour.

« Enfin, me dit Mme la Pie, pour résumer cette première conversation, tu étais parti fou, tu reviens sage ;
tout n'a donc pas été en pure perte.

— Advienne que pourra, madame la Pie, lui dis-je avec
conviction, ce ne sera pas ma faute désormais si je perds
de nouveau le repos que j'ai si miraculeusement retrouvé.

— Je te crois, Charlot, je te crois, et au nom de ta
mère je t'absous. Mais tu dois avoir besoin de dormir, tu
dois être fatigué des émotions de la matinée, il faut se
reposer de tout, même du bonheur ; va te coucher. Un
bon somme te fera du bien. »

Ce fut sur cette bonne parole qu'elle me laissa. Je passe
insensiblement des souvenirs et de l'examen du passé au
plus doux sommeil que j'eusse goûté depuis de longues
années. Le soir venu, je quittai le pré, je rentrai « chez
moi. » Oh ! le bon gîte ! Tout y était à souhait pour ma
commodité. La nuit fut aussi douce que la journée.

La plus grande des surprises m'attendait au réveil, et
certainement une des plus vives émotions qu'il pût m'être
donné d'éprouver après toutes celles de mon retour.

Je vous donne en mille à deviner qui était entré dans
mon box avec ma maîtresse, le lendemain matin, pendant
que je dormais encore ? la Providence voulait assurément
mettre le comble à ma félicité, que je croyais pourtant
bien complète dès la veille. Oui, devinez qui j'aperçus à
côté de ma maîtresse, quand je rouvris les yeux à la lumière du ciel après une nuit pleine de rêves enchantés ?

Mais je n'ai pas le droit de vous faire languir, lecteurs
trop bienveillants. C'était la brave et chère petite fille,
compagne de mes misères sous la tyrannie de maître Job,
et de nos exploits involontaires. C'était l'être qu'après
ma maîtresse j'avais le plus le droit et le devoir d'aimer,
assurément : c'était Palmyre !

Pendant la dernière partie de ce long récit, j'ai pu
quelquefois paraître l'avoir oubliée. Croyez bien pourtant
que l'image de sa chère petite figure avait toujours été
présente à mon cœur au milieu des dernières péripéties

que je viens de raconter. Que sera-t-elle devenue ? me
disais-je. Job est en prison ; en quelles mains la destinée
l'aura-t-elle fait tomber? Si de braves gens avaient pu la
recueillir, douce, adroite et courageuse comme elle est,
leur bonne action eût trouvé bientôt, dans les qualités de la chère petite, sa récompense ! Mais les âmes
que la charité remplit ne se rencontrent pas tous les
jours à point, sur les pas des malheureux, — et mon
cœur se serrait à la pensée des nouvelles vicissitudes
auxquelles elle pouvait avoir été livrée par sa mauvaise
fortune.

Quand je l'aperçus, quand je la vis, ses petites mains
croisées sur le bras de ma chère maîtresse et ses grands
yeux fixés sur moi, attendant mon réveil et se demandant
peut-être si, m'étant si bien souvenu des autres, j'aurais
été pour elle seule ingrat et oublieux, je crus que je continuais à rêver. Comment ! par quel nouvel et prodigieux
miracle de la Providence ma chère petite Palmyre avait-
elle échappé tout d'abord, elle aussi, à son tyran, et
comment surtout pouvait-il se faire que nous nous trou-
vassions réunis dans la demeure de M. Merton? C'est ce
que j'appris bientôt, et de Palmyre elle-même et de M. Merton, et du vieux Thomas, et aussi des conversations que
j'entendis entre M. Merton et son gendre, et ce que je
vous redirai tout à l'heure, après vous avoir raconté
d'abord comment se passa cette première entrevue « dans
mon appartement. »

Il avait, paraît-il, été fait un petit complot de silence
entre ma maîtresse et Palmyre. Mes deux maîtresses s'é-
taient mis en tête de me laisser faire tous les frais du
premier entretien. Elles m'avaient, je l'ai dit, trouvé

encore couché tout de mon long et encore endormi sur la
litière de ma belle écurie, et s'étaient placées à quelques
pas de moi dans la lumière de la porte, appuyées l'une sur
l'autre comme deux sœurs bien unies. Les yeux fixés sur
moi, elles n'ouvrirent pas la bouche et ne firent pas un
mouvement.

Était-ce un songe? Était-ce une réalité? En tout cas
c'était un tableau charmant. Si j'avais pu, comme messieurs les hommes, me frotter les yeux pour m'assurer que
j'étais pour de bon éveillé, c'eût été le cas assurément, car
je n'en pouvais croire leur témoignage. Palmyre, là, devant
moi, non plus bizarrement et mal vêtue comme j'avais eu
coutume de la voir, mais dans la toilette simple et riche
d'une jeune enfant de la meilleure société, non plus
agitée, fébrile et inquiète comme elle l'était toujours,
quand la pensée de maître Job absent ou présent pesait
sur sa vie et sur la mienne, mais calme, réfléchie, attentive, attendrie, les yeux pleins d'une sorte de félicité
grave; était-ce bien ma petite Palmyre, ou n'était-ce qu'une
autre jeune enfant qui, par un hasard extraordinaire,
avait avec elle une de ces ressemblances auxquelles il est
presque impossible de croire? Je m'adressais rapidement
toutes ces questions, je passais du doute à l'espérance, je
la dévorais des yeux. Parler, pardon, braire m'eût été
impossible, tant mon cœur battait fort dans ma poitrine.
Je me soulevai pour la mieux voir, d'abord sur une de mes
jambes de devant, puis sur l'autre, rapprochant ma tête
de sa vue, puis je me levai tout à fait et m'approchai lentement à petits pas de ces deux figures chéries, dont l'immobilité et le mutisme entretenaient mes incertitudes.
Quand je fus tout près de Palmyre, je mis, comme on dit.

mes yeux dans ses yeux. J'aurais voulu lui crier : « Mais
parle donc, Palmyre ! » Mes regards le lui disaient du
reste. Mais, fidèles à leur complot, elles attendaient.
J'ai dit que les mains de ma petite amie étaient croisées
sur le bras de ma maîtresse. Je les flairai, je les
léchai comme l'eût fait un chien, je les baisai comme
l'eût fait un ami dont le cœur ne demande qu'à déborder.

L'épreuve était, grâce à Dieu, à son terme. Soudain les
bras de Palmyre, se détachant de celui de ma maîtresse,
s'enlacèrent autour de mon cou, et je pus enfin pousser
un de ces soupirs qui dégagent les poitrines, et qui chez
moi étaient suivis comme forcément par un de ces éclats
de voix formidables qui mettaient toujours ma grande
maîtresse en gaieté.

« C'est bien heureux, dit Rose, je n'y pouvais plus
tenir, il fallait rire ou pleurer. »

Palmyre alors m'accabla de caresses, sa nature vive et
pétulante avait repris ses droits. Elle bondissait autour de
moi comme un petit chevreau. De temps en temps je tournais mes regards vers ma chère maîtresse avec un sentiment que l'on doit comprendre et qu'elle comprit en
effet.

« Ne te gêne pas, Charlot, me dit-elle, je ne serai pas
jalouse. Aime ta Palmyre, devenue notre Pauline à tous.
Elle m'a raconté tous les épisodes de votre amitié ; tu
serais un ingrat si tu ne l'aimais pas tendrement, et je
serais une sotte si je ne te laissais pas l'aimer. Va, je sais
bien que ce n'est tout de même pas tout à fait la même
chose. »

On me fit faire ma toilette par Thomas, et il fut décidé

que la journée s'ouvrirait par une promenade à trois
dans le bois. Ce fut dans cette promenade d'abord que
j'appris ce qu'il me reste à vous faire savoir, c'est-
à-dire comment Palmyre et ma maîtresse se trouvaient
réunies.

XXII

CHAPITRE XXII

On n'a pas oublié, j'ose le croire, que mon procès avait eu deux actes : le premier où j'avais figuré avec tant de succès, et un second qui s'était passé hors de ma présence et pendant que j'étais retenu à la fourrière. Ce second acte du procès, comme les quelques mots de Thomas au policeman eussent dû me le donner à penser, avait été plus émouvant encore que le premier, par la péripétie inattendue qu'il avait amenée au profit de Palmyre. On se souvient que cette seconde audience devait avoir pour but de faire entendre les témoins que M. Merton, d'un côté, et que maître Job, de l'autre, auraient à produire pour édifier définitivement la conscience du tribunal. J'ai dit que l'ouvrier Milh était intervenu en ce qui me concernait; mais Job, craignant d'être accablé par ce témoignage, avait eu, comme je l'avais prévu, l'impudence de lui en opposer un autre, et cet autre il avait cru que, grâce à la terreur qu'il inspirait à Palmyre, ce pouvait être celui même de Palmyre. Après lui avoir fait la leçon et ordonné de déclarer au juge que j'étais né d'une ânesse qu'elle avait connue et qui faisait partie de la troupe de maître Job, que, par conséquent, j'étais de mère en fils sa propriété, il avait eu la stupide audace de la menacer des plus durs châtiments et même de mort si elle bronchait d'un seul mot à l'audience.

Pendant huit jours, Palmyre avait refusé de se prêter à cet indigne mensonge, et les pires traitements n'avaient pu lui faire promettre qu'elle consentirait à paraître devant la justice; mais, le matin même du jour où devait avoir lieu l'audience, Job avait, à sa grande joie, trouvé Palmyre convertie à ses idées et résolue à se présenter devant le juge. Job crut que Palmyre était vaincue par la crainte de ce qui l'eût attendue en cas de refus définitif. Job se trompait. Palmyre avait réfléchi. Elle s'était dit que c'était une occasion unique pour elle d'éclairer la justice, non-seulement sur ce qui me concernait, mais encore sur son propre passé à elle, et avait décidé que, quoi qu'il pût en advenir et dût Job la tuer si le tribunal, refusant de la croire, la remettait en son pouvoir, elle ferait un effort pour faire enfin connaître toute la vérité sur maître Job et sur ses deux victimes.

Palmyre était intelligente et vaillante. Ce qu'elle s'était proposé de faire, elle le fit.

Lorsque Job eut récité pour son compte la fable qu'il

avait imaginée pour expliquer ma naissance et ses droits de propriété sur moi, il demanda qu'on entendît la déposition de Palmyre, qui pourrait témoigner des mêmes faits dont, selon lui, elle avait connaissance.

Le juge l'admit à être entendue, quoiqu'elle n'eût pas l'âge, mais à titre de renseignement seulement.

L'entrée de Palmyre, son maintien doux et ferme avaient tout d'abord prévenu l'auditoire en sa faveur, et chacun s'étonnait qu'une gentille enfant comme elle eût un lien quelconque de parenté avec un chenapan comme maître Job; car il faut dire que maître Job avait déclaré que Palmyre était la fille d'une de ses sœurs.

La première question que le juge posa à Palmyre fut celle-ci :

« Êtes-vous la nièce de maître Job, et l'Ane qu'il réclame est-il sa propriété? »

Palmyre se recueillit un instant, et, levant une de ses petites mains au ciel pendant que de l'autre elle comprimait les battements de son cœur, elle dit, d'une voix claire et pénétrante, ce qui suit :

« Je jure devant Dieu qui m'entend, devant ce tribunal qui veut bien m'écouter, que l'animal que mon maître appelait Jacquot n'est pas plus l'Ane de maître Job que je ne suis sa nièce. Nous sommes, Jacquot et moi, deux malheureux, volés par ce vilain homme. Dût maître Job me tuer à la sortie de l'audience, comme il m'en a menacée si je ne l'aidais pas dans ses impostures, j'ai résolu de ne dire que la vérité, et je la dis. »

L'effet de cette déclaration inattendue fut telle sur le tribunal et le public, que chacun se leva pour mieux voir la courageuse enfant qui venait de la faire.

Quant à Job, oubliant toute prudence et montrant le
poing à sa victime, il rugit contre elle de telles et de si
ignobles injures, que le président du tribunal ordonna aux
agents de l'autorité publique de lui imposer silence, fût-ce
par la force. Deux mains vigoureuses s'appesantirent sur
les épaules du coquin et le clouèrent sur son banc. Il
paraît qu'il écumait de rage et que son visage bouleversé
passait du rouge-bleu au pâle avec une telle violence,
qu'on crut qu'il allait être frappé d'un coup de sang.

« Mon enfant, dit le juge quand le calme fut rétabli, ce
que vous dites contre cet homme est bien grave. Mainte-
nez-vous la vérité de ce que vous venez d'affirmer?

— Je la maintiens, dit Palmyre avec l'énergie calme
que le sentiment d'un devoir accompli lui inspirait, je la
maintiens !

— Pouvez-vous prouver votre déposition?

— En ce qui concerne Jacquot, oui, dit-elle, j'étais
assez grande alors pour ne rien oublier. »

Et elle raconta comment j'étais arrivé sous la tente
des bohémiens, ce qu'on avait fait pour me rendre méconnaissable; elle indiqua l'année et le mois où les faits
s'étaient accomplis. Toute sa déposition sur ce point cor-
respondait parfaitement avec les dires de M. Merton, de
ma maîtresse et de Milh.

« Mais, reprit le juge, pour ce qui vous regarde?

— Pour ce qui me regarde, dit la malheureuse enfant
en fondant en larmes, j'ai peur de ne pas pouvoir satisfaire la justice, car le fait de mon enlèvement remonte bien
loin dans ma triste vie, et j'étais toute petite alors. J'ai
fait de vains efforts pour me rappeler le nom de ma mère
et de mon père, comme celui du pays où ce misérable Job

m'a arrachée à eux. Tout ce que je sais, c'est que c'était
sur le bord de la mer. Je jouais sur la plage, où ma gouvernante m'avait conduite; ma gouvernante s'était assise
sur le sable, où elle voulait me retenir à ses côtés, moi
je voulais courir et chercher des coquillages; je profitai
d'un moment où ma gouvernante s'était endormie et je
m'éloignai d'elle beaucoup plus qu'il n'eût fallu, puis
j'allai me cacher derrière une estacade et des bateaux.
Tout à coup, Job que je n'avais pas aperçu et qui était
couché sur le rivage, se dressa devant moi, me jeta sur
la tête un drap, je ne sais quoi, une couverture; je me
sentis emportée. Je me trouvai bientôt dans un trou noir
au fond d'un bateau. Le bateau partit, en rejoignit un
autre qui était plus grand, où Job retrouva d'autres bohémiens comme lui. On m'ôta ma robe, on me coupa les
cheveux, le bateau navigua pendant plusieurs heures, et
quand on aborda je fus tout de suite emmenée, portée
dans une maison sale et puante, où il y avait beaucoup
de gens horribles, qui parlaient tous une langue que je
ne comprenais pas. A force de coups et de mauvais
traitements, je parvins par la suite à apprendre cette
langue, l'anglais, et je l'appris même si bien, n'en
entendant jamais parler d'autre, que je finis par oublier celle que je parlais quand j'étais auprès de mes
parents.

— Mais, dit le juge, si vous ne savez ni le nom de vos
parents, ni celui du pays où s'est passée la scène que vous
venez de nous raconter, pourriez-vous nous dire du moins
quelques-uns des mots que vous prononciez dans votre
enfance? Comment appeliez-vous vos parents quand vous
leur parliez?

— Je les appelais *papa* et *maman,* répondit Palmyre ;
je n'ai pas oublié cela.

— Évidemment cette enfant est Française , dirent les
juges. »

Il paraît que M. Merton s'était montré singulièrement
attentif à tous les détails de cet interrogatoire. Il demanda
d'une voix émue au juge, qui la lui accorda, la permission
d'adresser une question à Palmyre.

« Ma petite demoiselle, lui dit-il, quel âge croyez-vous
que vous aviez quand vous fûtes ravie à votre famille ?

— Je ne le sais pas au juste, dit Palmyre, mais je crois
que je devais avoir trois ou quatre ans. Ce que je sais,
c'est qu'il y a sept ans que je suis au pouvoir de Job, et
je crois bien que j'ai dix ans, onze ans peut-être.

— Vous appeliez-vous Palmyre avant d'être avec Job ?
dit M. Merton qui paraissait de plus en plus ému.

— Non, dit Palmyre, oh ! non, et je n'ai jamais aimé
ce nom-là. Dans le commencement, je ne voulais pas répondre quand on me le donnait, mais il m'a tant battue
que j'ai fini par faire tout ce qu'il voulait.

— Pourriez-vous vous rappeler le nom que l'on vous
donnait avant d'avoir accepté celui de Palmyre ?

— On m'appelait la petite Pauline, et on nommait mon
petit frère le petit Paul.

— Paul et Pauline ! s'écria M. Merton dans un état d'a-
gitation qui ne lui était pas habituel. — Monsieur le juge,
si je ne me trompe, Dieu replace sous mes yeux , dans
cette pauvre enfant volée, l'enfant de ma propre sœur. Ma
sœur était mariée en France, à un Français qui avait été
le correspondant à Paris de la maison de banque de mon
père. En l'année de ***, Mme Henrard, ma sœur, quitta

Paris avec ses deux enfants, deux jumeaux, garçon et fille, qui s'appelaient, précisément parce qu'ils étaient jumeaux, Paul et Pauline. L'époque indiquée par cette enfant correspond à celle du voyage qu'avait dû faire ma sœur en Angleterre. Elle n'avait pas pris la route directe de Paris à Londres, et avait passé par la Belgique où un de nos frères, établi en Allemagne, lui avait donné rendez-vous à Ostende pour s'embarquer avec elle. Notre père, dont la santé s'affaiblissait, avait voulu, une fois encore avant de mourir, voir la famille réunie dans notre maison de Londres. Mais l'arrivée de notre frère ayant été retardée, ma sœur fut obligée de l'attendre pendant près de trois semaines dans un hôtel d'Ostende, l'hôtel Fontaine.

« Nous apprîmes subitement par un télégramme que ma pauvre sœur ne pouvait pas quitter Ostende. Sa fille avait disparu, un jour que sa gouvernante l'avait conduite toute seule sur la plage, pendant que ma sœur était retenue à l'hôtel pour veiller à la santé du petit Paul, qu'une indisposition avait alité. Je quittai Londres immédiatement sur le reçu du télégramme. J'arrivai à Ostende. Ma sœur, dont la santé n'était pas forte, était en proie à une douleur affreuse. Quand j'arrivai, la coupable gouvernante qui avait laissé voler la petite fille, effrayée de sa responsabilité, avait disparu. Il fut impossible de retrouver ses traces ni celles de l'enfant. Pauline avait-elle été volée ? s'était-elle noyée ? Toutes les suppositions étaient possibles, mais toutes les recherches que je fis et fis faire pour éclaircir ce fait furent vaines. La maladie de ma sœur, loin de diminuer, s'aggrava; les médecins déclarèrent qu'elle avait une fièvre cérébrale. Dix jours après

18

la disparition de sa fille, sans avoir repris connaissance, sans avoir pu m'aider d'aucun indice, elle mourait. »

Sur ce mot, un cri déchirant se fit entendre :

« Maman est morte ! Je ne verrai plus jamais, jamais maman ! Que Job me remporte, qu'on me mette en prison ! Je ne vivais que pour la retrouver. Je veux mourir ! »

Ces dernières paroles de Palmyre furent étouffées sous les baisers de M. Merton et de ma bonne maîtresse. L'audience fut suspendue.

On devine le reste.

Les soins de son oncle et de sa cousine avaient fini par calmer la douleur de Palmyre. Maître Job, atteint et convaincu de rapt d'enfant, avait été bel et bien condamné à la déportation à perpétuité.

M. Merton avait ramené la pauvre orpheline, désormais sans famille, à sa maison de campagne, pendant que Thomas m'y ramenait moi-même. J'ai dit orpheline ; car après la perte de Pauline, le père de Paul, demeuré veuf, avait bientôt vu son dernier enfant Paul, le frère jumeau de Palmyre, dépérir et puis mourir, et le chagrin de se trouver seul au monde l'avait tué à son tour.

Toutes ces tristes nouvelles, apprises coup sur coup, avaient donné à Palmyre l'empreinte d'une précoce maturité. Je ne lui avais revu qu'une seule fois, le jour où elle m'avait retrouvé, un de ces accès de pétulance enfantine qui, même sous la domination de Job, reprenaient le dessus quand il faisait quelque absence et nous laissait en tête-à-tête.

Elle avait demandé à porter le deuil de ses parents, et fut bientôt chérie de M. Merton à l'égal de son propre

enfant. Elle venait me voir tous les jours. Souvent nous
partions ensemble pour faire quelque promenade dans le
bois. Pauline ne venait jamais sans un livre ; quand nous
avions trouvé un coin bien retiré, elle me laissait libre,
s'asseyait sur la mousse et lisait.

« Je suis bien heureuse, mon pauvre Charlot, me dit-
elle, le jour de notre première promenade, mais je ne
parviendrai jamais à être gaie. Le travail seul me fait
oublier mes chagrins. Je travaille donc. J'ai tant à rattraper, tant à apprendre, et aussi tant à oublier pour devenir digne de ma bonne Rose et de mon cher oncle ! Je
suis une petite compagne bien ennuyeuse maintenant, mon
pauvre Charlot ; mais tu as de bons moments avec les
autres, les petits enfants de Rose sont plus amusants que
moi. Il me semble pourtant que tu viens assez volontiers
avec ta pauvre Pauline. Tu es une bien bonne, une bien
honnête bête, va ! Dieu devrait te donner la parole. Je
suis sûre que tu me dirais de si bonnes choses. Mais sois
tranquille, je sais de reste que nous nous comprenons ; tu
es mon plus vieil ami, et je sens bien que je puis compter
sur toi. »

Comme elle lisait dans mon cœur, la chère enfant !

Grâce à Dieu, la jeunesse a des forces qui s'ignorent ;
le droit d'être heureux ne se périme jamais tout à fait pour
elle. J'eus à diverses reprises le plaisir de constater, qu'en
dépit de ses prévisions, Pauline, rentrant peu à peu dans
sa vraie nature, ne tarderait pas à renaître, même à la
gaieté. Mme la Pie, précisément peut-être parce que Pauline
n'était point en garde contre une si petite influence, aida
beaucoup à cette métamorphose. Sa vivacité, l'originalité,
la prestesse de ses allures commencèrent par distraire,

puis par amuser Pauline. Margot s'était éprise tout de
suite d'une vive sympathie pour elle ; elle mettait une
sorte de coquetterie à attirer son attention, elle sentait
qu'elle pouvait être une diversion agréable aux mélancolies
de la pauvre enfant, et partageait ses soins entre elle et
son mari Thomas. L'histoire des relations de Margot avec
le vieux jardinier, leurs dialogues qui avaient pour Pauline tout le piquant de la nouveauté, les habitudes de ce
singulier ménage, la sévérité avec laquelle cette seconde
femme de Thomas veillait sur la tempérance de son mari,
la soumission pleine de bonhomie de celui-ci devant les
plus durs rappels à l'ordre d'un simple oiseau, avaient eu
presque tout de suite le don de dérider Pauline. Il n'était
pas rare que, sous un prétexte ou sous un autre, elle
s'arrangeât pour assister au déjeuner du vieux jardinier.
Quand Thomas essayait de boire au delà de quatre verres
à ce repas, Mme la Pie, à qui feu Mme Thomas avait
appris à compter jusqu'à quatre, mettait d'un ton cassant
son véto au cinquième verre par un : « Prends garde à
ton nez, Thomas, » si péremptoire, que le brave homme
interloqué s'arrêtait net devant l'injonction de son mentor
emplumé. Ce spectacle avait d'abord arraché un sourire à
Pauline, sa répétition invariable l'avait insensiblement
menée jusqu'au rire. Le dernier nuage de tristesse qui
obscurcissait encore l'esprit et le cœur de ma petite amie
ne se dissipa toutefois qu'à la suite d'un épisode qui égaya
longtemps tous les hôtes du château, et c'est ici le cas de
raconter comment tout l'honneur de cette gaieté dut re-
monter finalement jusqu'à Mme la Pie.

Très-admirée, très-enviée de toutes les Pies du voisinage, Mme la Pie avait, sans y viser, prétendait-elle, fait

école parmi toutes les Pies des environs. C'était parmi ces
bavardes à qui prendrait exemple sur elle et, pendant ma
longue absence, il était résulté de cette émulation de Pie
civilisée à Pie sauvage, un fait assez plaisant pour les
gens du château, sinon pour Thomas lui-même. Mais ce
fait étonnait surtout les étrangers, qui, n'en connaissant
pas du tout la cause, ne parvenaient pas à se l'expliquer.

A force d'entendre répéter à Thomas par la Pie du
château les fameuses apostrophes de feu Mme Thomas à
son mari : « Pense à ton nez, Thomas! Thomas, ton nez
rougit! » toutes les générations de Pies qui étaient nées
depuis quelques années, à dix lieues à la ronde, s'étaient
approprié cette singulière objurgation. Or il arriva que,
dans l'été qui suivit mon retour, la famille Merton offrit
l'hospitalité, pour toute la belle saison, à un ancien ami
d'enfance de M. Merton, sir Thomas Brown. Cet excellent
homme était un savant naturaliste, un des membres les
plus laborieux et les plus zélés de la Société zoologique de
Londres. Il avait l'habitude de se lever avec l'aurore et
de faire à pied, solitairement, des promenades matinales,
qu'il consacrait à étudier sur nature les curiosités d'histoire naturelle que pouvait lui offrir le pays. Arrivé très-
gai, il était devenu peu à peu singulièrement rêveur et si
distrait ou peut-être si préoccupé, qu'emporté par le
goût de l'étude, il rentrait quelquefois à jeun et harassé,
après des courses sans fin, pour l'heure du dîner seulement.

« Tu te rendras malade, lui disait M. Merton; à notre
âge, il faut des repas réguliers. Qu'est-ce qui peut bien
te retenir si longtemps et t'entraîner si loin dans nos
bois et dans nos campagnes? aurais-tu trouvé quelque Pie

au nid d'un. genre à part, digne d'occuper un savant tel que toi ? »

M. Merton ne savait pas si bien dire.

Sir Thomas Brown subissait en silence les admonestations de son ami, si bien que devant ce mutisme qui ne lui était pas habituel, M. Merton avait fini par être inquiet ou tout au moins fort intrigué.

La vérité est que sir Thomas Brown l'était infiniment plus que lui.

Mais on ne devait savoir que plus tard le secret de ses courses effrénées et de son attitude de plus en plus songeuse et taciturne. Bon convive autrefois et aimant à allonger le repas devant une bouteille de vin fin, au moyen de quelques dissertations scientifiques qu'il savait rendre intéressantes, à présent, dès qu'il avait mangé, il s'excusait, se levait de table et remontait, dare dare, dans sa chambre.

« Tu te tueras de travail, lui criait M. Merton ; griffonner du papier, s'exténuer dans des bouquins, tout de suite après avoir mangé, c'est malsain ! »

Sir Thomas Brown l'entendait, mais il ne répondait pas et n'en grimpait que plus vite les deux étages qui conduisaient à sa retraite.

« C'est à n'y rien comprendre, s'écriait M. Merton ; lui, si vivant d'ordinaire, si bon convive ! La science en a fait un vrai sauvage … »

Un matin, et à l'heure même du déjeuner, sir Thomas Brown qui, à l'étonnement de toute la famille, n'était pas sorti ce jour-là, descendit en chantonnant ses deux étages et, au premier coup de cloche du déjeuner, il fit une entrée radieuse dans la salle à manger. Son regard était brillant.

« J'ai une faim de loup ! s'écria-t-il.

— A la bonne heure ! répondit gaiement M. Merton,
je retrouve enfin mon Thomas. »

Le déjeuner fut plein d'entrain, M. Brown mangea
comme un ogre et demanda à son ami qu'on fît monter
une bouteille d'un certain vin de derrière les fagots qu'il
appréciait beaucoup.

« Bravo ! s'écria M. Merton. »

Quand le thé fut servi pour les dames, quand le porto
fut servi pour les messieurs : « Et ce n'est pas tout, dit sir
Thomas : j'ai enfin, mes bons amis, à vous révéler aujour-
d'hui la raison de mes fugues mystérieuses. Croyez qu'il
m'en a coûté de me taire si longtemps.

— On t'écoute, dit M. Merton ravi. Rose te donne la
parole, Pauline ne t'interrompra pas, mon gendre va allumer son cigare, il me passera du feu pour allumer le
mien, les enfants vont aller jouer au jardin ; nos oreilles
sont à toi ! parle, ton auditoire t'appartient.

— Mes amis, dit sir Thomas Brown, si vous m'avez vu
si différent de moi-même depuis mon arrivée, c'est que
j'étais à la recherche d'un problème si extraordinaire,
d'un phénomène si nouveau, si inattendu, si inouï, que,
ma foi, avant de l'avoir mille fois vérifié, constaté et con-
trôlé, le repos ne m'était plus possible. Eh bien, c'est
chose faite !

« Des expériences sûres, nombreuses, positives m'ont
convaincu que je n'étais pas la dupe d'une illusion, que
j'étais en face d'une de ces irrécusables réalités qui sont
faites pour bouleverser toutes les notions acquises sur la
matière. Grâce au ciel et à ma persévérance, ma conviction est enfin arrêtée, j'ai enfin l'esprit libre de tout doute,

mon cerveau est dégagé d'un poids énorme, et je vais
vous dire en long et en large de quoi il s'agit, ce qui
depuis un mois a absorbé mes veilles à ce point que j'ai
craint plus d'une fois de devenir fou ou enragé.

« Vous autres oisifs et gens d'affaires, rien ne vous
frappe que ce qui touche à vos loisirs ou à vos intérêts ;
mais, pour nous autres hommes de science, tout fait qui
se présente avec un caractère anomal nous entraîne
à sa suite, nous passionne et finit par faire de nous ses
esclaves.

« C'est le lendemain même de mon arrivée chez vous,
mon ami, à ma première sortie, qu'a commencé, dans le
bois même qui borde votre étang, l'étonnement, la stupéfaction dans laquelle vous m'avez vu plongé depuis tantôt un mois.

« Je me promenais, ce matin-là, les mains dans mes
poches, regardant tantôt par terre pour y découvrir quelque insecte, tantôt en l'air pour y voir voltiger quelque
oiseau, quand un bruit d'ailes avait frappé mon oreille ;
pour tout dire, je flânais sans but, rien que pour flâner,
lorsque du haut d'un arbre j'entendis distinctement tomber
d'aplomb sur moi, sur moi « *sir Thomas Brown* » ces
paroles : « Prends garde à ton nez, *Thomas ! Thomas,*
« ton nez rougit ! »

« Que mon nez rougît, cela n'avait rien qui pût m'étonner. Hélas ! les dimensions du mien ne permettent pas à
mes yeux d'oublier jamais sa couleur ; j'ai le nez rouge, je
n'en disconviens pas ; mais une interpellation si familière, jetée brusquement au milieu du silence de la nature
au nez d'un gentleman, que son nez soit en effet rouge ou
non, n'est pas précisément pour le divertir.

« Je cherchais des yeux le drôle qui venait de se permettre à mon égard cette impertinence ; déjà ma canne
s'agitait dans mes doigts, car je m'imaginais que quelque
enfant mal élevé de vos fermes était le coupable, et je me
réjouissais de pouvoir tout au moins lui tirer bientôt les
oreilles, quand à cette première interpellation succéda une
véritable décharge d'interpellations absolument identiques,
proférées non plus par une, mais par dix, par vingt voix
différentes. Or savez-vous ce qui tout de suite m'apparut
manifestement ?... bien que ce fût invraisemblable ! bien
que cela n'eût pas l'ombre de sens commun ! bien que ma
raison me criât que mes yeux aussi bien que mes oreilles
m'abusaient et que c'était impossible ! C'est que les
auteurs, c'est que les coupables de ces interpellations
malsonnantes qui pleuvaient sur moi comme la grêle,
n'étaient ni des gamins ni des hommes, mais de simples
oiseaux, oui, des oiseaux avec tout ce qui fait de l'oiseau
un oiseau et non autre chose, des oiseaux tous perchés sur
des arbres, et qu'en un mot j'avais maille à partir avec
toute une horde de Pies, des Pies parlant aussi bien que
vous et moi ! »

A l'exception de Pauline, qui n'avait pu étouffer tout à
fait un éclat de rire, et de Rose, qui s'en était donné à
cœur joie, l'auditoire avait écouté dans le plus respectueux
silence la révélation de sir Thomas Brown.

« Eh quoi ! s'écria-t-il, vous n'êtes pas stupéfaits, les
bras ne vous tombent pas ? Je vous raconte un fait énorme,
dont la portée scientifique est incalculable, et vous ne
sourcillez pas ! Mais c'est donc à dire que ce qui ferait
jeter des cris de surprise à toutes les Académies du monde
est pour vous laisser indifférents, et les intérêts de la

science vous seraient à ce point étrangers que vous ne
sourcillez même pas ?...

— Nous sourcillerons tout à l'heure, lui répondit avec
un flegme désespérant M. Merton, le moment n'est pas
encore venu ; nous t'avons promis de t'écouter, nous
t'écoutons religieusement ; de quoi te plains-tu ? Continue.

— En vérité, dit sir Thomas Brown en frappant de la
main et peut-être du poing sur la table, en vérité j'aime
mieux l'éclat de rire naïf ou non de Rose, répondant à ma
révélation, que votre insultant sang-froid à tous. Vous vous
dites peut-être que j'ai été la dupe d'une illusion, que j'ai
pris trois ou quatre Pies domestiques pour une tribu de
Pies sauvages; eh bien ! sachez que depuis un mois j'ai vu
mille Pies, oui, mille et peut-être deux mille, à dix lieues
à la ronde, dans votre pays maudit, et que toutes, enten-
dez-vous, toutes sans exception, m'ont accueilli de la même
façon incongrue que les premières. En un mot, les Pies
chez vous sont une espèce à part; elles naissent non en
criant comme les Pies de tous les autres pays du monde,
du monde entier, mais en parlant, mais en articulant à
miracle une phrase complète d'un langage purement
humain, tout entier à mon adresse, à l'adresse de mon
malheureux nez ! Ce qui ne vous étonne pas est pour
émerveiller l'univers ! Dans un mois, j'entends que d'un
pôle à l'autre il ne soit question que de cela. Nous verrons alors si, devant la stupéfaction que causera parmi
toutes les nations civilisées la lecture d'un rapport que
j'entends publier à grand nombre sur ce fait prodigieux,
votre sang-froid pourra tenir. »

Sir Thomas Brown était debout; d'un geste hau-

tain de son bras il écrasait son auditoire ; ses yeux flam-
boyaient.

Pauline étouffait et rayonnait à la fois ; ses mains s'en-
tre-choquèrent d'un mouvement subit pour applaudir sir
Thomas Brown. Craignant d'éclater, elle se jeta d'un bond
dans les bras de Rose pour y cacher le fou rire auquel
Rose, elle aussi, résistait en vain. M. Merton n'y tint
plus, et la salle à manger retentit bientôt d'un tel concert
de rires et de rires si inextinguibles, que M. Brown, aussi
effaré du succès d'hilarité qu'il obtenait, qu'il avait été
mortifié tout d'abord du peu d'effet qu'il avait produit
jusque-là, alla droit à Rose qui s'était remise la première
et, s'emparant de ses deux mains qu'il serrait à la faire
crier : « Vous êtes la plus franche de cette bizarre maison, lui dit-il, je vous adjure, Rose, de m'expliquer les
causes de votre inqualifiable conduite à tous devant le fait
incroyable dont je viens de vous révéler l'existence.

— Soit, dit Rose, rendez-moi mes pauvres mains que
vous meurtrissez, sir Thomas Brown, et je vais vous répondre. »

Sir Thomas, confus, remit en liberté ses deux prison-
nières, et Rose, avec beaucoup de grâce et d'esprit,
donna au savant, par un récit très-amusant de l'histoire
de Mᵐᵉ la Pie et du jardinier Thomas, la clef de ce qu'il
avait considéré comme un phénomène, et de ce qui n'en
eût pas été un pour lui plus que pour personne au château, si, dès le premier jour, au lieu de se fourvoyer à
en rechercher l'explication à lui tout seul, il l'avait de-
mandée à l'un des habitants quelconque de la maison.

Ce que Rose avait en vue surtout, c'était d'épargner au
bon sir Thomas Brown la mise au jour d'un rapport fait

sérieusement sur un fait qui n'avait rien de sérieux et qui
aurait pu porter une atteinte grave à la réputation méritée
de l'ami de son père. La figure de sir Thomas Brown, à
mesure que chacune des paroles du récit de Rose mettait à néant le rêve, le songe scientifique qui pendant tant
de jours l'avait obsédé, était à peindre. Il fallut que chacune des personnes présentes lui certifiât l'authenticité de
ce récit, pour que le voile tombât tout à fait de ses yeux.
Il fallut enfin que Thomas, cité comme témoin, appuyât
avec sa candeur ordinaire le dire de ma maîtresse, pour
qu'il ne se crût pas dupe d'une mystification.

« Tenez, tenez, lui dit Thomas, appelant à son tour
Mme la Pie en témoignage; voilà, après ma femme, dont
Dieu ait l'âme, voilà l'auteur de tous mes maux et des
vôtres, sauf votre respect, puisque nos nez et nos noms
se ressemblent. C'est cette satanée personne-là qui a mis,
depuis trois ou quatre ans déjà, dans le bec de toutes les
Pies de la contrée ce que vous avez été si étonné de leur
entendre rabâcher à la journée; pas vrai, Margot? » Et
Thomas, après avoir pris un verre sur la table, ayant fait
mine de lever le coude, soudain Margot se mit à crier,
mais avec une perfection qui ne pouvait appartenir qu'à
l'élève de la vraie Mme Thomas : « Prends garde à ton
« nez, Thomas ! Thomas, ton nez rougit. »

« Par le diable ! dit le savant enfin convaincu, ceci est
trop fort. Reste à savoir si l'histoire, telle qu'elle est dans
sa réalité et débarrassée de ce qu'elle m'avait paru avoir
de surnaturel, n'est pas plus ébouriffante encore, et si elle
ne mérite pas, dans sa vérité absolue, de prendre place
dans les annales de la science. Je modifierai mon rapport,
et, s'il le faut. j'en ferai un autre....

« Il était fait ! s'écria Rose stupéfaite, fait déjà ! — votre rapport ?

— Depuis A jusqu'à Z, chère Rose, dit le savant en s'inclinant devant elle avec une profonde humilité, et s'il faut tout vous dire, il est dans ma poche, et je me proposais de vous le lire à tous au dessert. Vous l'avez échappé belle... Que voulez-vous? L'infaillibilité n'est pas de ce monde et, si j'avais cédé à ma première idée qui était de l'envoyer à l'impression, puis à la Société zoologique pour vous en faire la surprise, il faut convenir que j'aurais fait un de ces pas de clerc, disons le mot, un de ces fours qui portent leur savant en terre. J'en étais si content de mon absurde rapport, je le trouvais à la fois si concluant, si ingénieux, si lumineux ! ah! chère Rose, bénie soit l'heure où vous avez dessillé les yeux de votre vieil ami ! Mais comment un curieux de la science se serait-il contenté d'une explication si simple, pour un fait si compliqué ? Avez-vous remarqué comme moi que ces misérables Pies ne prononcent pas également bien l'apostrophe en question ; que les unes l'articulent tout entière, avec une conviction égale à celle de la Margot de mon homonyme Thomas, mais que d'autres n'en répètent que les trois quarts, et d'autres encore que la moitié? J'en ai même entendu une hier sous le grand peuplier, tout près de la lisière du bois, qui, comme une écolière qui ne sait pas sa leçon, s'en tenait avec un dépit visible à ces quatre mots incessamment répétés : *Prends garde à ton...* et semblait désolée de ne pas pouvoir aller plus loin... »

— M'est avis, dit Thomas, m'est avis, monsieur Brown, que celle-là était en effet une jeune, une commençante qui ne savait pas encore la malice tout entière. Elles sont toutes comme ça au début. J'en ai vu qui s'y perdaient, qui bégayaient, et qui se mettaient à crier de rage comme des brûlées de ne pas pouvoir faire comme les autres. Mais après, fallait voir, elles ne me faisaient pas quitte du reste, allez. »

Trois éclats de rires sonores partirent au même instant au nez de Thomas exposant les diverses catégories de ses griefs : l'un était de Rose, l'autre de Pauline et le troisième, plus vibrant que les deux premiers, était celui de Mme la Pie.

Car Margot avait appris à rire comme une personne en mon absence, et elle en faisait bien d'autres, ma vieille amie. Pauline avait un petit chien havanais qu'on appelait Pepito. Eh bien! Pepito n'aboyait pas mieux qu'elle. Que de fois j'ai vu Pauline s'y tromper, chercher au loin son chien dont elle avait entendu l'appel et trouver à sa place Margot la Pie !

« Quel malheur, dit avec componction sir Thomas Brown, que la Pie ne soit pas un oiseau voyageur! Dans cinquante ans, toutes les Pies du globe auraient transformé leur langage; ce serait à ne plus s'y reconnaître et à dérouter à jamais toutes les sociétés savantes de la terre.

— Bien obligé, s'écria Thomas, les Pies de chez nous suffisent bien à me faire un renom de buveur que je ne mérite pas. »

Et, montrant le poing à Mme la Pie : « Tu as une fière chance, lui dit-il, que je respecte tout ce qui me vient de Mme Thomas; plus d'un à ma place t'aurait tordu le cou à temps pour t'empêcher de propager de si mauvais propos.

— Ah! ah! ah! » s'écria Mme la Pie. Et elle alla se

percher sur l'épaule de son ami Thomas, dont les menaces
ne l'effrayaient pas.

« C'est ça, tu fais ta câline à présent, lui dit Thomas ;
et, s'adressant à ma maîtresse, vous me croirez si vous
voulez, madame Rose, mais nous n'avons jamais eu
qu'une scène de ménage, cette bête-là et moi.

— Et que vous avait-elle donc fait, mon bon Thomas ? »

Ici Thomas rougit, il sentit qu'il s'était enferré, mais
qu'il n'y avait pas moyen de reculer. « Elle m'avait, dit-
il, en se grattant l'oreille, elle m'avait caché mon gobelet
d'argent au haut de son damné peuplier, si bien que pour
le ravoir j'ai failli me casser le cou. »

Tout l'assistance se mit à rire :

« C'était encore dans l'intérêt de votre nez, mon pauvre
Thomas, lui dit Rose. Vous alliez sans doute arriver à
ce cinquième verre que votre première femme ne vous
aurait pas plus permis que la seconde. Mme la Pie est une
personne pleine de logique.

— C'est ce que je me suis dit, après la colère passée, »
répondit le bon Thomas.

J'hésitais à raconter cette histoire de Mme la Pie ; mais
elle m'a engagé à ne pas me gêner. « Un peu de gaieté ne
fera pas de mal, me dit-elle, dans un livre aussi sérieux
que le tien. »

Entre nous soit dit, je crois que le hasard n'a pas été
pour tout dans le parti qu'avaient pris les Pies de la
contrée d'emprunter à ma vieille amie son objurgation habituelle à l'encontre de Thomas. Je me rappelle que ma
vieille amie m'avait dit un jour à cette occasion :

« On ne sait ni qui vit ni qui meurt ; si je dois quitter
ce monde avant Thomas, il n'est pas mauvais que ces ja-

casses restent pour le maintenir dans les bons principes, après moi. » J'ai conclu de ce demi-aveu que Mme la Pie avait dû se faire au début l'institutrice volontaire de quelques-unes de ses semblables et que si, par la méthode naturelle de l'enseignement mutuel, ses leçons ont profité de proche en proche à toutes les Pies du pays, elle n'en est pas tout à fait innocente.

Après tout, le mal n'était pas grand pour Thomas.

Au nombre des derniers événements qui marquèrent encore dans le calme de notre vie, un seul mérite d'être noté dans cette histoire, puisqu'il fut pour moi et pour Pauline l'occasion d'une joie qui dépassa les joies accoutumées. Le petit Eddy, le dernier enfant de ma maîtresse, un personnage de quatre ans environ, dont l'importance n'était mise en doute par personne dans le château, ou plutôt M. Zizi, pour l'appeler par le nom qu'il s'était donné à lui-même à l'âge où les enfants commencent à peine à parler, le pétulant M. Zizi, dis-je, s'étant un jour échappé du salon, sans qu'on y prît garde, s'était bravement mis en route tout seul pour accomplir une expédition évidemment depuis quelques jours déjà méditée. Il avait son petit plan, M. Zizi, et ce plan consistait, paraît-il, à dépasser la grille de la cour du château pour se rendre tout seul au bord d'un étang dont les approches lui étaient interdites. Il ne m'appartient pas de discuter le goût de M. Zizi pour les rives du petit étang; je les appréciais beaucoup, ainsi que lui, mais non pas pour les mêmes motifs, et il était rare que je ne fisse pas tous les matins mon *tour de lac* autour de cet étang, dont les bords étaient garnis d'une herbe toujours verte. Le jour où M. Zizi avait saisi l'occasion de mettre à exécution le

dessein que la suite de mon récit va vous faire connaître,
je faisais sur les bords de l'étang ma promenade accoutumée. J'avais terminé le petit lunch dont cette promenade était d'ordinaire l'occasion, et j'admirais pour la
centième fois les rives pittoresques de notre étang, quand,
du côté opposé à celui où je m'étais arrêté, je vis, à mon
grand étonnement, déboucher maître Zizi. Il arrivait sans
tambour ni trompette, c'est-à-dire sans être escorté de sa
bonne, et courait comme un petit échappé qu'il était. Il
est clair que Zizi était décidé à mettre les moments à
profit pour satisfaire une idée fixe. Il avait conscience
que, s'il ne se hâtait pas, on pourrait se mettre bientôt à
sa poursuite. Cette précipitation de Zizi, sans parler de ce
fait inouï que pour la première fois je le voyais abandonné
à lui-même, était bien faite pour motiver mon attention.
Assurément il n'était pas dans les droits d'un petit homme
de quatre ans à peine de battre la campagne tout seul dès le
matin et de s'aventurer sur les rives en pente d'un étang
dont la profondeur était pleine de dangers pour son âge.
Je me dis donc : « Charlot, ton devoir est de ne pas perdre de vue une minute ce petit coureur et de bien surveiller tous ses mouvements. Il s'agit d'avoir l'œil au guet,
Charlot. Donc pas de distractions. »

M. Zizi ne s'était pas mis en route à pied, pour une
expédition aussi lointaine ; j'aurais dû m'en douter à la
rapidité avec laquelle il avait franchi l'avenue d'abord,
et puis le chemin qui de la grille conduisait à l'étang.
M. Zizi, en effet, était venu à cheval sur la canne de
son grand-père, une canne à tête comme il la nommait,
une canne à bec recourbé, dont il s'était fait une monture,
toujours disposée à faire un temps de galop, pour peu que

19

son cavalier en eût envie. Un sabre de bois, avec lequel il
couchait, était attaché par un ruban autour de la taille
du petit écuyer. De plus, de la main qui ne lui servait pas
à guider son cheval, il brandissait un filet à papillons.
J'allais oublier qu'il était coiffé d'un tricorne de papier,
surmonté d'une plume rouge empruntée à quelque coiffure de sa mère, et que tout cet attirail lui donnait un air
fort martial. Je crus d'abord en le voyant armé de son filet
que l'enfant venait faire la chasse aux papillons ; mais
M. Zizi n'était pas pour se contenter ce matin-là d'une
chasse aussi ordinaire ; M. Zizi affectionnait de préférence
les jeux dont il était l'inventeur, et comme il avait l'ima-
gination déréglée, il lui arrivait souvent d'en inventer de
forts inquiétants.

XXIII

CHAPITRE XXIII

Le jeu dont M. Zizi s'était proposé de faire l'essai ce jour-là était certes de ceux qu'aucune maman n'autoriserait. Zizi, tout ingénieux qu'il était, profitait souvent dans ses inventions des observations sagaces qu'il avait pu faire sur les inventions des autres ; mais, pour avoir le mérite du nouveau, il aimait à les rajeunir en les détournant de leur but primitif.

M. Zizi poursuivait, je suis obligé de l'avouer, un projet dont le secret ne m'apparaissait pas encore. Après avoir fait un instant piaffer et caracoler son cheval sur les bords de l'étang, il l'avait tout d'un coup planté là et accroché aux branches basses d'un jeune arbre. Ceci me donna à penser que le dessein de M. Zizi était sur le point de recevoir son exécution. En effet, M. Zizi, toujours armé de son filet à papillons, avait entrepris de descendre les marches d'un petit escalier à rampe rustique, qui de la berge de l'étang conduisait à une planche jetée sur cet étang et dont l'extrémité reposait sur deux poteaux, deux pieux solides, plantés dans l'eau à quelques mètres de la rive.

La disposition de cette planche avait pour but de permettre aux gens de la maison, et surtout au vieux Thomas, aussi habile pêcheur qu'il était bon jardinier, de pêcher au carré ou de jeter l'épervier dans l'étang, ce qui, sans la planche, et à cause de l'escarpement des rives, eût été impossible.

J'eus alors comme une intuition des intentions finales de maître Zizi; évidemment, il voulait, lui aussi, aller jusqu'au bout de la planche et, une fois là, se livrer aux plaisirs de la pêche. N'avait-il pas dans son filet à papillons un carré comme celui de Thomas? Son carré était rond; mais ça n'empêchait pas les poissons d'être très-contents d'y entrer. Il y avait toujours des gros poissons sous l'eau; Zizi n'avait-il pas assisté dix fois à des pêches miraculeuses faites par le vieux Thomas? Pourquoi, avec son filet à papillons, Zizi ne ferait-il pas d'aussi belles pêches que le vieux Thomas? M. Zizi se l'était demandé.

Quand je vis Zizi déjà presque au bas de l'escalier et que je ne pus douter de la témérité de son projet, je poussai un braiement formidable qui l'arrêta court un instant dans sa descente, car M. Zizi, tout à son idée, ne m'avait pas encore aperçu. Mais, après un moment d'hési-

tation, il s'était contenté de m'adresser un sourire un peu
froid, dont le sens clair était qu'il désirait pour le moment
que son ami Charlot ne se mêlât pas de ses affaires. Après
quoi, avec l'imperturbable confiance de son âge, il s'était
engagé sur l'étroite et longue planche des pêcheurs.

Que faire? Donner de la voix une fois encore pour faire
appel aux gens du château? Mais n'était-ce pas risquer de
troubler Zizi dans la situation périlleuse où il s'était placé,
et d'amener un faux pas? Évidemment mieux valait se
taire, observer et se tenir prêt en cas d'accident. Ce fut le
parti que je pris. Je ne respirais plus. « Dieu veuille, me
disais-je, que l'occasion ne soit pas venue pour toi de
payer aujourd'hui ta dette à ta maîtresse ! »

Je savais que s'il arrivait un malheur à Zizi, elle ne lui
survivrait pas, et cette idée me bouleversait. Ce n'était
pourtant pas le moment de perdre son sang-froid.

Cependant M. Zizi était parvenu sans encombre jusqu'à
l'extrémité de la planche, et une fois là, avec l'aplomb
d'un vieux pêcheur, il avait étendu son filet à papillons
sur l'étang, aussi loin que le lui avait permis la longueur
de son petit bras et celle du bâton au bout duquel était
fixé le filet. Puis, l'abaissant avec précaution, comme il
l'avait vu faire au vieux Thomas pour son carré, il l'avait
plongé dans l'eau, et, cela fait, il attendait sans doute,
que le moment fût venu de le retirer plein de gros poissons, quand tout à coup un incident absolument imprévu
était venu mettre à néant ses espérances. Les yeux de
M. Zizi, fixés avec convoitise sur son filet, disaient assez
qu'il comptait bien qu'un régiment de carpes et de bons
goujons très-longs allait s'empresser de défiler dans
son carré. Contrairement à ses espérances, ce fut une

grosse grenouille que M. Zizi n'avait pas vue et qui,
dérangée du somme qu'elle faisait au soleil sur l'extrémité de la planche même où se trouvait Zizi, ce fut une
grosse grenouille qui y sauta ; et le saut qu'elle fit fut
si prompt et le bruit de sa chute dans l'eau si inattendu
pour le pêcheur novice, que M. Zizi, terrifié, laissa échapper le manche de son filet et, en voulant le rattraper,
culbuta dans l'eau la tête la première.

Il n'y avait plus une minute à perdre ; déjà je ne voyais
de l'infortuné Zizi que la partie de sa personne qui n'était
pas sa figure ; je poussai un cri d'alarme dans l'espoir
d'être entendu du château, et je me jetai à la nage, résolu
à pêcher M. Zizi, ou à mourir avec lui. Le temps n'était
plus où je n'osais pas traverser un clair ruisseau. Avec
maître Job, j'avais appris à n'avoir peur ni du feu ni de
l'eau.

La petite blouse bouffante de Zizi le soutenait seule à
la surface de l'étang ; sa tête, heureusement, avait fini par
reparaître. Je fis un vigoureux effort. Je venais d'atteindre l'enfant et je le soulevais par un bras, quand accoururent tous à la fois sur le bord de l'étang M. Merton, le
mari de ma maîtresse, ma pauvre maîtresse elle-même,
dont mes appels répétés avaient fini par attirer l'attention.
Palmyre, je me trompe, Pauline, leste comme une biche,
était arrivée la première, et d'un regard elle avait reconnu
le péril de la situation.

Craignant de blesser le pauvre petit naufragé, j'avais
abandonné son bras et saisi entre mes dents serrées un
pan de sa blouse ; je tenais haut la tête pour maintenir le
visage de l'enfant hors de l'eau, et, nageant éperdument
vers la rive, j'allais y monter avec mon cher fardeau,

quand mes pieds de derrière ayant glissé dans la vase, je fus un instant rejeté en arrière. Prompte comme l'éclair, Pauline s'était précipitée dans l'étang. Job, à côté des mauvaises leçons qu'il lui avait données, comme à moi, lui en avait aussi donné quelques bonnes ; il lui avait notamment appris à nager, et elle était d'ailleurs, la pauvre Pauline, gymnaste de premier ordre. Ce qui, pour toute autre jeune fille, eût été impossible, elle l'accomplit avec une dextérité et un sang-froid admirables ; en deux brassées elle nous avait rejoints, et, s'emparant de l'enfant évanoui, elle remonta avec lui sur la berge au moment où, fous de désespoir, le grand-père, le père et la mère de Zizi allaient tous à la fois se précipiter dans l'étang.

Pour ce qui est de moi, voyant Zizi en sûreté, j'avais regrimpé sur la rive avec la conscience que mon intervention avait donné le temps à tout le monde d'arriver, et plein de joie d'avoir partagé avec Pauline l'honneur de sauver le fils de nos amis.

M. Zizi, il faut bien le dire, ne criait plus ; il avait bu beaucoup trop d'eau. Après l'avoir tout d'abord roulé sur le sable de l'allée comme une petite saucisse, pour lui faire rendre et sans retard ce qu'il avait bu, on le porta bien vite au salon, où les soins qui lui furent donnés le rappelèrent, au bout d'un quart d'heure, à la vie. Eh bien, savez-vous quelle fut sa première parole, à M. Zizi, quand il rouvrit les yeux :

« Zizi veut pas que la grosse bête (la grenouille) reste dedans son filet à papillons. C'est pour les poissons le filet de Zizi, et pas pour le méchant « *animau* » qui a fait peur à Zizi. »

Ce discours de Zizi eut pour résultat de changer les pleurs en bons rires, et je m'aperçus alors seulement que, bien que je fusse dégouttant d'eau et de vase, j'avais suivi tout le monde au salon. Confus de mon inconvenance et voyant que tout allait pour le mieux, je me rapprochai de la porte, bien qu'on l'eût refermée, pour marquer que je sentais que je n'étais pas à ma place et que je désirais qu'on me l'ouvrît. Le mari de ma maîtresse vit mon intention. Il prit son paletot, qu'il trouva déposé sur un meuble, me le jeta sur le dos, me tamponna, me bouchonna lui-même en m'appelant son vieux Charlot, son bon Charlot; puis, ayant sonné, il appela son valet de chambre et lui ordonna de me sécher dans des couvertures bien chaudes. « Ayez soin de lui, dit-il, comme vous feriez de moi-même, et pour le surplus, dès qu'il sera sec, confiez-le à Thomas et priez-le de lui faire une toilette complète. »

Quant à Pauline, M. Merton l'avait tout de suite enveloppée dans son tweed. Elle n'avait consenti à aller toute grelottante changer de vêtements que lorsqu'elle avait vu que M. Zizi, couché dans un bon lit, dormait déjà du sommeil de l'innocence. Je fis un somme de mon côté dans ma belle écurie, et le soir, à dîner, il y eut fête; on me fit entrer dans le salon, comme aux beaux jours de mon enfance, que ma maîtresse rappela à son mari. Pauline et moi nous eûmes les honneurs de la soirée. Quant à M. Zizi, il ne pensait pas plus à son accident qu'à la lune, et dîna de fort bon appétit. On lui fit boire dans un grand verre un petit peu de champagne très-mêlé d'eau, à la santé de Pauline et de Charlot, « ses deux sauveurs ! »

Je dois dire cependant que, depuis son plongeon dans
l'étang. M. Zizi ne s'aventura plus sur ses rives, et qu'il
sembla avoir perdu absolument son goût pour la pêche.
Ce qu'il conserva, en revanche, ce fut son antipathie pour
les grenouilles. Il avait dix ans, qu'il ne leur avait pas
encore pardonné la peur qu'une d'elles lui avait causée et
le bain qui en avait été la suite.

Zizi se montra du reste très-reconnaissant du service que
Pauline et moi lui avions rendu en le retirant de l'étang.
Il fit, le lendemain, cadeau à Pauline de la jambe de son
dernier polichinelle; c'était tout ce qui lui en restait, on
ne pouvait donc lui en demander davantage. Quant à moi,
il me fit hommage d'une pomme dans laquelle, me dit-il,
il n'avait encore mordu qu'un petit peu; il avait de bonnes
dents, le petit Zizi, et ce qui restait n'était pas gros. Mais
quoi ! si ses cadeaux étaient incomplets, son affection pour
Pauline et pour moi était entière, et ses bons baisers roses
nous valaient mieux que tout.

Cet incident resserra encore, s'il est possible, les liens
qui m'attachaient à mes maîtres. Si j'avais été encore en
âge d'être gâté, leur indulgence, leur bonté eussent pu
m'être funestes. Mais j'avais, grâce à Dieu, passé l'âge
des folies, et je n'étais plus de ces esprits mal faits auxquels il semble que le bien même qu'on leur veut puisse
les porter au mal.

Le vieux Thomas et Jeannette eurent, à quelque temps
de là, une drôle d'idée : « Il faut pourtant marier Charlot, »
se dirent-ils un beau matin. Me marier ! me donner les
soucis du ménage, quand j'étais si heureux ! Oh ! que
nenni. Est-ce que d'ailleurs je n'avais pas dans la famille
de mes maîtres une famille ? est-ce que leurs enfants

n'étaient pas mes enfants? n'étais-je pas pour eux comme
un grand-père? Heureusement que l'idée de Thomas et de
Jeannette n'eut pas de suite et qu'on me permit de rester
célibataire. Zizi d'ailleurs s'était mis à m'appeler son
oncle; un oncle ne doit vivre que pour ses neveux. C'est
ce que je fis.

Mme la Pie me dit quelquefois : « Charlot, je ne
l'aurais jamais cru, mais il faut bien que je le confesse :
tu es devenu la vertu même. Je t'ai assez rabroué
quand tu le méritais, Charlot, pour avoir le droit
de te faire aujourd'hui les compliments qu'enfin tu mérites. »

Le moment est venu de clore ce récit; il ne saurait plus
rien offrir au lecteur qui puisse être raconté. Je suis trop
heureux; je n'ai de chagrins que ceux des autres, et,
grâce au ciel, tout est prospère dans la maison de mon
bienfaiteur. Nos grandes affaires, nos grandes peines,
comme aussi nos grandes joies dépendent de tous nos
petits-enfants. Quand un des marmots de Rose est en-
rhumé, il me semble que je le suis aussi; quand il y a une
coqueluche dans la maison, je me surprends à tousser;
quand le petit Eddy a une bosse au front, j'aurais besoin
d'une compresse; quand la petite Mary tombe, je ne puis
plus marcher. Mais, par exemple, quand ma maîtresse
Rose ou quand Pauline sont malades au point de garder
la chambre et de ne plus se montrer, je me renferme
dans mes appartements et, à ma façon, je prends
le lit. J'ajoute, et cela va vous étonner, car vous
me croyez gourmand, que quand ceux que j'aime
sont condamnés par le gros docteur à la diète, je cesse de
manger.

Que voulez-vous! ma vie est tout entière dans celle
de tous ces bons êtres. Heureusement que les accidents
et les maladies, dont nul n'est exempt, sont rares à la
maison ; car je serais bientôt réduit à la condition d'un
invalide.

Mais ne me plaignez pas et ne vous attendrissez pas trop
sur mon sort ; il n'est pas dur, et vous entendriez plus de
rires joyeux et plus de braiements de satisfaction entre
les murs du parc que de pleurs, si vous vouliez nous faire
l'honneur, ami lecteur, de venir demeurer dans notre voisinage.

On me saura gré, je pense, de ne pas allonger cette
histoire par une moralité. Si cette moralité ne ressort pas
de chacune de ces pages et des faits qui y sont consignés,
j'ai manqué mon but. Cette longue confession d'un pauvre
Ane n'a été rendue publique par lui que pour l'édification
future des nouvelles générations d'Anes et d'enfants, et
non pour le sot plaisir d'entretenir les oisifs de sa personne. Ce que je recherche à présent, ce n'est pas le bruit,
ce n'est pas la célébrité, c'est la paix et la tranquillité. Je
les tiens, et, pour aussi longtemps qu'il dépendra de moi
de les garder, je compte bien m'arranger pour ne compro-
mettre ni l'une ni l'autre. J'avais de grands défauts, ces
défauts m'avaient conduit à faire des sottises; le châtiment les a suivis de près. Je ne souhaite à aucun de mes
petits lecteurs de se mettre dans le cas, pour devenir aimable, bon, sensé et patient, d'avoir besoin de vivre trois ans
sous le gourdin de maître Job. Rien ne leur sera plus
facile, s'ils ont le sens commun, d'être tout cela à beaucoup meilleur marché. Aimer Dieu, chérir ses parents,
respecter ses maîtres, travailler de bon cœur à l'heure de

l'étude, jouer tant qu'on peut à l'heure des récréations, manger à sa faim et jamais trop, voilà ma recette. Au prix où je la donne, foi de Baudet très-revenu de ses erreurs, j'espère qu'on trouvera qu'elle est pour rien, si l'on sait s'en servir.

FIN

POSTFACE

UN MOT AU LECTEUR

Je ne m'excuserai pas d'avoir songé à écrire mes mémoires. Je ne suis ni le premier Ane, ni la première Bête à qui soit venue l'idée de léguer aux âges futurs le récit de sa vie. Je dirai cependant que ce qui m'a décidé à mettre au jour ce récit, c'est la publication, à mon gré par trop insuffisante, qui a été faite à

Londres d'un petit livre d'une centaine de pages environ, intitulé, lui aussi : Histoire d'un Ane. Il existe naturellement plus d'un point de similitude entre la vie d'un Ane quelconque et celle de tous ses semblables. Je ne me suis donc pas étonné de voir que l'histoire de cet Ane se trouvât en quelques points être une sorte d'abrégé de ma propre histoire. Je ne m'en suis point inquiété non plus ; car à côté des ressemblances, que de différences, soit dans les sentiments, soit dans les faits ! Combien de personnages amusants, combien de figures originales, liés par la force ou le hasard des choses à mon existence : Mme la Pie, par exemple, et mon voisin le Lapin, et ma petite compagne d'infortune Palmyre, et vingt autres, aussi importants que moi, sinon plus dans mes Mémoires, dont ce court résumé ne fait pas même mention, qui auraient pu donner au petit livre anglais la vie et l'intérêt dont le mien sera redevable, je l'espère, au soin que j'ai pris de les faire connaître et de les mettre en relief.

L'existence d'un seul, quel qu'il soit, confine forcément à la vie d'un grand nombre. Mon histoire n'a donc pu que gagner à être en même temps celle de tous les êtres, hommes ou bêtes, qui ont joué un rôle ou funeste, ou touchant, ou bienfaisant, ou comique, dans les événements variés qui ont si fort incidenté ma vie.

Ce soin que j'ai pris, comme l'indique d'ailleurs mon titre : Histoire d'un Ane et de deux jeunes filles, d'ôter à mon récit ce caractère de personnalité à outrance qui dépare tant de mémoires.

lui vaudra, j'ose le croire, l'estime et le succès que peut attendre une œuvre où le moi égoïste n'entreprend pas de tout absorber. On est en droit de parler de soi, sitôt que c'est en vue des autres qu'on s'y décide.

L'AUTEUR
de l'Histoire d'un Ane
et de Deux Jeunes Filles.

TABLE ET SOMMAIRES

Paris. — Typ. Motteroz, 31, r. Dragon.

EXTRAIT DU CATALOGUE. — LIBRAIRIE HETZEL

Les nouveautés pour 1874 sont marquées d'un *

VOLUMES IN-8° ILLUSTRÉS

Prix : broché, 7 fr.; cart. toile, tr. dor., 10 fr.;

relié, tr. dor., 11 fr.

L. BIART	Entre Frères et Sœurs.
BRÉHAT (A. DE)	Les Aventures d'un petit Parisien.
CAHOURS et RICHE. . .	Chimie des demoiselles.
CHERVILLE (DE)	Histoire d'un trop bon Chien.
DESNOYERS (L.)	Aventures de Jean-Paul Choppart.
GRAMONT (comte DE) .	Les Bébés.
	Les bons petits Enfants.
GRIMARD (E.)	* La Plante.
KAEMPFEN (A.)	La Tasse à thé.
KAULBACH	Le Renard (de Gœthe).
MACÉ (Jean)	Histoire de deux marchands de pommes
	(Arithmétique du Grand-Papa).
—	Contes du Petit Château.
—	Histoire d'une Bouchée de pain.
—	Théâtre du Petit Château.
MARELLE (Ch.)	Le petit monde.
MALOT (Hector)	Romain Kalbris.
MAYNE-REID.	AVENTURES DE TERRE ET DE MER :
—	* Les Planteurs de la Jamaïque.
—	Le Désert d'eau.
—	Les jeunes Esclaves.
—	Les Naufragés de l'île de Bornéo.
—	William-le-Mousse.
—	La Sœur perdue.
MULLER (E.)	Récits enfantins.
—	La Jeunesse des hommes célèbres.
NÉRAUD et MACÉ . . .	Botanique de ma fille.
NOEL (Eugène)	La Vie des fleurs.
RATISBONNE (Louis) . .	La Comédie enfantine.
SAINTINE (X.)	Picciola.
SANDEAU (J.)	La Roche aux Mouettes.
SAUVAGE (E.)	La petite Bohémienne.
SÉGUR (comte DE) . . .	Fables.
STAHL (P. J.)	Contes et récits de morale familière.
—	La Famille Chester.
—	* Histoire d'un âne et de deux jeunes filles.
STAHL et DE WAILLY .	Contes célèbres anglais.
THOULET.	* Mon premier voyage en mer.
VIOLLET-LE-DUC. . . .	Histoire d'une Maison.

JULES VERNE. — OEuvre complète.

Prix : broché, 58 fr.; toile tr. dor., 82 fr.; relié, tr. dor., 98 fr.

Typographie Lahure, rue de Fleurus, 9, à Paris.

www.ingramcontent.com/pod-product-compliance
Lightning Source LLC
Chambersburg PA
CBHW070309030726

47505CB00004B/951